Character
Legendary Me
ジゼル
シャーリー

オズマ
フレデリカ
フェリア

CONTENTS

Legendary Me

伝説の俺1

マサイ

BRAVENOVEL
ブレイブ文庫

第一章　紅蓮《ぐれん》の最期

路地の向こうで、冬枯れの枝が揺れている。

冷え切った石畳を背中に感じながら、俺は仰向けに横たわったまま、ひびだらけの建物に切り取られた狭い空を見上げた。

どんよりと曇った空のせいで風景は灰色。路地に吹き込む寒風に、穴だらけの襤褸《ぼろ》をまとった身が震えた。

「おじさん、生きてる？」

「……ああ、一応ね」

貧民街の路地裏。そこに横たわる俺の顔を覗き込んだのは、同じく貧しい身なりの女の子。

一〇歳にも満たないであろう幼い女の子。薄汚れてはいるが、栗色の巻き毛が人形のように可愛らしい幼女である。

恐らく元は、それなりに裕福な家の子だったのだと思う。継《つ》ぎ接《は》ぎだらけの彼女のワンピースも、生地を見ればかなり上質なように思える。

だが今は戦火に焼け出され、石畳を踏みしめる彼女の素足は酷く寒々しかった。

「今日の分持ってきたけど……食べられる？」

「……いいのか？」

「うん」

彼女が差し出してきたのは、半切れのパン。

両腕を失って久しい俺は、餌付けされる犬のように首を伸ばして、少女が差し出すそれに直接食らいついた。

傷痍《しょうい》軍人とでもいえば、多少の哀れみを誘えるのかもしれないが、何のことはない。俺は、この国を守ることもできずに浮浪者に身を堕《お》とした、ただの敗残兵でしかない。

この国――エドヴァルド王国の王都ヴェスタは現在、グロズニー帝国の占領下にあった。

敗戦から既に二か月あまりが経とうとしているが、予想された苛烈な虐待などは行われず、帝国は今のところ、意外なほどに寛大な融和政策を実施している。

それだけに、国という枠組みが変わっただけ、看板がかけ替わっただけ、そう思っている国民もきっと少なくはないだろう。

国王陛下は未だ健在とはいえ、今となっては虜囚《りょしゅう》の身。敗戦国はその名を古地図の中に残すのみで、溶けるように帝国に呑み込まれつつあった。

だが、帝国の占領政策が想定より穏やかだったとしても、戦争によって家族を失った者、戦火によって家を失い、食い詰めた者も少なくない。

俺が横たわるここ、ヴェスタの東端、街中を流れるイルレ河畔の貧民街は、そんな戦災孤児や浮浪者たちの吹き溜まりとして荒れ果て、スラムと化していた。

数か月前には、こんなことになるなどと考えていた者は、エドヴァルド王国内には誰一人としていなかったはずだ。

それまで生活に多少役立つ程度としか見なされていなかった魔法という技術を系統立てて整理し、学問として昇華。更には列国の中で唯一、軍事技術として成立させた魔法王国エドヴァルド。

強大な魔法の力に守られたこの国を脅かせるものなど何もない。誰もがそう信じていたし、少なくとも、この二〇年あまりは間違いなくそうだった。

大陸の北端に勃興した覇権国家グロズニー帝国が、近隣諸国を併合していく現実を眼にしつつも、誰もがエドヴァルド王国だけは例外だと思っていたし、実際、幾度となく国境を踏み越えて侵攻してきた帝国を、宮廷魔術師オズマ率いる魔法兵団がことごとく撃退していた。

だが、状況は一夜にして一変する。

「魔法が死んじまった！」

国境を守備していた部隊の魔術師が上げた驚愕の叫びとともに、王国滅亡のカウントダウンが始まったのである。

それがどんな方法によるものなのか、未だにわかっていない。だが、国防の要ともいうべき魔法が一切発動できなくなったのだ。それも前触れもなく突然に。

その結果、帝国の侵攻を阻むものは何もなくなった。

これまで魔法に依存しきってきた王国の兵力は瓦解し、それこそ紙を裂くように、いとも容易《たやす》く国土は帝国兵に蹂躙《じゅうりん》された。

砦はことごとく陥落し、宮廷魔術師オズマは戦場にて生死不明。王都はわずか数日のうちに陥落したのである。

たった三口ほどで半切れのパンは消えてなくなり、少女は人形のように黒目がちな瞳に、申し訳なさげな色を浮かべた。

「もうちょっと、何とかしてあげたいんだけど……」

「いや……ありがとう」

贅沢《ぜいたく》なんて言えるわけがない。

このパンだって、恐らく彼女の食事の一部。自分も満足に食べられていないだろうに、こうして俺に分け与えてくれるのだ。これ以上、いったい何を求めることができるだろうか。

大人として、男として、情けない限りではあったが、この子の施しがなければ、俺はとっくにくたばっていたに違いない。

「今、こうして生きていられるのも、フェリアのお陰だからな……」

俺がそう口にすると、彼女はくしゃりと顔を歪ませて、泣き出しそうな顔をした。

「でも、おじさん……ごめんね、明日からは来れなくなっちゃうの。わたし……売られることになっちゃったから」

「売られる？」

「うん……パパもママも死んで、今は叔母さんのお世話になってるんだけど、私を買ってもらえれば、そのお金で弟たちを大人になるまで面倒みてくれるって……」

俺は、思わず唇を噛み締める。

彼女の叔母がどんな人間なのかは知らないが、冷酷だと決めつけることなどできはしない。誰もが生きていくことに必死なのだ。

「えへへ……わたしね、意外と高く売れたみたい。すごいでしょ……」

目尻に涙を浮かべて微笑む彼女の姿に、胸の奥がぎゅっと締めつけられるような気がした。

どこへ売られるかなんてわかりきっている。娼館だ。幼いうちから性技を仕込み、相応の歳になれば客を取らせるのだ。

俺たち大人が不甲斐ないばかりに、この子の未来は閉ざされようとしている。その事実があまりにも、あまりにも、あまりにも悔しかった。

(何やってんだ……俺は……)

国王陛下は、囚われの身とはいえご健在。たとえ両腕を失い、浮浪者に身を堕とそうとも、生きてさえいればいつかは反攻の時が来る。

俺はそう信じてきた。いや、そう信じ込もうとしていた。

だが――

(こんな小さな女の子一人守れずに……何が反攻だ！　そんな命に何の価値がある！　しがみつく価値などないだろうが！)

俺は心を決め、吸い込んだ息を吐き出すと、フェリアにそっと微笑みかけた。

「最後に……お使いを頼まれてくれないか？」

「お使い？」

きょとんとする彼女に、俺は努めて明るい口調で返事をする。

「ああ、友達にね。迎えに来てもらおうと思って……いい奴だから、たぶんフェリアにもお駄賃を出してくれると思う。弟たちにお菓子を買ってあげられる程度にはね」

「ほんと？」

「ああ、本当だ」

弟たちにお菓子――その一言に、フェリアが前のめりになった。

「ちょっと遠いけど、西の塔のすぐ脇に帝国騎士の駐屯所があるのは知ってるよな？　そこにバルサバルというおじさんがいるから……友達がここで待ってるって、そう伝えてほしいんだ」

「て、帝国騎士……？」

途端に、フェリアの表情が曇る。

それも当然だ。戦争で両親を失った彼女にしてみれば、帝国騎士など親の仇でしかない。

「大丈夫、バルサバルはそんなに悪い奴じゃないから、心配しなくていい。でもね、他の人はどんな奴かわからないし、直接バルサバルに伝えてほしいんだ。窓口で、ぐれんから伝言があるって言えば、きっとバルサバルに取り次いでくれるから」

「ぐれん？　おじさんのお名前？」

「……みたいなもんだ」

彼女は首を傾げ、しばらく戸惑うような素振りを見せた後、小さく頷《うなず》いた。

「……わかった。じゃあ、行ってくるね」

「ああ、頼むよ。今から行けば、陽が沈むまでには帰ってこられると思うから」

「うん」

パタパタと駈け出すフェリアの背を見送って、俺は静かに眼を閉じた。


フェリアが俺のもとを去って二時間ほどが経った頃、物々しい兵装に身を包んだ帝国騎士たちが、通りをこちらへと歩いてくるのが見えた。

怯えるように建物の陰へと隠れる浮浪者たち。夕暮れ時、俺と騎士たちの他に誰もいなくなった路地裏で、北風が木葉を巻き上げた。

騎士たちは抜剣し、警戒心も露《あら》わに俺を取り囲む。だが、俺としては苦笑するよりほかにない。大袈裟にも程があるというものだ。

もはや魔法も使えず、両腕すら失った俺の、いったい何に警戒しようというのだろうか。

呆れるような思いで口元を歪めると、騎士たちの間を割って進み出た一人が、フルフェイスの兜を脱いだ。

ひげ面の大男。戦場で実際に見えたのは一度きり。だが俺たちは、互いのことを実の親兄弟以上に知り尽くしているといってもいい。

男は沈痛な面持ちで、口を開いた。

「変わり果てた姿だ……オズマ。灯台下暗しとはいうが、よもやこんなところにいようとは」

「よう、バルサバル。言葉を交わすのは、たぶん初めてだよな」

「うむ」

敵と味方ではあったが、互いを好敵手と認め合った仇敵同士。この男であれば信用できると、俺がただ一人、確信を持てる男だ。

「なあ、バルサバル。俺の首には、いくら懸かってる？」

「帝国金貨で三千だ」

「はっ……そりゃ、大盤振る舞いだな。ちゃんと支払ってやってくれよ。あの子に」

それだけあれば、一生遊んで暮らせる。

フェリアも、きっと戦争前のまともな暮らしに戻れるはずだ。

もちろん、こんなことでこの国を救えなかった俺の罪が許されるとは思っていない。ただの自己満足だ。

だが、どうせ尽きる命なら、この命を有効に役立てたほうがいいに決まっている。それだけの話。ただ、それだけの話でしかないのだ。

流石《さすが》は俺が見込んだ男だ。バルサバルは、ちゃんと全てを察してくれたらしい。

「約束しよう。帝国騎士の名誉にかけて必ず」

「信用してるぜ。我が仇敵《とも》よ」


「これより、宮廷魔術師――紅蓮のオズマの処刑を執り行う！」

首切り役人が高らかにそう宣言すると、鉄柵の向こうに集まった人垣が大きくざわめいた。

(紅蓮のオズマか……。大袈裟な二つ名だよな)

戦場で両腕を失い、部下や弟子たちの命と引き換えに逃がされ、生き恥をさらしてきた俺には過ぎた名だ。

それも、今日で終わりを告げる。

紅蓮のオズマは、今日を最後にこの世から消えるのだ。

今や俺は刑場で跪《ひざまず》き、首切り斧が振り下ろされるのを待つばかり。

自嘲気味に唇を歪めると、俺の傍で腕を組んだままじっと見つめているバルサバルと目があった。

「こんなとこまで付き添ってくれんのかよ、騎士団長殿」

「首切り役人どもに、お前の首を粗雑に扱わせるつもりはないのでな」

俺は、思わず苦笑する。

「死んじまったら終わりさ。犬の餌にされたって文句はない」

「させんよ。お前を勇士として扱わねば、敗れ続けてきた私が惨めになる」

「そうか。じゃあ好きにしてくれ」

「ああ、言われずとも」

バルサバルは、静かに眼を閉じると再び口を開いた。

「心残りはあるか？」

「そうだな……家に跡継ぎを残せなかったのは、親父殿に申し訳ないと思っている」

「流石に、それは叶えてやれんな」

「叶えられても困る」

戦場で睨みあった相手と軽口を叩きあって、俺は最後に、この世の光景を目に焼きつけておこうと周囲を見回す。そして鉄柵の向こう、野次馬の群れの中に、泣きじゃくるフェリアの姿を見つけた。

「なあ、バルサバル……一つだけあった。心残りが」

「聞こう」

「あの子……フェリアのことを頼む。命の恩人なんだ」

途端に、バルサバルは呆れたような顔をした。

それはそうだろう。フェリアが居所を密告したせいで、俺は今処刑されようとしているのだ。

それを命の恩人とは、矛盾もいいところだ。

「……わかった。年端もいかぬ娘に大金を持たせるのも心配はしていたのだ。私が後見人となって、必ず守り通すことを約束しよう」

「それは心強い……頼むよ」

そして、俺はフェリアへと顔を向けて、精一杯の笑顔を作る。

声はきっと届かない。だから、唇だけを動かして想いを告げた。

──ありがとう。元気でな。

「おじさぁあああああああああん！」

フェリアの涙声の絶叫。それが微かに耳に届いたその瞬間、首切り役人が斧を振り下ろし、俺の意識は、そこで途切れた。

第二章　三〇〇年後の世界

「んっ……っ……」

うっすらと瞼《まぶた》を開けた途端、暗闇の向こうに燃え盛る炎が見えた。

(地獄の業火ってヤツか……)

戦争とはいえ、多くの人間を殺《あや》めてきたのだ。天国へなど行けようはずがない。

だが、背中に感じる湿った土の感触、パチパチと火の粉の舞う音、鼻を突く焦げ臭い匂い、そのいずれもが死後の世界にしては、やけに生々しかった。

見上げれば、空に向かって枝を伸ばす木々の隙間に月が明るい。

(俺……死んだんだよな？)

慌てて首筋に手を当てても、傷の感触一つない。繋がっている。

だがそこで、俺は更に混乱した。

「なんで……手があるんだ？」

目の前に両手の掌を翳《かざ》し、恐る恐る握ったり開いたりしてみれば、俺の意思で指が、腕が動く。

失ったはずの両腕が、確かにそこにあった。

「どうなってんだよ、いったい……」

俺は、完全に混乱しきったままに身を起こし、周囲を見回してみる。

暗く深い夜の森。静けさの中に、ホウホウとふくろうの鳴く声が響いていた。目の前には左右に道が続いている。どうやら、ここは森を貫く一本道らしかった。

道の真ん中で燃え盛っているのは一台の馬車で、それを曳いていたはずの馬は見当たらない。そして馬車の傍には、御者台から投げ出されたと思《おぼ》しき男が倒れ込んでいた。

(なんだ……この状況？　俺の身にいったい、何が起こってるんだ？)

思い出そうにも俺の記憶は、処刑場で目にしたフェリアの泣き顔を最後に途切れている。記憶の中に、自分が置かれているこの状況を説明できるような糸口は、何も見つからなかった。

俺は、恐る恐る倒れこんでいる男の傍へと歩み寄る。

燃え盛る炎に照らし出される男の姿。年の頃は四〇半ばといったところ。肥満気味でやけに派手な腰帯を身に着けた、見慣れない装束の男である。雰囲気だけを見れば商人っぽいようにも見えるが、俺には全く見覚えのない男だった。

男は、明らかに死んでいた。

それも、馬車から投げ出されて死んだのではない。男の首筋には、鋭利な刃物で切り裂いたと思しき傷がぱっくりと開いていて、ドクドクと血が流れ出ていた。

(血は固まってない……斬られてからまだ大して時間は経ってないな)

俺は、背筋に冷たい汗が滴り落ちる感触を味わいながら身構え、周囲の気配を探る。自らの呼吸音と心臓の音がやかましい。だが、他に人の気配はない。この男を殺《あや》めた奴は、もうどこかへ行ってしまったのだろうか。

(どんな状況だよ……これ)

処刑場で刑死したはずなのに、眼を覚ましてみれば天国でも地獄でもなく、どことも知れぬ深い森の中。しかも、すぐ近くには燃え盛る馬車と見知らぬ男の死体が転がっている。

いや、そこまではまだいい。理由も方法もわからないが、俺は処刑を免れて、誰かに刑場から連れ出されたのだと想像はできる。全く理解できないのは、失ったはずの両腕が存在していることだ。

混乱の極みとしか、言いようがなかった。

(とりあえず、危険はなさそうだが……)

俺は呼吸を整えながら地面に座り込み、どうにかこの状況を理解するための糸口を探す。そして木々の隙間、月明かりに照らされて遠くに映える山の姿に目を留めた。

「デラディ山脈……か？」

横たわる竜にも似たその形は、王都の北に横たわるデラディ山脈に相違ない。

月の位置、山の見え方から考えれば、ここは王都の西に広がる大森林、そこを貫く一本道だと思って間違いないだろう。

自分の居場所がはっきりしたことで、少しだけ気持ちが落ち着いたような気がした。

（……生きていること、腕が存在していることは決して悪いことではないが……無邪気に喜んでいいのか、これは？）

そんなことを考えていると、遠くのほうから小石を跳ね飛ばしながら近づいてくる、車輪の響きが聞こえてくる。

弾かれるように顔を上げ、音の聞こえたほうに眼を向けると、見慣れない照明器具を灯した馬車——いや馬の姿は見えない。荷車のような三輪の車両が、曳く馬もないのにこちらに向かって真っ直ぐに走ってくるのが見えた。

本来ならば警戒し、身を隠すなりして然るべきなのだが、混乱しきった俺は、ただ茫然とその場に座り込んだまま。そして、その小型の荷車は俺のすぐ傍までくると、キキキッとけたたましい音を立てて、横滑りに停車した。

車両に乗っているのは二人。どちらも女性だ。

御者台で車両を操っているのは恐らくメイド。恐らくというのは、彼女の身に着けている衣服が、俺の知るメイドの仕事着とは、いささか様相を異にしていたからだ。

まず、スカートがやたらと短い。というか、ほとんど下着同然。その上、胸元が大きく開いている。しかも布地を押し上げる肉鞠は非常に豊かで、谷間は千尋の如くに深い。内はねのショートカットの黒髪には、メイドらしく白いヘッドドレスが載っかっていた。

どこぞの貴族が、使用人にこの装束の着用を義務づけているのだとすれば、それは紛うことなき変態貴族であろう。

続いて、車輪の上げた土煙の中、荷台から地面に降りたったのは、これまた痴女としか思えないような格好をした若い女性だった。

腰回りの直垂《ひたたれ》、ガントレットにグリーブ。末端は重厚な甲冑で隠れているのだが、それ以外は下着同然。裸体の上に、そのまま甲冑のパーツを身に着けたかのような、あまりにも慎みに欠けた装いに、俺は思わず立ち上がって目を逸らす。

（め、目のやり場がない……）

自慢ではないが、俺は女を知らぬ清い身体である。

若い頃は研究一筋で色恋沙汰になど目もくれず、宮廷魔術師となってからは、弟子や部下たちに、「女性経験がなさすぎて、ハニートラップを仕掛けられたら確実に引っかかる」と、異性との新たな出会いをことごとく妨害されてきたのだ。

恋愛に関する情緒は、思春期男子並みだという自覚すらある。

だが、そんな俺の戸惑いなどお構いなしに、その痴女が声を張り上げた。

「問う！　オズマ殿であらせられるか！」

俺は、名を呼ばれて思わず身を強張《こわば》らせる。

もちろん、こんな痴女を知り合いに持った覚えはない。だが、このわけのわからない状況において、俺のことを知っていると思しき相手が現れたことは、救いとしか言いようがなかった。

「た、確かに、オズマは俺だが……」

途端に彼女は青い瞳を大きく見開き、驚きと歓喜の入り交じった表情を浮かべる。

「おおっ！　高祖陛下の予言どおりだ！」

そして、慌ただしく俺の傍に歩み寄ると、足下へと跪《ひざまず》いた。

「オズマ殿！　お迎えに上がりました！　伝説の大英雄オズマ殿にお目にかかれようとは……このシャーリー、身に余る光栄にございます！」

「はい？」

(伝説の大英雄？　なんだそれ？)

思わず首を傾げる俺を、彼女は教練所上がりの新兵のような、憧れを宿したキラキラした瞳で見上げてくる。

散々痴女呼ばわりしておいてなんだが、よく見れば彼女は騎士らしい精悍さの中に、あどけなさを残した美しい少女だった。

歳の頃は一八、九。流星を束ねたかのような金色の髪をポニーテールに纏《まと》め、水底から見上げた空のように澄んだ青い瞳。すっと一筆でなぞったような形の良い鼻、瑞々しい唇。

胸のサイズはやや控えめだが、剝き出しのお腹は引き締まり、くびれが美しい曲線を描いている。ぷりんと音を立てて揺れそうな悩ましい臀部《でんぶ》に、知らず知らずのうちに目が吸い寄せられた。

(落ちつけ俺、ジロジロ見るな！　父娘《おやこ》ほども歳の離れた女の子相手に何考えてんだ！)

俺が必死に目を逸らしていると、御者台の上からメイドが女騎士へと抑揚のない声で告げた。

「シャーリーさま……オズマさまがお困りです。どうやら、まだ状況が呑み込めておられないご様子。王城への道すがら、御身を巡る状況をご説明申し上げるのが最善かと」

「お、おお！　そ、そうだな」

そして、シャーリーと呼ばれたその女騎士は、燃え盛る馬車へと目を向けて、俺にこう問いかけてきた。

「ところでオズマ殿……この惨状は、いったいどういう状況でございましょうか？」

「いや、俺にも何がなんだか……目が覚めた時には、わけもわからずここにいたというだけで……その馬車や倒れている者にも覚えがない」

歯切れの悪い俺の答えに、彼女は形の良い眉を顰《ひそ》める。

「なるほど……見たところ倒れている者は商人のようですし、恐らく夜盗の類《たぐ》いに襲われたのでしょう。王城に戻り次第、あらためて人を派遣して調べさせましょう。今優先すべきはオズマ殿、御身《おんみ》の安全でございます。御身以上に大切なものは、この世にございませぬゆえ」

「お、王城？　ちょ、ちょっと待ってくれ！　君たちはいったい何なんだ？」

王城は、今や帝国に占拠されている。かといって彼女たちが帝国の人間かといえば、そうは見えないし、なにより帝国の人間ならば、俺を大切に扱う理由はない。

戸惑う俺の姿を目にして、メイドと女騎士は互いに顔を見合わせる。

「失礼いたしました。オズマ殿が戸惑われるのも当然でございます。私は女王陛下の近衛騎士、シャーリーと申します。そちらのメイドはジゼル。オズマ殿が戸惑われるのも当然でございます。御身がお亡くなりになってから、すでに三〇〇年の月日が過ぎておりますゆえ」

「は？　三〇〇年？」

言葉が頭の中で上滑りする。何を言っているのかよくわからない。戸惑いは大きくなるばかり。

「それではオズマ殿、取り急ぎこちらへ。乗り心地には難がございますが、それほど長時間ではございませんのでご容赦いただければ幸いです。詳しいことは王城に向かいながらご説明申し上げますので」

「ちょ、ちょっと……」

「まあまあ、詳しいことは後ほど」

女騎士が、なぜか嬉しそうに俺の背を押して半ば強引に荷台に座らせると、御者台でメイドが振り向いて口を開いた。

「では、参ります」

途端に、荷台の後部についている風車のようなものが、ゆっくりと回転し始める。そして、俺たちを乗せた荷車が、曳く馬もないのに静かに走り出した。


「ふふっ……」

藪の中。遠ざかっていく車両を眺めて、アタシは口元を歪める。

弟は、上手くオズマに成り代わることに成功したようだ。

偶然手に入れた高祖の手記、その写本。そこに記されていたとおりの時間に、記されていた場所で待ち受けていると、一両のモトに乗って一人の男が現れた。

恰幅の良い商人風の男である。大英雄とはとても思えぬ風体ではあったが、この時間にこんなところに現れるとすれば、予言に記された人物、大英雄オズマとしか考えようがない。

それにしても、我が弟イムレがあれほどに演技派だったことには正直驚かされた。

磨き抜いた暗殺者の技で、大英雄オズマを一撃で亡き者にした後、唐突に倒れ込んだのには慌てさせられたが、それもたぶん必要なことだったのだろう。

弟は、その直後に現れた女騎士とメイドを相手に、まさに今転生したばかりで状況が全く摑《つか》めない。そんな演技を見せたのだ。

メイドも女騎士も、頭から我が弟イムレのことをオズマだと思い込んでいたように見えたし、あの分ならバレる恐れもないだろう。流石は、我が弟としか言いようがない。

オズマに成りすまして女王を弑《しい》し、王家の女たちを犯し尽くして孕《はら》ませ、この国を手に入れる。その計画はもはや成ったも同然。この日のために、弟は女を虜にすべく、あの悍《おぞ》ましい肉体改造を行ってきたのだ。

「あとは……アタシが王城に入り込んで、イムレの手助けをすれば完璧……ふふっ、ふふふっ」

これまで虐げられてきた我が一族が！　闇に生きることを強いられてきた暗殺者一族が！　この国に君臨する日が、もうそこまで来ているのだ。これが笑わずにいられようか！

背後へと飛び去っていく風景を眺めながら、俺は先程の女騎士の一言に想いを巡らせていた。

(俺が死んでから、三〇〇〇年経ってるだと？)

荒唐無稽な話だとは思うのだが、この女騎士の発言を真に受けるなら、俺は『転生した』ということなのだろう。

(もし本当にそうなら想像を絶する話だな……考えるだけ無駄かもしれん。まずは情報を集めて、状況の把握に努めるしかなさそうだ)

ちらりと隣を覗き見れば、女騎士は興奮気味に頬を染め、うっとりと俺を見つめている。

どこかで見覚えのある表情だと思ったら、昔、秘書官のミスカに無理やり連れていかれた劇場で、歌劇俳優を見つめるご令嬢たちが、そんな顔をしていたのを思い出した。

わけはわからないが、父娘《おやこ》ほども年の離れた娘とはいえ、半裸の美しい女性にそんな目で見つめられていては、落ち着いてなどいられるわけがない。口説いたら行くところまで行けてしまうんじゃないかとすら思ってしまう。

(何考えてんだ、俺は！　歳を考えろ、歳を！)

頭を振って邪念を振り払い、俺は気を落ち着かせるために、気になっていたことを尋ねることにした。

「もしかして、君たちは『帝国の人間』なのか？」

すると、シャーリーはきょとんとした顔をして首を傾げる。

「帝国？　もしかしてグロズニー帝国のことでございますか？」

「そうだ」

「グロズニー帝国ならば、遥か昔に滅びておりますが？」

俺は驚きのあまり腰を浮かしかけ、バランスを崩してガタガタと荷台の枠にしがみつく。

「ほ、滅びただと!?」

「はい、確か二八〇年ほど前のことであったかと……」

それは流石に驚きもする。俺が刑死した時点では王国の併合は目前。エドヴァルド王国がなくなれば、もはや帝国を脅かすものはこの世に存在しない。そんな状況だったのだ。それが俺の死後、たった二〇年で滅んだのだとすれば、天変地異ぐらいしか考えられない。

「て、帝国は……ど、どうして滅んだんだ？」

震え声でそう問いかけると、彼女はなぜか誇らしげに胸を張った。

「我が国の高祖陛下が、滅ぼされましたゆえ」

「……高祖陛下？」

「はい。帝国を攻め滅ぼし、高祖陛下は新たな国を建国されました。その国こそ、我が国――」

そして、彼女は表情に歓喜を滲《にじ》ませて、高らかにこう告げた。

「その名も、神聖オズマ王国でございます！」

たぶんこの時、俺は相当おかしな顔をしていたのだと思う。

「し、神聖オズマ王国……？」

なにせ、俺の名を冠した国名である。しかも神聖ときたものだ。ぶっちゃけ、単にこの女の頭がおかしいだけなんじゃないかと……そう思った。

だが、俺の戸惑いなどお構いなしに、シャーリーは感極まったとでもいうような口調で捲《まく》し立ててくる。

「然様でございます！　オズマ殿の転生については、高祖陛下が場所と日時についても予言を残されておいででした。そして我々は現女王陛下の命により、大英雄オズマ殿をお迎えに上がるという至上の栄誉に浴したわけでございます！」

「お、おう……」

確かに『転生』は理論的には可能だと、生前、魔法の研究者として俺自身が結論づけている。あくまで理論的には……であるが。だから転生したということに異存はない。さもなければ、両腕が存在することにも説明がつかないからだ。

三〇〇年経っているというのも、百歩譲って良しとしよう。

馬もなしに走る荷車。彼女たちの纏う衣服も俺の生きていた時代とはかなり違う。いや、今、俺自身が身に着けている衣服すら全く違うのだ。

問題は……どういうわけか、この俺が『大英雄』呼ばわりされているということ。

俺に向けてくるシャーリーの憧れに満ちた眼差しは演技とは思えないし、彼女たちの態度も恐ろしく丁寧だ。いかにも『大英雄』と呼ばれるような人物に対する接し方……そう思える。

確かに魔法研究者として、それなりに名の知れた人間であったことは否定しない。だが、俺は帝国に敗れ、浮浪者に身を堕とした敗残兵。しかも最後は捕縛され、惨めに刑死した人間である。『大英雄』などと呼ばれるような要素はどこにもない。

何をどう言っていいのかわからず黙り込んでいると、機嫌を損ねたと思ったのか、シャーリーが焦るように、更に早口で捲し立てた。

「いや、ご、ご不満は、ごもっともでございます。本来、大英雄のご帰還ともなれば、盛大に式典を執り行ってお迎えするべきなのは承知しております。ですが、御身の安全を思えばこそ、内密に事を運んでおるという状況にございます」

「いや、別に怒っているわけではないが……大英雄などといわれる覚えは……」

「またまたご謙遜を！　数々の伝説を残された英雄の中の英雄。この国の者は幼少のみぎりより、寝物語にオズマ殿の伝説を聞いて育ってまいります。もちろんそれは、この私も例外ではございませぬ！」

「いや、だから……人違いだと思うんだが……」

「御身はオズマ殿ではないと？」

「いや、オズマだが」

「ならば、間違いございません！」

彼女は再び、憧れに満ちたキラキラした瞳で俺を見つめ、そして力強く頷く。

俺としては、困惑するしかない。

彼女の熱い視線に耐えられなくなって、俺は明後日の方向へと顔を向けながら話題を変えた。

「しかし……すごいな、この荷車は。曳く馬もなしにどういう理屈で動いているのだ？」

そう問いかけると、彼女は何を言ってるのかよくわからないとでも言いたげな顔をして、首を傾げる。

「普通の……モトでございますが？」

「モト？」

すると、メイドが荷車を操りながら、背中越しに口を挟んだ。

「シャーリーさま。オズマさまが生きておられた時代には、精霊魔法は一般的ではございません。当然、モトどころか精霊動力も存在しておりませんので」

（精霊魔法？）

俺はメイドのほうへ目を向けて、慌てて目を逸らす。

風にたなびく短いスカート。その下には布地のほとんどない、ヒモのような黒い下着と剝き出しの臀部が見え隠れしていた。

（何なんだ、いったい……三〇〇年のうちに女の慎みというのは、消えてなくなってしまったのか？）

そんな俺の胸の内などお構いなしに、シャーリーが納得したとでもいうように大きく頷いた。

「なるほど……そうか！　オズマ殿の時代は、古代語魔法が主流であったな」

「古代語魔法？」

精霊魔法に続いて古代語魔法。次々と聞き覚えのない単語が発せられて、俺としては困惑するしかない。そんな俺の困惑を察したのだろう。どこかうっとりとした視線を投げ続けてくるシャーリーをよそに、メイドが話を引き継いだ。

「私自身は研究者ではございませんので、うろ覚えの歴史にて恐縮でございますが、三〇〇年前、帝国は古代語魔法を封じ込めることに成功し、これによって古代語魔法の中心地であるエドヴァルド王国は弱体化、そして滅んだと」

「滅んだ……」

我々が使用していた通常の魔法が、この時代においては古代語魔法と呼ばれているのだということは想像がつく。問題は、エドヴァルド王国が滅んだという一言。

俺が死んだ時点では、幽閉されていたとはいえ、国王陛下はご健在。たとえ帝国の属国と化したとしても、国自体は存続できるものとそう思っていたのだ。

胸の内が表情に出ていたのだろう。女騎士が慌てて俺の手を取り、慰めるように口を開いた。

「誠に申し訳ございません。オズマ殿のお気持ちを汲まぬ物言いではございましたが、ジゼルに悪気があるわけではございません。滅んだという物言いは過剰でございます。正確には姫君が皇太子に嫁ぐことで最終的には帝国に同化した……そう聞き及んでおります」

もっと最悪の事態だった。

そもそも帝国との諍《いさか》いの発端は、絶世の美女と名高いエドヴァルドの姫殿下を、帝国のボンクラ皇太子の妻として迎えたいという皇帝の戯言《ざれごと》が発端だったのだ。いや、実のところ、それは断られることを見越しての罠。侵攻するための口実でしかなかったわけだが。

国王陛下は王都陥落の直前に王妃殿下、姫殿下を隣国に逃れさせたというのに、結局はそれすらも水泡に帰したということである。

我々臣民皆が憧れたあの美しい姫殿下に、帝国のボンクラ皇太子の手が伸びたのだと思うと、胸が張り裂けるような気がした。

俺は唇を噛みしめ、救いを求めるような気持ちでシャーリーへと問いかける。

「だが……帝国も二〇年で滅んだ。そうだな？」

「然様でございます。隣国マチュアは帝国の流れを汲む国ではございますが、今や我が国の属国。滅んだという表現で問題ないかと」

帝国が滅んだと聞いても、このモヤモヤした胸の内が晴れることはなく、俺はどうしようもない思いを胸に、唇を噛み締めた。

(そのマチュアという国の王族が、グロズニー帝の子孫であるなら、復讐を果たすことも……いや、同時に姫殿下の子孫ということもあり得るのか……)

黙り込んでしまった俺を、シャーリーが不安げに見つめ、メイドは前を向いたままひたすらに車両を操っている。

重苦しい空気。車輪の響きだけが暗い森の中に響いていた。

しばらくして遠くに街の灯りが見えてくると、メイドが御者台に置かれていた布地を手に取り、それをこちらへと差し出してくる。

「オズマさま、間もなく王都でございます。誠に恐れ入りますが、このフードでお顔を御隠しいただきたく存じます」

そして、メイドの言葉を継ぐようにシャーリーが口を開いた。

「……本来であれば、王家の皆さまの居室に殿方が足を踏み入れるのは禁忌でございますが、オズマさまはもちろん例外。ただ、御身の存在をまだ公にするわけには参りませんので……」

「ああ……わかった」

別に何がわかったわけでもないのだが、逆らう理由はない。

俺はフードを羽織って、道の先に見える街の灯りに眼を向ける。もはや俺が知る王都とは違うものなのだろうが、周囲の風景には見覚えがある。そこは間違いなく王都ヴェスタがあった場所であった。

「あれが、我が王都サン・オズマリアでございます」

（なんだよ、オズマリアって……）

俺の胸の内を言葉にすると「もうやめてー！」であり、俺が悪いわけではないと思うのだが、居たたまれない羞恥で逃げ出したくなる。

荷車はそのまま市街地を走り抜け、城門の傍まで来たところで、メイドが照明器具を掲げて大きく左右に振ると、ギギギと音を立てて跳ね橋が下りてきた。

見上げた王城は、俺が知るものとは建築様式が全く異なっている。以前は石造りの武骨な城であったものが、白壁の優美な建造物へと変わっていた。

（これも、三〇〇年の時の流れということか……）

王城の周囲を囲む堀に跳ね橋。橋の向こう側で城門がゆっくりと開いていく。城門をくぐり終えると、そこにはよく手入れされた庭園が広がっていた。

壁面に設置された発光する球体が庭全体を照らしていて、昼間かと見まがうほどに明るい。あの発光する球体は何か、どんな理屈で光っているのか、シャーリーに尋ねようかとも思ったのだが、目に映るもの全てが珍しく、キリがないのでやめた。

メイドは庭園を抜けた先、奥の建物の前に荷車を横付けに停める。すぐさまシャーリーが荷台を飛び降りて、俺のほうへと手を差し伸べてきた。

「さぁ、どうぞこちらへ。女王陛下がお待ちかねでございます」

「あ、ああ……」

未だに困惑したままではあるが、彼女たちに従う以外に、どうすればいいのかもわからない。

俺は荷車を降りると、メイドを先頭に、シャーリーに付き添われて王宮へと足を踏み入れる。

王城は嘗《かつ》ての王城と同じ場所に存在していたが、建築様式はまるで異なっている。

外観同様、廊下は以前の石組みの武骨なものから優美な白壁のものへと変わり、松明で煤《すす》けていた天井は、緩やかにアーチを描いて、金のレリーフがあしらわれていた。

既に人払いが為されているのだろう。途中、誰にも出会うことのないまま、玉座の間と思しき扉の前に辿り着くと、シャーリーが大きく声を張りあげた。

「オズマ殿をお連れいたしました！」

ジゼルが扉を開け、小首を傾げて「お入りください」と俺を促す。

扉の向こうに広がっていたのは赤じゅうたんの広間、天井には巨大なシャンデリア。奥の一段高くなった場所には玉座があり、そこに美しい女性が独り、腰を下ろしているのが見えた。

そしてその左に並ぶ椅子には、美しいドレスを纏った三人の若い女性が控えている。

玉座の女性は、もちろん女王だろう。

（……若いな）

確かに女王と呼ぶにはあまりに若い。歳の頃は二〇代半ばのようにも見えた。

波打つ金色の髪を銀のティアラが飾り、少し垂れ気味の碧眼は優しげで、吟遊詩人たちがこぞって題材として採り上げるであろう、飛びぬけた美貌の持ち主である。

彼女は俺を見据えたまま静かに玉座から立ち上がり、こちらへと歩み寄ってくる。そして、俺の傍に辿り着くと、躊躇する素振りもなく足下へと片膝をついた。

「お待ちしておりました、オズマさま」

相手は女王陛下。一国の主である。それが片膝をつくなど、普通ならあり得ないこと。

シャーリーは「へ、陛下!?」と狼狽《うろた》え、俺は慌てて跪《ひざまず》き、彼女より頭を低くした。

「オズマさま、頭をお上げください。この国においで御身以上に尊い者はございません。この国は我が祖先があなたのために拵《こしら》えたもの。この国は土の一欠片、草木の一本に到るまで全てが、御身のためにのみ存在するのです」

女王の言葉が、頭の中で形を成さずに上滑りする。

(は？　俺のため？　なにが？　なんで？)

困惑を隠せず目を泳がせる俺の手を取って、女王は優美に微笑んだ。

「フェリアという名に覚えはございますか？」

「フェリア？　も、もちろんですが……」

毎日、俺にパンを分け与えてくれた優しい少女。あどけない微笑みと、処刑場で目にした、涙で顔を汚した彼女の表情を忘れることはない。

「我が国の高祖、フェリア・バルサバルは御身を弑《しい》した帝国を叩き潰し、生まれ変わってこられる御身のために、この国――神聖オズマ王国を建国したのです」

「なっ!?　ちょ、ちょっと待ってください！」

（い、意味がわからなさすぎる！）

「あ、いや……もちろんとは申しましたが、ど、ど、どうやら、お、俺の知るフェリアと、女王陛下が仰ったフェリアという方は別人のようで……」

「いえ、恐らくそのフェリアです」

「いや……だって、こんな小さな子ですよ」

「人は成長いたします。いつまでも小さな子ではございません。高祖の残した手記に拠れば、女衒《ぜげん》に売られかけた彼女を救うために、あなたは自ら命を投げ出された。違いますか？」

「い……いや、あの時にはそれしか方法がなかったというか……って！　あの大人しい子が帝国を滅ぼしたァ⁉」

「然様でございます。あなたの首にかかった多額の報奨金を得た我が祖先フェリアは、弟たちと共に帝国貴族バルサバル家の養子となりました」

どうやらバルサバルは、俺との約束を守ってくれたらしい。

（だが……それなら余計に、どうしてそんなことになった？）

「高祖フェリアは、帝国貴族の子弟としてアカデミーで学び、首席で卒業。東方へ留学し、そこで彼女は一人の老婆と出会いました。ズンバという名の蛮族の長老です。彼女から精霊魔法を授けられた高祖フェリアは、帰国後すぐに反帝国勢力と合流。帝国に叛旗を翻《ひるがえ》し、強大無比の力を振るって、わずか四年半で帝国を滅ぼしてしまったのです」

思わず俺は呆然とする。それはそうだろう。あの大人しい女の子が、強大な帝国を滅ぼしたというのだから。信じろと言われても困る。

（しかし……何なんだ、精霊魔法ってのは？　蛮族の長老に授けられただって？）

それどころではないはずなのだが、精霊魔法という未知の魔法の話を聞かされて、研究者としての好奇心が無茶苦茶疼《うず》いた。

これでも俺は、宮廷魔術師として引っ張り出されるまでは、研究室に籠もって魔法の研究に人生を捧げてきた人間だ。魔法を体系化し、うっかり戦力としての実用化に成功してしまったがために、戦地に出ざるを得なくなってしまっただけの人間なのだ。

俺以上に魔法を知る者などいない、そんな自負もある。その俺が知らない魔法が存在して、しかも、それを用いて帝国を滅ぼしたのだと聞かされては、興味が湧かないはずなどない。

だが、それを問い質すより先に、女王陛下の話の内容が、さらに斜め上へと突き抜けた。

「帝国を壊滅させ終えた高祖フェリアは、精霊王との対話を繰り返し、どうにかしてあなたを生き返らせる術《すべ》はないかと、研究を重ねました。そして、御身を生き返らせることこそ叶わなかったものの、転生を実現させる術を手に入れたのです」

「そ……それで、俺は」

「然様でございます。転生には、長きにわたる年月が必要。高祖の力をもってしても、必要とされる死後三〇〇〇年の時を縮めることはできません。そこで彼女は、あなたが再びこの世に現れる時のために、王国を建国したのです。あなたが存分に子作りに励むための王国！　神聖オズマ王国を！」

「…………はい？」

なんだか、急に耳がおかしくなったらしい。流石に、今のは聞き間違いだろう。

「えーと、申し訳ありません……何のための王国ですって？」

「オズマさまが存分に子作りに励むための王国です」

「聞き間違いじゃなかった!?」

ついつい相手が女王陛下だということも忘れて、俺は声を上げる。

「い、いくらなんでも頭おかしいだろ！　それは！」

だが、女王陛下は平然と言葉を継いだ。

「高祖は養父バルサバルより、オズマさまの心残りは子を残せなかったこと。そう伺ったと手記に残しておられます。そして、自身がオズマさまの子を宿す機会のなかったことを悔やんでおられました」

「そりゃそうでしょうよ!?　俺が死んだ時はフェリア、まだ子供ですから！」

「ですので……高祖は、その悲願を我々、子孫に託されたのです！」

「……………なんだそれ？」

頭痛がした。

もしかしたら、俺の処刑シーンを目の当たりにしたことで、彼女に何か、重大なトラウマを植えつけてしまったのかもしれない。

「王家に生まれた女子は伴侶を持たず、これまで精霊との交配によって子をもうけてまいりました。私自身はすでに精霊王と契っておりますゆえ、子を宿すことはできませんが、我が娘たちにぜひ、オズマさまの子種をお与えください」

思わず顔を引き攣らせる俺にニコリと微笑んで、女王はそう言い放つ。彼女は微笑んでこそいたが、その目は全く笑っていなかった。有無を言わさぬ迫力があった。

（……なんだこれ？）

俺は顔を引き攣《つ》らせながら、錆びついた歯車のごとくに首を動かして、玉座の脇に控える三人の姫君へと眼を向ける。

（子作りって……つまりその、あんなことや、こんなことするって……そういうことだよな）

姫君たちは、いずれも見た目には一〇代。いずれ劣らず美しいが、雰囲気はそれぞれ随分異なる。

「長女のフレデリカ」

女王陛下がそう口にすると、おっとりとした雰囲気の丸顔の姫が、ニコリと微笑みながら小首を傾げる。

母親譲りの垂れ目がちの目に、緩いカーブを描く鼻筋。

癒やし系とでもいえば良いのだろうか？　ふわりと空気を含んだような栗色の髪が、優しげな雰囲気を更に柔らかなものにしていた。

今身に着けている薄いピンクのドレスは露出こそ少ないものの、胸元の主張はかなり激しい。雰囲気だけでなく、物理的にも柔らかそうに見えた。

「続いて、次女のアーヴィン」

長い黒髪の姫が、「ふんっ」と鼻を鳴らしてそっぽを向く。

どことなく鋭利な刃物を思わせる冷たい雰囲気、やや釣り目気味の双眸《そうぼう》が俺のほうを胡乱《うろん》げに見据えた。

身に着けているのは濃紺に橙《だいだい》の差し色の入ったドレス。胸元は少し……いや、かなり慎ましいが、手足は長くスタイルは美しい。三人の中でも飛びぬけた美人といってても良いのだけれど、その表情には、明らかに俺への嫌悪が含まれていた。というか、目があった途端「ちっ！」とあからさまに舌打ちすらした。

感じは悪いが、むしろホッとする。それが当然の反応に思えたからだ。

「最後に、三女のマールでございます」

最後の一人は、何故かコクコクと頷いている……かと思いきや、完全に熟睡していた。

三人の中で一番小柄だが、ショートカットの外はねの髪といい、日焼けした肌といい、その顔立ちといい、無邪気そうといえばいいのか、やんちゃそうといえばいいのか。

普段は野山を走り回っていると言われても納得できそうな、どこか野性的な雰囲気の漂う女の子。しかも、一〇歳かそこらの年齢のようにしか見えない。

黄色と黄緑の明るい色のドレスが、その子供っぽさに輪をかけていた。

（っていうか、この年頃の娘が三人って、いったい女王陛下は何歳なんだよ……）

女王陛下の年齢はともかく、誰か一人を娶《めと》れという話であれば、百歩譲ってわからなくもない。

そうではなく子種を与えろ。全員ヤっちゃえと言っているのだ、母親が。

しかも三女にいたっては、見た目には俺が死んだ時のフェリアと同年代。完全に子供である。

正直言って、ドン引きとしか言いようがない。

「どの娘から抱いていただいても構いませんし、お望みであれば三人一緒もやぶさかではございません！　むしろそのほうがいろいろ手間も省けてよろしいかと」

「ちょ、ちょ、ちょっと待ってくださいよ。ひ、姫君にも相手を選ぶ権利というものが……」

「何を仰いますやら、オズマさまとの間に子を宿すことこそ、我が王家の悲願。そのためにこの国が存在していると言っても過言ではありません」

「過言だよっ!?」

思わず素に戻って声を上げる俺。もはや言葉遣いに気を使う余裕もない。

だが、女王陛下は気を悪くする様子もなく、逃がさぬとばかりに俺の両手を取って、ずいっと鼻先へと顔を突きつけてきた。

「さあ！　オズマさま！　さあ！　さあっ！」

「うぉっ、強っ!?　いや、しかし……そんな……」

圧がすごい！　っていうか、力もすごい！　この華奢《きゃしゃ》な身体《からだ》のどこにそんな力があるのかは知らないが、女王陛下は、俺を格闘技の力比べのごとくに圧倒しながら迫ってくる。

たじたじと身を仰《の》け反《ぞ》らせる俺。そんな俺を見かねたのか、背後から唐突に、メイドのジゼルが口を挟んできた。

「女王陛下、オズマさまは転生されたばかりで混乱されておいでございます。急いては事を仕損じるとも申しますし、ここは日をあらためられたほうがよろしいかと……」

「あん？」

途端に、女王が街中のゴロツキのごとくに口元を歪ませ、不快げな表情を浮かべる。

（なに、この人、ちょっと怖い）

「お、おい、ジゼル！」

使用人の分を超えた介入に、シャーリーが慌ててメイドに詰め寄ると、女王は一つ咳払いをして俺の手を離し、一転、優しげな微笑みを浮かべた。でも、やっぱり目は笑っていなかった。

「そうですわね、ジゼルの言うとおりでしょう。少し性急すぎたかもしれません。今日のところはこれぐらいにしておきましょう」

そして女王は立ち上がると、あらためて俺のほうへと向き直り、優美に腰を折る。

「オズマさま、身の回りのお世話はこのジゼルが、御身の警護はシャーリーが務めます。この二人に、何なりとお申しつけくださいませ。ではジゼル、オズマさまをお部屋へご案内してさしあげて」

「かしこまりました」

静かに腰を折るジゼルに目を向けて、俺はホッと吐息を漏らす。

とりあえずは、どうにかこの場を乗り切れたということらしい。

優しげな見た目とは裏腹な、女王陛下の押しの強さは脇に置いたとしても、俺だって男だ。姫君たちの美しさを目にすれば、惜しかったかなという気持ちもないわけではない。

だが、大英雄などと祭り上げられても、実際はそんなことなど全然ないのだから、すぐにボロが出るに決まっている。その時になって、騙されたとでも言われたら堪《たま》ったものではない。

(それにしても、フェリア……何でこんなことに)

あの大人しくも優しい女の子の姿を思い浮かべ、女王が口にした、俺が死んでいる間の三〇〇年の経緯に思いを馳せる。

女王陛下の話は、確かに辻褄は合っているのだが、無邪気に信じられるような内容ではない。

「では、オズマさま、こちらへ」

「あ、ああ」

ジゼルに導かれ、シャーリーに付き添われて、俺は玉座の間を辞する。

廊下に出て扉が閉まった途端、シャーリーがジゼルに詰め寄った。

「おい、ジゼル！　女王陛下に意見するなど分不相応にも程があるであろう！　いつお前を処断せよと仰るかと、肝が冷えたぞ」

「御心配には及びません。陛下は苛烈な方ではございますが、物の道理を解さぬ方ではございませんので」

ジゼルは表情一つ変えることもなく、平然とそう応じる。

押しの強さはともかく、俺の目に女王はそこまで苛烈な人柄には見えなかったが、シャーリーのこの様子を見る限り、何らかの前例があるのだろう。

だが正直、助かった。ジゼルが助け舟を出してくれなかったら、あの押しの強い女王に押し切られて、とんでもない過ちを犯していたかもしれないのだ。

(本当に、どんな状況だよ、これ……)

死んだと思ったら、次の瞬間には三〇〇年後の世界に生まれ変わったといわれ、わけも分からないままに女王に謁見。それだけでもとんでもないことなのに、その三〇〇年後の国が、俺が存分に子作りできるように創り上げられた王国だというのだから、冗談だとしても相当に頭が悪い。

喜んで三人の姫を抱けるぐらい楽天的な人間であれば良かったのだが、残念ながら俺はそういう性質《たち》ではないし、今だって担がれているのではないか？　何らかの陰謀に巻き込まれているのではないか？　と、気の休まらない小心者なのだ。

(っていうか……そもそも、あの姫君たちは、それでいいのか？)

俺とでは、親子ほども歳の離れた娘たちである。

彼女たちは、この状況を納得しているのだろうか？　いや、あの黒髪の姫の様子を見る限り、納得などしてはいないだろう。

自分たちの意思を無視されて、先祖の狂気に従わされている。そんなところだ。

(そりゃ、そうだろうな。わけのわからんおっさんに抱かれるとか……冗談じゃないよな)

王族の婚姻は政治に於《お》ける手札の一つではあるが、この場合はそれも当てはまらない。女王陛下の話を額面どおりに受け取ったとすれば、フェリアの俺への恩返しということになるのだろうが、あの優しい娘が、自分の子孫とはいえ他人に不幸を強制することなど、想像もできなかった。

繰り返すようだが、そもそもフェリアが帝国を滅ぼしたという話も信じられないし、俺が大英雄なんてことは、絶対に有り得ない。もしかしたら、三〇〇年のうちに色んなものが歪みまくって伝わった結果、誤解が誤解を生んでいる、そんな状況なのかもしれない。

ならば、ボロが出て皆を失望させる前にここから逃げ出して、俺自身の新しい人生を探すのが、誰にとっても幸せなのではないだろうか？

(新しい人生か……それなら、精霊魔法というのには興味があるな。そいつを研究するのは悪くない。うん……研究三昧の生活。最高じゃないか！　とはいえ、まだ情報が少なすぎる。ここから逃げ出すにしても、この時代のことをもっとよく把握してからでないと……)

俺は、メイドの後をついて廊下を歩きながら、隣に寄り添う女騎士へと顔を向ける。

「なあ、シャーリー。できれば明日にでも、王城の外を出歩いてみたいのだが……」

「かしこまりました。それでは私が御伴《おとも》させていただきましょう」

拒絶されるかと思いきや、彼女は意外にもあっさりとそう答えた。

「いいのか？　俺は軟禁されるものだとばかり……」

「ご冗談を。女王陛下も仰ったとおり、この国はオズマ殿の国。オズマ殿のご要望を無下にすることなどあり得ません。もちろん御身の安全のために、当面の間、オズマ殿ご本人だということは伏せさせていただきますし、ここにおわすことは秘匿させていただきますが」

そんなやり取りをする俺たちを先導して、メイドは王宮を更に奥へと進み、ひと際大きな扉の前で足を止めて、こちらへと振り向いた。

「ここから先が、オズマさまの後宮《ハレム》でございます」

「は？　……今なんて？」

「後宮《ハレム》と申しました。オズマさまは、気に入った女性を既婚未婚を問わず自由にこの後宮《ハレム》に囲うことが許されております。姫さま方も、既に生活の場をこちらに移しておられますし」

(サラッと、とんでもないこと言いやがった……)

言葉を失って立ち尽くす俺を気にかける様子もなく、メイドが扉を開け放つと、そこは豪奢な建物に取り囲まれた中庭。周囲を取り囲む建物は、それぞれが数階層にも及んでいる。

「東棟、西棟、南棟は全て囲う女性たちの私室となります。数は全部で八二。それでも足りなければ、いくらでも増築せよと女王陛下からはそう仰せつかっております。そして北棟は、全てオズマさまご自身の生活の場として、ご自由にお使いくださいませ」

「……嘘だろ」

更にドン、もういっちょドンのドン引きである。

スケールがデカすぎる。なにせ、巨大な王城の四分の一ほどが、俺のために用意された後宮《ハレム》だというのだから、開いた口が塞がらない。

「本日はもう遅うございますので、このまま寝室にご案内させていただきます。寝室の両隣の部屋には、私とシャーリーさまがそれぞれ控えておりますので、御用がございましたら、何なりとお申しつけくださいませ」

「あ、ああ……」

頷くのが精一杯。俺は完全に圧倒されてしまっていた。

贅を尽くし切った金ぴかのロビーを抜け、階段を上がって、寝室へと通される。

そこは、嘗《かつ》ての国王陛下の居室でさえ比べ物にならないほどに豪華な部屋であった。

中央に鎮座するベッドは持て余すほどに大きく、黒檀で設《しつら》えられた調度はどれも一流の品、その上、専用の湯あみ処まで設置されているのだという。

「寝酒が必要でございましたら、ワインと軽食をご用意させていただきますが、いかがでしょう？」

「あ、ありがとう、だが……遠慮するよ」

申し出を軽く辞退すると、ジゼルはあらためて口を開いた。

「それでは、今宵の夜伽《よとぎ》はいかがいたしましょう？」

「そ、それも遠慮する！」

見れば、シャーリーが顔を真っ赤にして俯《うつむ》いていた。

（まさか……な）

二人が部屋を去って独りになると、俺は大きく息を吐いて仰向けにベッドへと倒れ込む。

正直疲れた。色んなことがありすぎた。

処刑されたのは三〇〇年前のことなのだとしても、俺自身の体感としては、つい数時間前のことなのだ。

(死んだと思ったら、そのすぐ後に生まれ変わって、熱烈に子作りを迫られるとか……本当にどんな状況だよ)

頭の整理も、気持ちの整理もついたわけではないが、身の振り方は考えなければならない。とはいえ、今日のところは休むべきだろう。何かを考えるには疲れすぎている。

俺は、靴を脱ごうと身を起こす。

だがその時、壁面に設置されていた姿見に映る自分の姿を目にして、呆然と呟いた。

「誰だよ、お前？」

そこに映っていたのは、嘗《かつ》ての自分とは似ても似つかない、黒髪の美男子だったからだ。


「あははっ！　オズマたん、めちゃイケメンだったよね！」

「ちゃんとお顔を拝見しましたの？　アナタは、ずっと寝てたように思うのですけれど？」

「見たってば！　えーと、ほら、美男子は三日で飽きるっていうじゃん。かっこいいなーってしばらく見てたら飽きちゃって」

「三日どころじゃありませんわね」

「あはは、ホントだ！」

フレデリカ姉さんが呆れ口調で肩をすくめると、末妹のマールは能天気に笑った。

姉さんはいつもどおりおっとりしてるし、マールは我が妹ながら能天気にも程がある。

どうやら三姉妹の中で、オズマに抱かれることを本気で嫌がっているのは、私だけらしかった。

オズマが玉座の間を去った後、お母さまは「あなたたちもオズマさまに抱いていただけるように、積極的にアピールするのですよ」と、そう仰って自室に戻られた。

いくらご先祖さまの遺言だといっても、初対面の男の赤ちゃんを孕めというのは、常軌を逸しているとしか思えない。

私たちがオズマの転生を聞かされたのは数日前のこと。もっと前からわかっていたはずなのに、お母さまが私たちにそれを教えなかったのは、きっと考える暇《いとま》を与えないようにだろう。

「でも、オズマさまが見目麗しい殿方で、ホッといたしましたわ。脂ぎったおじさまだったりしたら、困ってしまいますもの」

姉さんの、のんびりした物言いが妙に癇《かん》に障《さわ》る。

「困るとか困らない以前の問題よ！　お母さまがどう仰ろうと、私はイヤ！　見ず知らずの男のモノになれだなんて、冗談じゃないわよ！」

憤然と床を蹴った私に、姉さんが「あらあら」と駄々っ子を眺めるような顔をした。

「アーヴィンったら、まだそんなこと言ってるの？　お母さまのあのご様子では、向こうから拒絶されない限り、抱かれないことなんて無理だと思いますわよ？」

　姉さんのその一言に、私は思わず顔を上げる。

「そうか！　拒絶されればいいのよ！」

　顔も見たくないというほどに嫌われてしまえば、抱かれるだのなんだのという、この茶番から逃れられるに違いない。そもそも、私は王家の中では味噌っかすなのだ。

　フレデリカ姉さんは精霊魔法の天才だし、マールは精霊化が進みすぎて、人間離れした身体能力を誇っている。私と一歳しか違わないのにマールが幼いのは、精霊化が進みすぎた彼女が戯《たわむ》れに行った三段飛びで、うっかり時を超えてしまったからだ。

「ホップ、ステップ、ジャン――」で姿を消したマール。最後の「プ」を聞いたのは、五年後、彼女が再び姿を現した時のことである。

　そんな二人に比べて、私はアカデミーでも最下級クラス。王家の面汚しと陰口を叩かれてさえいる劣等生だ。お母さまも、フレデリカ姉さんかマールがオズマとの子を宿すことを期待しているのだと思うし、私一人ぐらい抱かれなくても、きっと問題ないに違いない。思いっきり嫌われてしまえば、オズマだってわざわざ味噌っかすの私を抱こうとはしないはずだ。

　私がそんな風に思いを巡らせていると、マールが姉さんに問いかけた。

「それはそうとオズマたん。彫像とは全然見た目違ったよ？　なんで？」

「転生したのは魂だけだからって、お母さまはそう仰ってましたわね。魂を受け入れるための器は、精霊王が用意してくださるとも……」

「ふぅん……よくわかんないや」

そうだ。確かによくわからない。この時代で用意された肉体に、転生してきた魂が入り込んだ。そういう風にも受け取れるが、では、その肉体はどういう風に用意されたのだろうか？

「そうね。わかりませんわね。でもただの器ではございませんのよ。お母さまが仰ってらしたでしょ、ほら、子作り三点セット」

「ぶふぉっ!?」

「汚《きたな》っ！　アーちゃん汚いってばぁ！」

姉さんが碌《ろく》でもない話を持ち出したせいで私が噴き出すと、マールが慌てて飛びのいた。だが、姉さんは、マイペースにそのまま話を続ける。

「ご先祖さまの手記に書かれているらしいのですけれど、オズマさまが快適に子作りできるように、今世の身体には巨根、絶倫、あと一つ何か特別な力を精霊王が付与されるとのことですわ」

「巨根って何？」

マールが首を傾げると、姉さんはニコリと微笑む。

「ち○ちんが大きいということですわ」

「フレちゃんも大きいよね」

「あら、惜しいですわね。これはちち。ち○ちんじゃありませんの」

「そっか！　あははは！」

「ね、姉さん！　さっきからその……ちん……って！　恥じらいってものはないの！」

私なんて口に出すだけでも恥ずかしいのに、姉さんはどうしてそんなに平気なのか。我が姉ながら、頭がおかしいとしか思えなかった。

だが、姉さんは、むしろ私の態度のほうが不思議だと言わんばかりに首を傾げる。

「お母さまは、オズマさまのち○ちんを受け入れることこそ、ワタクシたちの使命だと仰っておられましたわよ？」

「け、汚らわしい！」

「そうかしら？　ワタクシはとても興味をひかれますわ。ご先祖さまが、たった一人の殿方のために国を打ち立てるぐらいですもの。そのち○ちんというものは、きっと素晴らしいものに違いありません」

今の物言いで、なんとなくわかった。どうやら姉さんは、ちん……とにかく、それがどんなものかよくわかっていないらしい。

それも当然といえば当然、私たちはお母さまと精霊王との間に生まれたわけで、父親はおらず、殿方の身体を見たことがあるわけではない。

舞踏会などで殿方と話をする機会がないわけではないが、そんなところで裸になる者がいるわけがなく、アカデミーにも男の子もいるにはいるが、王族に気軽に話しかけられるわけでもない。実際、真面《まとも》に言葉を交わしたことのある男子は片手で数えるほどしかいないし、殿方のアソコを目にする機会などあるわけがない。姉さんが知らないのも仕方がないこと。

では、私がどうして知っているかというと、アカデミーで少し前まで私のバディだったアルルに、殿方同士の秘め事を描いた春本を見せてもらったことがあるからだ。

とはいえ、まさか姉さんやマールに春本の話をするわけにもいかない。何をどう言ってよいのかわからなくなって、微妙な顔をする私をよそに、姉さんはマールに釘を刺した。

「でも、他の方々にち○ちんのお話とかしちゃダメよ」

「なんで？」

「オズマさまの転生が、他の方に伝わったらいろいろややこしいでしょ？」

姉さんが釘を刺したのは、恥じらいや風紀上の理由からではない。もっと現実的な理由があるのだ。

我が国の国教はオズマ正教。神とオズマと精霊王は一体のものであるとする宗派であり、教会の力は今や王家を上回ってさえいる。オズマが転生したことを知れば、当然教会は黙っていないだろう。

もちろん、オズマの身柄を求めるのは、教会だけではない。オズマの子孫を僭称《せんしょう》する者もいれば、オズマの実家クラリエ家も辺境貴族とはいえ健在だ。

属国として我が国に従う近隣諸国も、オズマの身柄を手に入れることで、主従逆転を目論んだとしても何の不思議もない。オズマの名にはそれだけの価値があるのだ。

お母さまは、オズマの血を取り入れることは王家の悲願。そう仰っておられるが、私に言わせれば厄介な火種でしかない。オズマを籠絡《ろうらく》できた者がこの国を支配できるのだと考えれば、その存在自体が危険物以外の何者でもないのだ。

（でも……私にとっては、チャンスでもあるのだけれど……）

王家の人間は、精霊と契りを交わして子をもうけるのが通例。精霊王との契約により肉の交わりは初めからできなくなっている。

だが、オズマが現れた今代——私たち三姉妹については、その契約が解除されているのだ。

オズマに拒絶されれば、もしかしたら王家から追放されるかもしれない。だが、そうなれば普通の女の子として、物語に描かれるような、そんな燃えるような恋をすることもできるのではないかと、私は密かに期待していた。

オズマさまを部屋へと案内した後、ワタクシは、女王陛下の私室を訪れておりました。

「ジゼル、アナタはどう思いますの？」

「率直に申しまして、意外としか申しようがございません。オズマさまは想像していた以上に奥手でございます。処刑間際に女を抱くことを望むような異常性欲者ならば、姫さま方をご覧になれば、喜んで飛びつくものと思っておりましたが……」

「ですわよねぇ……」

確かに、史書に描かれた大英雄オズマとは、似ても似つかぬ人格の持ち主でございます。

異常性欲者と聞いておりましたので、求められればすぐに応じられるようにと、勝負下着を穿《は》いて迎えに臨んだのですが、求められるどころか顔を背けられる始末。オズマさまに、そんな素振りは一切ございませんでした。

今のところ、あの方は凡庸で常識的な人物としか言いようがございません。

「とはいえ、あの方が大英雄オズマであることは疑いようもありません。あの方の子を宿すとは王家の悲願、高祖フェリアの願い、我々王家の存在意義そのものなのです」

女王陛下は、じっとワタクシの目を見つめて問われました。

「ところでジゼル……あなた、あそこで制止したのは何か考えがあってのことと思って良いのかしら？」

「もちろんでございます。オズマさまは女を抱くということを大事《おおごと》のように捉えておいでのようでございますが、まず誰か一人をお抱きになれば、お考えも変わるだろうと……」

「あなたが、その役を担うと？」

「ワタクシとしては望むところでございますが、オズマさまを乾涸《ひから》びさせるわけには参りませんし、別の方が宜しいかと」

私がそう口にすると、女王陛下は大きく溜め息を吐かれた。

「ワインボトルの中のコルク抜きのような話ですわね。その誰か独りを抱かせるというのが問題ですのに」

「オズマさまの最初の奥方の名は、陛下もご存じのとおり。なれば、多少強引な手段もやむを得ないかと。もちろんこれは、オズマさまが史書に描かれたとおりの熱血漢でいらっしゃるという前提にはなりますが……」

女王陛下は、ワタクシの提案に耳を傾け、小さく頷かれた。

「なるほど……手記に残された高祖の予言にも合致いたしますわね。良いでしょう。ジゼル、あなたに任せましょう。速やかに手配なさい」

第三章　伝説の俺ェェェ！

「やっぱり……あるよな」

俺は、開いた掌をじっと見つめる。

昨日は色んなことがありすぎて気にする暇もなかったが、やはりある。

といっても、失ったはずの腕のことではない。大気中に魔法素子が漂っているのだ。

前世では、帝国が何らかの方法で魔法を封じて以降、大気中から一切の魔法素子が失われていた。いや逆か……魔法素子が失われたせいで、魔法が使えなくなったのだ。

そのはずなのに、意識を集中させると、今はその存在を濃厚に感じられる。どうやら失われたはずの魔法素子も、三〇〇年の時を経て回復しているらしかった。

(試してみないと何ともだが……魔法が使えるのなら、また思う存分研究ができるかもな)

魔法素子が存在していることに気づいたこの瞬間が、たぶん転生を果たして以来、最もテンションが上がった瞬間と言っても過言ではないだろう。

「どうなさったのですか？　オズマ殿」

突然、自分の掌を見つめてニヤニヤしだした気持ちの悪い男を、シャーリーが曇りのない瞳で見上げて首を傾げる。

「あ、いや……何でもないんだ」

今、俺はシャーリーとともに、人目を避けて朝早くに王城を出、街中へと繰り出していた。

「確かに王都……だな」

道の形には見覚えがある。だが、立ち並ぶ建造物はすべて俺の生きていた頃とは異なっている。

見覚えのある区画なのに、そこに自分が知っているのとは異なる様式の建物が並んでいるという違和感。それがかえって、三〇〇年という時間の流れを浮き彫りにしていた。

「オズマ殿の時代からは、随分変わっているのでしょうね」

「ああ、道の形は同じだが建物の様式が全然違う。こんなに綺麗に整ってはいなかった。まあ……最後に見たのが戦災で焼け焦げた街並みだったから、余計にそう思うのだろうが」

「この国は平和でございますから」

シャーリーが、ニコリと微笑む。

今日の彼女は、白いブラウスに緑を基調としたジャンパースカート。流行なのか民族衣装として定着しているのかはわからないが、道行く女性の多くは皆、似たような装いである。

「今日はなんていうか……普通なんだな」

俺がそう口にすると彼女は、きょとんとした顔になった。

「普通……でございますか？」

「いや、甲冑の時は……その、あまり隠れていなかったから……そういうのが好みなのかなと」

途端に、彼女は熟れた果実のごとくに顔を真っ赤にして、声を上げる。

「な!? ち、違います！　あの甲冑は近衛騎士の正装で、その……精霊は鉄を嫌い、自然を好みますので、覆うところは最小限にならざるを得ないと申しますか……」

「あー……なるほど。そういうことか……じゃあ、他の騎士も皆ああいう格好なのか？」

「はい、多少のアレンジはありますが、大体似たり寄ったりでございます」

「男も？」

「殿方もです。但し、一定以上の精霊力を持つ者だけの話ではございますが……」

「精霊力……」

俺としては、昨日から何度も耳にしている精霊魔法というものが、非常に気になっている。

なにせ、エドヴァルド王国の宮廷魔術師、戦闘魔法の産みの親たる俺の知らない魔法だ。

精霊というのがどんなものかはわからないが、会話の内容から想像するに、自分の意思を持つ生命体（？）で、そいつと契約して魔法を発現させるということのように思えた。

「あの……オズマ殿は、こういう服はお好みではございませんか？」

「いや、可愛いと思うよ。よく似合っている」

実際、可愛らしいと思う。彼女には堅苦しい印象があったのだが、こういう格好をしていると年相応の女の子だと思えた。

「そう仰っていただけるとホッといたします。殿方と街へ繰り出すことなど、初めてのことですので、こんな格好で良いのか不安でしたから」

「そうなのか？　意外だな」

「意外……でございますか？」

「シャーリー、美人だし……」

「び、美人!?　ほ、本当にそう思われますか？」

「あ、ああ、多分モテるんだろうなと……」

美人と言った時には興奮気味に顔を寄せてきた彼女ではあったが、「モテるんだろうな」と口にした途端、いきなりのテンションダウン。眉間に深い皺を寄せて、ボソリとこう呟いた。

「モテたくもない相手に、いくらモテても不快なだけでございます……」

あまりにも極端な反応には、正直戸惑うしかない。やはり女心というのはよくわからない。

転生前にも、俺の秘書官を務めてくれていたミスカや、弟子のクレアには、「デリカシーがない」と散々言われ続けてきたものだが……。

うん、気まずい。俺は、さっさと話題を変えることにした。

「ところで、シャーリー。俺も精霊魔法というのを学んでみたいのだが、どうすればいい？」

「流石はオズマ殿。勤勉でいらっしゃる！　それでしたら、アカデミーで学ばれるのがよろしいかと。向こうに尖塔が見えておりますが、あれがアカデミーの学舎でございます」

「へー……それは誰でも入れるのか？」

「誰でもというわけにはまいりませんが、オズマ殿は例外でございますので。城に戻りましたら、早速ジゼルに入学の手配を申しつけましょう」

またしても例外扱い。下手に要望めいたことを言えば、無理にでも叶えられてしまいそうで流石に気を使う。だが、お陰で精霊魔法を学べるというのであれば、今回はありがたくお願いすることにしよう。

俺は、シャーリーと肩を並べて、王都を縦に貫く中央大通りを下っていく。知っている場所のはずなのだが、今は目に映るもの全てが興味深い。

看板一つとっても、文字は読めるが、書かれている内容には意味がわからないものも多い。文字は変わっていないが、単語としては俺が生きた時代にはなかったものなのだろう。

市場を覗いてみると、かなりの賑わい。活気に満ちている。先程シャーリーが口にしたように、この国は確かに平和なのだろう。商店の間を走り回る子供たちの姿に思わず口元が弛んだ。

「ここは……本当にヴェスタなのだな」

「ヴェスタ？　ああ……オズマ殿の時代の王都でございますね。史学の講義ではそのように学びました。帝国占領後はヴェスティカヤ、そして我が国の建国後はサン・オズマリアとその名を変えております」

「そのサン・オズマリアってのは……どうにも」

「照れ臭いですか？」

「分不相応すぎて、いたたまれないってとこかな」

「うふふ、オズマ殿は謙虚なのですね」

嬉しそうに微笑む彼女に、俺は特に何も言わなかった。否定したところで、たぶんそれも謙虚さと捉えられるのは明らかだったからだ。

「あれはなんだ？」

大通りの向こう側、遠くに大きな帆を張った荷車のようなものが、車輪のついた箱のようなものを幾つも引っ張っているのが見えた。例のモトとかいう馬なしの馬車によく似ているが、サイズは比較にならないほど大きい。

「あれは精霊列車《トレイン》にございます」

「精霊列車《トレイン》？」

「はい。国中に張り巡らされた専用道路にて、人や物を運んでおります。たとえば、オズマ殿のご出身はリメルであったと記憶しておりますが……」

「よく知ってるな」

「一般常識でございます。今、アレに乗車すれば、リメルまでならば昼前には到着いたします」

「はぁあああ!?」

これには、流石に俺も驚いた。

三〇〇年後の世界で目を覚ましてから、一番驚いたかもしれない。

俺の故郷リメルは、道も碌に整備されていない辺境の地だ。いや、この時代ではどうなっているのかはわからないが、少なくとも俺の生きていた頃はそう。親父殿も貴族とはいいながら、実質はほぼ村長といってもいい程度。領主自ら領民とともに畑を耕しているほどのド田舎である。

山岳地帯であるがゆえに馬車では辿り着けず、王都からなら幾つもの山を越えて徒歩でふた月ほどもかかる道のり。

帝国に敗れた後、一度帰ろうかとも考えたのだが、生きて辿り着くのは不可能だと、早々に選択肢から消したほどの悪路である。

それが、わずか半日ほどで辿り着くのだと言われれば、それは驚くに決まっている。

俺の反応に気を良くしたのか、シャーリーはどこか自慢げに胸を反らした。

「今やリメルは、一大観光地でございます。オズマ殿のご生家は、オズマ正教の聖地にして巡礼地。オズマ殿が産湯《うぶゆ》に浸かられたという井戸の水は、聖水と呼ばれ高値で取り引きされております。近郊には、オズマ殿の事績をテーマにした遊技場『オズマーランド』も王家直営で運営されております」

「何だって？」

「オズマーランドでございます」

ツッコミどころが多すぎる。オズマ正教とかオズマーランドとか、ホントに大丈夫か、この国。

「そ、そのオズマーランドといったか……王家直轄ということは、やはり我がクラリエ家は滅んだということなのだな」

俺がそう口にすると、彼女はきょとんとしたような顔をした。

「滅んでおりませぬが？」

「は？　いや、だって跡継ぎが……」

「私も史学の講義で習っただけですので詳しくは存じませんが、オズマ殿の死後、当時の領主……オズマ殿のお父上でございますね。かのお方が発奮なされて、仕えていたメイドを後妻に迎えて子作りに励まれたのだとか。結局三男一女を残され、現在クラリエ家は、オズマーランドの管理を王家の委託の下、家業となさっているはずです」

「……メ、メイドだって!?」

俺は、思わず膝から崩れ落ちそうになった。

当時、実家に仕えていたメイドは、たった一人。俺が妹のように可愛がってきたアリシアである。

俺が出奔してからも手紙のやり取りを欠かしたことはなく、彼女も俺を憎からず想ってくれているのはわかっていた。年が離れてはいたが、彼女が望むならいずれ王都に呼んで娶《めと》ってもよいかと、そう思ってさえいたのだ。それが、まさか親父殿との間に子を残しているとは……。

（いや、ちょ、ちょっと待って……それはキツい）

俺が王都へと出発する際に、寂しげに手を振っていたアリシアの顔が脳裏を過《よぎ》る。

わかっているのだ。誰も悪いわけではない。誰も悪いわけではないのだが、寝取られ感が半端ない。

彼女は、親父殿に拾われた戦災孤児である。親父殿が望めば、断ることなどできるわけがない。

素朴だが可愛らしいアリシアに、我が父親ながら中年太りの男の手が伸びたのだと思うと、胃の奥から酸っぱいものがこみ上げてきそうになる。

（血を絶やす罪を犯さずに済んだことを喜ぶべきなんだろうが……）

実際、アリシアが不幸だったかどうかなど、今となっては誰にもわかりはしないし、俺にできることなど何もない。時を遡ることなど誰にもできはしないのだ。

過ぎ去った時間の取り返しのつかなさに、滅多打ちにされたような気がした。

「こちらで少し休憩いたしましょう」

我ながらアリシアの件で、こんなに凹むとは思ってもみなかった。顔色が優れないことを心配したシャーリーに手を引かれて、俺は中央広場の長椅子に腰を下ろす。

（心配してくれるのはありがたいが、よりによってここはな……）

シャーリーが気づいていないだけなのだとは思うが、ここは俺が処刑された場所である。

三〇〇年前にはただの石畳の広場だった場所が、噴水や彫像が設置され、緑の植え込みが幾つも作られて、美しい公園へと様変わりをしている。とはいえ、俺の体感では死んだのは昨日のこと……ここで死んだのだと思うと、流石に少し寒気がした。

「……いかがでございますか？」

「ああ、心配ない、ちょっと疲れてただけだから」

隣に腰を下ろして心配そうに顔を覗き込んでくるシャーリーに、俺は微笑みかける。

親父殿の後妻となったメイドの名は伝わっていないそうだが、アリシアではないと考えるのは、流石に無理があるだろう。過ぎ去ったことに囚われていても仕方がない。それはもう手の届かないものだ。

俺は、ぼんやりと周囲を見回す。

すると、広場の中央に聳《そび》え立つ、槍を手に獅子に跨がる筋骨隆々のいかつい顔をした男の像に目が留まった。シャーリーが俺の視線を追って頷くと、どこか誇らしげに口を開く。

「あれはオズマ殿の像でございます」

「どこのオズマだっ⁉」

戦争に駆り出されることがなければ、俺はずっと研究室に籠もっていたであろうインドア派代表である。

はっきり言って三〇〇年前の俺は、ガリガリのひょろひょろ。あんなムッキムキな身体だったことなど一回もない。

「っていうか！　何で獅子に跨がってんだよ……」

「ああ、あれはオズマ殿が、人食い獅子を退治されたエピソードをかたどったものですね」

「そんなエピソード初めて聞いたけどっ!?」

本人が初耳。実に恐ろしい話である。人食い獅子とかわけがわからん。それに宮廷魔術師だって言ってるのに、何で肉弾戦してんの、この人。うん、絶対に俺じゃない。

「この国の子女はこの像を眺め、将来はオズマ殿のような男らしい殿方と契れることを願うのです」

「……それは、何だか罪悪感がすごいな」

「い、いえ、今のオズマ殿は転生されたばかりで、体格や威厳が嘗《かっ》てほどでないのは当然でございます」

「そうじゃなくて！」

むしろ、今のほうが引き締まったいい身体をしてる。相当身体能力にも期待できるし、今まで経験したこともないぐらいに身体が軽い。

だが、そこでシャーリーが急に「はっ……」と息を呑んだ。

「あ……も、申し訳ございません。ここは、その……オズマ殿が命を落とされた場所でございました……」

シャーリーが申し訳なさげな顔をする。やはり気づいていなかったらしい。

「気にしないでくれ。過去の話だからな……処刑された時にはその像の辺りに俺がいて、その向こう……あの辺りでフェリアがそれを見ていたんだ」

「お、おおっ！　史学で習ったとおりでございます。そして、処刑される寸前、オズマ殿はここから高祖陛下に愛を叫ばれたのですね！」

「…………はい？」

「オズマ死すとも我が愛は死せず！　何度生まれ変わっても必ずお前を探し出す。愛しているぞと！」

(何言っちゃってんの!?　伝説のオレェェエエエ！)

頭痛がしてきた。とんでもない捏造《ねつぞう》だ。

当時、フェリアは一〇歳かそこらの子供なのだ。そんなことを叫んだが最後、命と同時に社会的にも死んでいたに違いない。

その芝居がかった物言いから考えて、三流の劇作家の創作が、そのまま史実のように伝わってしまったのだろう。これまた実に恐ろしい話である。伝説の俺は、人食い獅子を肉弾戦で退治して、幼女に声高に愛を叫ぶ、完全にアレな人物であった。

必死にツッコミを入れたお陰か、いつの間にか気分も晴れて、俺たちはイルレ河畔の市街地、嘗《かつ》てのスラム街の辺りへと足を運ぶ。

今やスラム街の面影はなく、様相は様変わりして、これまでの通りに比べてもひと際栄えているように見える。道の両側に並ぶ店は派手な色彩の看板を掲げ、にぎやかな雰囲気を醸し出していた。

「この辺りは……その、色街でございまして」

シャーリーは、恥じらうような素振りを見せる。俺が来ることを望んだとはいえ、男と出歩くのも初めてだという女の子に、色街は確かにハードルが高いだろう。

「そこが、オズマ殿が浮浪者に身をやつして潜んでおられた場所だと伝わっておりますが……」

彼女の指さす先、そこには敷石の一角に銅のプレートが嵌《は》まった場所がある。

俺はそのプレートの脇に立って周囲を見回す。確かに周囲の建造物こそ様変わりしているが、道の形には見覚えがある。間違いなく俺が横たわっていた場所だ。

「そのプレート脇の石畳の窪みは、オズマ殿のお尻の形に抉れたといわれており、王都屈指の観光名所となっております」

「どんだけ硬いケツしてんだ……俺」

もちろんそんな事実はない。雨ざらしで抉れたか、観光名所にしようと目論んだ誰かが敢えて抉ったのかは知らないが。

(しかし、嘗《かつ》てのスラムが歓楽街か……)

流石に朝から開けている店は見当たらないが、よくもここまで様変わりしたものだと思う。

戦後すぐはボロボロの掘っ立て小屋やテントの並ぶ、戦災で家を失った者たちの吹き溜まりだったのだ。

物珍しげに周囲を見回していると、シャーリーがなぜか顔を真っ赤にして俺の袖口を引いた。

「さ、流石に、こ、この時間に開いている店はないようですが、その……もしお望みであれば、東のアルテッツア通りには、オズマ殿馴染みの娼館が今も営業を続けておりますので、夜にでも……」

「ちょっと待て……今、何て？」

「馴染みの娼館でございますけれど？」

「行ったことないぞ、そんなの！」

すると、彼女は目を見開いて驚愕の表情を浮かべる。

「えぇ!?　し、しかしオズマ殿が壁に残されたご署名もありますし、オズマ殿がこよなく愛したといわれるミスカ嬢という方に贈った愛の詩も、銅板に刻まれていると聞きますが」

ミスカ――その名を聞いた途端、俺は膝から崩れ落ちた。

「……そいつは、俺の秘書官だ」

書類仕事は全部ミスカに任せていたから、俺の署名の大半はアイツが筆跡を真似たものだ。その署名もアイツが書いたものだろう。どういう経緯かは知らないが、戦後食い詰めて娼婦にでもなったのかもしれない。

「あいつめ……」

ミスカはクールで毒舌、腹の中じゃ俺をずっと馬鹿にしてるに違いないような、そんなヤツだったのだが、俺が祭り上げられると、思いっきりそれを利用したということらしい。

思わず顔を顰《しか》める俺、一方、シャーリーは完全に動揺しきった顔で問いかけてきた。

「オ、オズマ殿といえば精力絶倫。国中にオズマ殿贔屓《ひいき》の店の看板を掲げる娼館がございますが、もしかしてそれも？」

「全部偽物！　言っとくが、お、俺はそ、その……そういう経験はない」

「ま、まさか、童貞でございますか!?」

「もうちょっと言葉を選んで!?」

シャーリーは、そのまま昏倒してしまいそうな顔で、絶句している。

「こ、こ、これは一大事でございます。女王陛下にご報告申し上げて、れ、歴史の修正を」

「ちょ、ちょっと待って!?」

「我が国の史書にはオズマ殿は性欲絶倫の男の中の男と記され……認定印を授けられている馴染みの娼館は数百にも上ります」

「って！　史書に俺のシモ事情書かれてんの!?」

「当然でございます！　ですが、オズマ殿馴染みの店には税制上の優遇措置もございますし、それらも全て偽りであるとすれば、捨ておくわけには参りません。オズマ殿は童貞と史書を書き換え、国中にオズマ殿は童貞と報せて、不逞の輩から特権を取り上げねばなりません！」

「やめて！　国中に童貞の報せはやめて！」

あわあわと慌てふためくシャーリーをどうにか宥《なだ》める。なんだかんだといっても、ここは色街のど真ん中、傍目には痴話喧嘩をするカップルに見えていたかもしれない。

「まさか、オズマ殿が童貞であったとは……」

どうにか落ち着いたように見えたシャーリーではあったが、ショックが大きかったらしく、彼女は呆然としつつも再び話を揺り戻した。

「いや、もうその話は勘弁してくれ……」

とんだ羞恥プレイである。今の俺は見た目には一〇代そこそこの男子ではあるが、中身は四〇代のおっさんなのだ。若い女の子に童貞童貞と繰り返されるのは、流石に辛いものがある。

シャーリーは胸に手を当てて大きく深呼吸すると、自分自身に言い聞かせるようにこう呟いた。

「落ち着いて考えてみれば、オズマ殿が童貞なことは秘匿すべきでございますね。あまりにも影響が大きすぎます。言うなれば太陽が西から昇ったようなもの。常識が根底から覆されてしまったようなものでございますし」

「大袈裟な……」

俺がそう口にすると、彼女は目を大きく見開いて顔を突きつけてくる。

「大袈裟ではございません！　取り扱いを誤れば、この国が滅びかねないことなのです！」

「すごいな、俺のシモ事情⁉」

俺が童貞だったせいで国が滅ぶといわれても、どんな顔をしていいのかわからない。

「例えば、国内の貴族に二つ、オズマ殿の末裔《まつえい》を名乗る家がございます」

「そんなことあるわけがない」

「ええ、そうでしょう。童貞ですし。そうでなくとも国としては、オズマ殿が亡くなられる際に跡継ぎを残せなかったことを悔やんでおられたのは記録としても残っておりますので、子孫の存在など認めるわけにはまいりません。ましてや童貞なのですから」

「童貞、童貞言いすぎだろ」

軽く悪意を感じる。

「ですが、恐らく先祖の代に捏造されたものなのでしょうが。彼らの家にはオズマ殿を祖とする家系図が残されており、オズマ殿は精力絶倫ゆえに無数の女を抱いてきたのだから、子を成しておらぬほうが不自然だと、そう主張しておるというわけでございます」

「そんなこと言われても……」

「貴族にとって面子は何よりも重要。オズマ殿が童貞などと触れ回れば、恐らくかの家の者たちは反発し、子飼いの貴族を集めて国家に反逆を企てることでしょう。大英雄が童貞なはずがないと！　童貞の乱の勃発でございます」

「童貞が原因で、内乱勃発しちゃうの!?」

「ええ、恐らく。ですが、そちらはまだマシでございます」

「まだ、なんかあるのかよ……」

げっそりする俺に、シャーリーは真剣な表情で頷く。

「我が国の国教は、オズマ正教でございますが、正教会はオズマ殿が童貞などとは絶対に認めません。むしろ、王家を神聖なるオズマを冒瀆した背教者として断罪、王家対教会の宗教戦争勃発でございます」

「無茶苦茶だな……そのオズマ正教ってのは、そんなに力を持っているのか？」

「ええ、それはもう。王家と正教会が対立すれば、王家のほうが不利なほどでございます。貴族の大半、庶民たちのほとんどは教会側につくでしょう。オズマ殿への信仰はそれほどに深いのです。正教会の教義において、神とオズマと上位精霊は一体のものと見なされております。平たく言ってしまえば、オズマ殿は神そのものなのです」

これには俺も思わず膝から崩れ落ちる。大英雄どころか、とうとう神さま扱いである。

「いや……で、でも神さまだっていうのなら、清い身体のほうがだな……」

シャーリーが静かに首を振る。

「オズマ正教において、シスターは生涯、処女を守り通します。出家するということはオズマ殿に嫁いだものと見なされ、死後、天上にてオズマ殿と初夜を迎えるのだと言い伝えられているのです。それがオズマ殿が童貞だったといえば、これまで処女を守ったまま生涯を終えたシスターたちに、救済が与えられなかったと告げるようなものなのです。そんなことを教会が決して認めるはずがございません」

「どんな宗教だよ、それ……」

「どんなといわれましても……そうですね。特徴といえば、高位のシスターは皆巨乳というところでしょうか。オズマ殿が好むものこそ神聖と見なされますゆえ、オズマ正教においては巨乳は神聖なものと見なされております。故にシスターの位階は主に胸のサイズで決まるとか」

「は？」

「お目にかかったことはございませんが、大司教猊下に到っては老齢とはいえ、地面を擦るほどの巨乳でいらっしゃるとか……」

「巨乳ってレベルじゃねーぞ！」

「シスターは日々、互いの胸を揉み合って研鑽《けんさん》を積んでおられるのだとか……」

「絶対邪教だ、それ！　そもそもなんで俺が巨乳好きってことになってんだよ！」

「オズマ殿の生家から発見された春本の数々が国立博物館に陳列されておりますが、その全てが巨乳モノであったためです」

一瞬、シャーリーが何を言っているのか理解ができなかった。

「ちょっと待て、何が陳列されてるって？」

「春本でございますが？」

一時期そういう版画が流行って、親父殿が熱心に買い集めていたのを覚えている。親父殿は立派な芸術だと言い張っていたが、俺としては外聞も悪いのでやめてほしいと思っていたのだ。

「その巨乳モノの多さから、聖職者会議にて、オズマ殿は無類の巨乳好きと認定されております」

「親父殿のだからな、その春本！」

「え？　ですが経典の第八章にもオズマ殿が幻の巨乳を求めて東方に遠征し、そこで出会った銀髪の少女の乳を一〇〇日間揉みしだいて、絶世の巨乳にまで育てあげるというエピソードが……」

「自重しろ！　伝説のオレェェェエエエ！」

思わず絶叫する俺を、シャーリーがきょとんとした顔で眺める。

「もしや、事実ではないと？」

「なんで事実だと思うんだよ！」

「では、オズマ殿は胸の大きな女性はお嫌いで？」

「…………」

ノーコメントである。

それはともかく、伝説の俺が酷すぎる。知れば知るほどド変態で、そんな男を神と崇めた結果、わけのわからん宗教が成立してしまっているらしかった。


昼近くになって、俺はシャーリーに連れられ、彼女が贔屓にしているという食堂に足を踏み入れる。ザワザワと雑多な客層の大店《おおだな》。見るからに庶民的な食堂だ。

「私のお奨めは鶏肉の煮込み《シュワメルリ》でございます。この店のは絶品でございますから！」

「ああ、じゃあそれを」

シュクメルリという料理がどんなものかもわからないが、俺の時代にあった料理が、この時代にもあるのかどうかわからないのだから、今のところは彼女に任せるしかない。

(それにしても……意外だな)

俺は、店内をぐるりと見回す。

彼女は近衛騎士を務めるぐらいなのだから、それなりに格のある貴族だと思うのだが、それがこういう庶民的な店を行きつけにしているというのは、かなり意外な気がした。

とはいえ、正直ありがたい。根が田舎者なだけに、あまり畏《かしこ》まった店は苦手なのだ。

それに今は、午前中に聞かされた話だけで疲労困憊。

なにせ、伝説の俺がヤバい。

魔術師のくせに獅子と肉弾戦を繰り広げる化け物で、鋼のケツを持ち、幼児性愛者な上に、巨乳好きで数百の馴染みの娼館を持つ性欲異常者。その上、神さまだ。

俺だったら、そんなヤツには絶対近づかない。ぶっちゃけ、そんなヤツを崇め奉っている、この国の人間は、控えめにいって全員、頭がおかしいんじゃないかとすら思う。

それどころか、その狂信者っぷりのせいで俺がオズマだとバレたり、オズマが童貞だとバレたりしたが最後、内乱やら宗教戦争にまで発展しかねないというのだから、シャーリーとジゼルが俺を迎えにきてこの方、慎重にその存在を隠匿していた理由がよくわかった。

(俺、二度とオズマって名乗れないよな……この状況じゃ)

名を捨て、別人として生きていくのが最善としか思えない。だが、シャーリーとゆっくり話ができたお陰でこの先、俺がどうすべきかも大体見えてきた。

いろいろと理由をつけて女王陛下の押しつけを躱《かわ》しながら、まずはアカデミーで精霊魔法を学ぶ。そしてある程度、精霊魔法の修得に目途がついたら、王城から逃げ出して、どこかの田舎に引きこもり、俗世とは縁を切って、後は魔法の研究三昧だ。

どうやら従来の魔法も使えそうだし、新たに精霊魔法という研究テーマもある。誰にも邪魔されずに好きなだけ魔法の研究ができるなら、それはもう夢の生活といってもいい。

(うん、悪くない、いや、もしかして最高なんじゃないか？)

そう思った途端、フェリアの涙に濡れた顔が頭を過《よぎ》った。

(いや、フェリア。別にイヤってわけじゃないんだ。ただ、急に子作りしろって言われてもな……ほら、誰にだって選ぶ権利ってのがさ……)

別に女性に興味がないわけではないし、大してモテたわけではないが、前世でもまるっきり女に縁がなかったというわけでもない。アリシアは、きっと俺のことを憎からず思っていてくれていただろうし、宮廷魔術師ということもあって縁談を持ち込まれることもあった。

結婚どころか、まともにデートする機会もなかったのは、単に魔法の研究に明け暮れたのと、部下や弟子たちに邪魔されたせい。そして戦争に駆り出されて、それどころじゃなかったというだけの話だ。

(今日のこれって……デートって言っていいんだよな？)

俺が何気なく目を向けると、相変わらずうっとりと俺を眺めているシャーリーと目が合った。

生まれ変わって最初に出会った女の子。あの痴女のような甲冑にはドン引きさせられたが、彼女は正直かなり美しい。

親子ほども年齢が違うわけだし、そういう目で見ることは許されないと思っていたが、今の肉体ならば、おそらく同年代である。

(どこかに隠遁するとしても、彼女みたいな女の子と一緒なら、言うことはないのだがな……)

そんなことを考えていると、彼女が急に困ったような声を出した。

「あの……オズマ殿、そのように見つめられては……」

はたと気づけば、シャーリーが顔を真っ赤にして、モジモジと身を捩っている。考え事のあまり、じっと彼女を見つめてしまっていたらしい。

「あ、ああ、す、すまない」

勘違いしてはいけない。彼女が俺に向けてくる視線はいつも憧れに満ちているが、それを向けられているのは、きっと『伝説の俺』であって、生身の俺ではない。

だが、魔が差したというのは、こういうことを言うのだろう。今の自分自身が美男子だということに、浮かれてしまっていたのかもしれない。

彼女が照れるところをもっと見たい。そう思ってしまったのである。

考えてみれば完全にスケベ親父の発想なのだが、見た目はともかく、中身は紛う事なきおっさんなのだ。

うん、仕方がない。

俺は、あらためて彼女と視線を合わせ、じっと見つめ直した。

(『君の美しさに見惚れていたのさ』……よし、これだ！　言うぞ、言ってやるぞ！)

俺は彼女の目を見つめながら、軽く首を傾げ、微かに微笑みを浮かべる。

そして――

「君のうちゅく…………………………」

――噛んだ。

硬直する俺、きょとんとするシャーリー。隣の席のおっさんが俺を二度見した。あまりにもいたたまれない空気。今死んだら、死因は恥ずか死である。

店員が遠くで「ドンマイ」と言ってるのが聞こえた。やめて、励まさないで。うん、死にたい。生き返るんじゃなかった。ぼくちん、もう一回転生しゅゆ。

だがその時、そんな絶望的な空気をものともせずに、俺たちのテーブルの上へと、ふいに人影が落ちた。

涙目のまま顔を上げれば、人相の悪い男たちが、俺たちのテーブルを取り囲んでいる。全くガラの悪い救いの神もいたものである。でも本当にありがとう。命の恩人だと言ってもいい。

彼らは、甲冑こそ身に着けていなかったが、腰には剣をぶら下げ、明らかに不穏な雰囲気をまとっていた。

「なんだ、貴様ら！」

シャーリーが不愉快げに片眉を跳ね上げると、男たちを押し退けるようにして、一人の男が歩み出てくる。

いかにも高そうな金ぴかの服をまとった細身の身体。不格好なワシ鼻の下には、格好良いと思っているのか、チョビひげを生やしている。

そんな男が、歩み出てくるなりギロリと俺を睨みつけた。

「なっ！　貴様っ！　どうしてこんなところに！」

慌ただしく席を立って身構えるシャーリー。チョビひげはシャーリーに向き直ると、苦々しげに頰を歪めた。

「我が婚約者殿《フィアンセ》が、不貞を働いていると知らせてくれた者がおってな」

「不貞？　冗談はその不格好なひげだけにしろ！　私より弱い者に娶《めと》られる気はない！　よもや精霊王との契約を忘れたとは言わせぬぞ！」

「もちろん、忘れてなどおらんさ。だが、明朝の決闘が終われば、お前はこのジョッタさまのものだ。あと吾輩のひげはカッコいい」

「冗談はそのひげだけにしろ。貴様の一五連敗が一六連敗に変わるだけだ！　あとお前のひげはカッコ悪い。もう一度言うぞ、ひげ！　カッコ悪い！」

チョビひげが、ムッとしたような顔をする。

（お前らいい加減にしろ！　ひげばっか気になって、肝心な部分が入ってこないだろうが！）

俺のそんな心の叫びが聞こえたわけではあるまいが、チョビひげは肩をすくめると、蔑むような目を俺へと向けた。

「どうせ吾輩への当てつけなのだろうが、こんな下賤な男と逢瀬とは……ここまで趣味の悪い女だとは思わなかったぞ。お前を娶《めと》った後には、徹底的に躾《しつ》け直してやるから覚悟するがいい！」

「な！　無礼な！　こ、この方を誰だと……」

危うく俺の名前を口に出しかけて、シャーリーは口惜しげに唇を歪める。そんな彼女の様子に一瞬怪訝そうな顔をしたものの、チョビひげは揶揄《からか》うように大声で捲《まく》し立てた。

「この方？　ハッ！　何がこの方だ！　見る限り精霊も宿しておらぬようだし、貴族ではあるまい。女のようなナヨナヨした面《つら》をしおって。どこの男娼か知らんが、同じ不貞を働くにしても、もうちょっとマシな相手もおるだろうに！」

途端に、シャーリーは椅子を蹴って立ち上がり、声を荒げた。

「貴様ァ！　言うにこと欠いて男娼呼ばわりとは！　これ以上の無礼は許さんぞ。明日の決闘を待たずとも、ここで叩きのめしてくれる！」

次々に抜剣する男たち、周囲の客が悲鳴を上げて逃げ惑う。騒然とする周囲をよそに、シャーリーはテーブルの上から食事用のナイフを手に取ると、大声を張り上げた。

「疾《と》く出でよ、ライディーン！」

次の瞬間、ナイフがバチバチッ！　と、音を立てて紫電を放ち始める。

（おおっ！　あれが精霊魔法か！　大気中の魔法素子には変化はない。全く別の理屈で発動しているということか！　おお！　実に興味深い！）

　思わず大興奮の俺。だが、今はそれどころではない。男たちの数はチョビひげを含んで一〇名、しかも彼女の武器は食事用のナイフだけなのだ。多勢に無勢もいいところである。

　チョビひげはいやらしく頬を歪めると、余裕たっぷりにこう言い放った。

「これは正式な決闘ではないからな。一対一など期待するなよ、婚約者殿《フィアンセ》。吾輩の子を産む大事な身体を傷つけるようなことはせぬが、そっちの男はただでは済まさん」

「貴様っ……！」

　シャーリーはギリッと奥歯を鳴らし、俺を背に庇うように身構える。

（やれやれだな……）

　この男がどこの誰で、シャーリーとどんな関係なのかは今一つよくわからないが、危害を加えようというのなら遠慮はいらない。

　俺は、席に座ったまま、チョビひげに向かって声をかける。

「なあ、あんた」

「なんだ、命乞いか？」

　小馬鹿にするようにニヤニヤ笑いながら、俺のほうへと顔を向けるチョビひげ。大丈夫だ。魔法素子の流れを感じる。魔法は問題なく使える。

「先に言っとくが比喩でも何でもないからな。とっとと逃げなきゃ、あんたの尻に火がつくぞ」

「はぁ？　意味のわからんことを……」

嘲笑《あざわら》おうとしたのだろう。チョビひげの口角が上がるのと同時に、ヤツの尻の辺りから轟《ごう》と音を立てて火の手が上がった。

「うあっつぅううぅぅっ！」

「わ、若っ!?」

飛び上がるチョビひげ、慌てふためく取り巻きたち。シャーリーはポカンと立ち尽くしている。そして、俺は自分の魔法の威力に内心ビビっていた。

（な、なんだ？　おいおいおい、威力おかしいだろ！）

もちろんヤツのケツから上がった炎は魔法によるもの。但し俺が使った魔法は、ただの『発火《イグニッション》』だ。

エドヴァルド王国では、生活魔法に分類される初級魔法。接触もせずに視線だけで任意の場所に火をつけるのはそれなりに技術がいるのだが、基本的には毎日の調理に使う、主婦の必須スキルである。

火をつけて軽くビビらせてやるぐらいのつもりだったのだが、それがどういうわけか『火球《ファイアボール》』級の威力で発動してしまったのだ。

「ぎゃあああああっ！　燃える！　だ、誰か！　み、水っ！　お、お前たち！　け、消せ！　み、水だっ！　水を寄越せ！　早くっ！」

床の上を転げまわるチョビひげに、取り巻きの一人が店の隅に置かれていた水樽を抱えて、慌ただしくぶっかける。

当然、チョビひげは濡れ鼠《ねずみ》。火は消し止められたものの、みっともなくケツを丸出しにし、白目を剝いて倒れ込んだまま動かなくなった。

「ほ、炎の精霊か？」

「いや、そ、そんな気配、なかったぞ？」

騒然とする店内。取り巻きたちが驚愕の表情で顔を見合わせる。どうやら俺が魔法素子の存在を感じられるように、こいつらは精霊の存在を感じ取れるらしい。

(久しぶりすぎて腕が鈍ったのか？　あそこまで盛大に燃やすつもりはなかったんだが……だが、まあ目的は充分に果たした)

俺は取り巻きたちを見回して、声を張り上げる。

「とっとと治療院にでも放り込んでやれよ。このままじゃ一人でクソもできなくなるぞ？」

「くっ！　お、覚えてろ！」

取り巻きたちはオリジナリティの欠片もない捨て台詞を吐いたかと思うと、チョビひげを抱えて慌ただしく店を飛び出していった。

店内のそこかしこから、ホッと息を吐く音が聞こえる。ざわめきは止まらない。庶民の多い店だけに、感じの悪い貴族が痛い目を見せられたことに、はしゃぐような声も聞こえた。

シャーリーが驚き顔のまま、俺のほうへと顔を向ける。

「オ、オズマ殿、今のはもしかして、こ、古代語魔法でございますか？」

「まあ……そうだな」

俺がそう口にした途端、シャーリーの表情がぱぁっと明るいものへと変わった。

「流石はオズマ殿！　すごいっ！　すごいっ！　で、伝説の大英雄の古代語魔法の一端をこの眼で見られるなんて！　感激でございますっ！」

例によって彼女は憧れに満ちた瞳で俺を見つめてくる。だが、初級魔法の威力制御に失敗している俺としては、流石にちょっときまりが悪い。

俺は軽く咳払いをすると、さっさと話題を変えることにした。

「ところで、さっきのバカは何なんだ？　婚約者《フィアンセ》とか言ってたが……？」

途端に、シャーリーの表情が曇る。

「……あの男が言っていた婚約者《フィアンセ》というのは、間違いではございません」

「そうなのか？　なら悪いことをしたな……」

正直ショックである。内心の動揺を隠しながらそう告げると、シャーリーはブンブンと首が取れそうなぐらいに首を振った。

「とんでもございません！　あんなヤツ、いっそのことあのまま燃え尽きてくれれば、どれほど気が楽になったことか！」

「何か……事情がありそうだな」

俺がじっと見つめると、シャーリーはさんざん戸惑う素振りを見せた後、おずおずと語り始めた。

「お恥ずかしい話ではございますが、昨年亡くなった我が父が借金を残しておりまして……あの男の家、ヒューレック家に。その代価としてヒューレック家は、あの放蕩息子……ジョッタとの婚姻を求めて参ったのでございます」

(なるほど……しかし、借金を盾にせねば、女を口説くこともできないとは情けない奴だな)

俺は、一度も女の子を口説いたことのない自分を棚に上げる。

(いや、ほら、俺は機会がなかっただけだから！　やればできる子だから！)

「格上の家との婚姻には違いありませんが、あんな男に娶《めと》られるなど怖気が走ります。そこで私は一計を案じたのでございます。この国において精霊王との契約は絶対。あの男との婚礼を前に私は女王陛下に歎願し、精霊王と契約させていただいたのです」

「契約？」

「私に一対一で勝てる者以外には嫁がぬと！」

「なるほどな……」

「いくら借金を盾に迫ろうと、この国において精霊王との契約を無下にすることはできません。もちろん契約でございますので、決闘を申し込まれれば受けぬわけには参りませんが、あの男が私に勝てる見込みなど、万に一つもございませんので」

第四章　フレデリカの襲撃

「あ、あぁん、いいっ、あ、あ、あ、あっ……」

「ふははっ！　よかろう！　どうだ！　ここがよいのだろう？」

ギシギシとベッドが派手に軋む。四つん這いで身悶える黒髪のメイド。背後から激しく突き込んでやると、彼女はあられもなく喘ぎ散らした。

メイドが身に着けているのは、白いヘッドドレスのみ。手足は長く胸は大きくとも垂れてはおらず、スタイルは抜群。乱れたショートカットの黒髪、その間から垣間見える整った面貌は、今は快楽に笑み崩れていた。

(可愛らしい顔をして、自ら吾輩を誘うとは、なかなか淫らな女だ。いや、男の価値がわかっているのであろう。ふはははは！　可愛いヤツよ)

「あ、あんっ、ジョッタさまぁ、逞しゅうございます、ひぁっ、ああっ！　おチ○ポも、そのおひげも素敵でございますぅ！」

食堂で尻を焼かれ、婚約者《フィアンセ》殿と間男への怒り冷めやらぬままに治療院から屋敷に戻ると、女王陛下の使いと称するメイドが吾輩を待ち受けていた。

ジゼルと名乗るこのメイドが、女王陛下の傍に控えているのは目にしたことがある。

何の用かと警戒しながら話を聞いてみれば、女王陛下の名を出したのは、あくまで面談に持ち込むための口実で、彼女は個人的に裏取引を持ちかけてきたのである。

その内容は、婚約者《フィアンセ》殿を庇護する女王陛下への裏切りとしか言いようのないもの。一方で吾輩にとっては、渡りに舟としか言いようがないものだった。

あまりの都合の良さに罠ではないかと疑ったのは、ほんの一瞬だけ。メイドが要求してきた金額に、吾輩は思わず目を剝いた。普段であれば、馬鹿にするなと一蹴するような金額。だが、今日に限っては、婚約者殿《フィアンセ》と間男への怒りが金の価値を上回った。

交渉が成立すると、メイドは吾輩の手をとって潤んだ瞳で見つめてくる。

「これで……ワタクシとジョッタさまは協力関係。いわばパートナーでございます。いかがでございましょう。これからもっと仲を深めるというのは」

その言葉の意味するところは明らかだった。この女のほうから、吾輩を誘惑してきたのだ。

「あぁん、大きいっ、ジョッタさまのオチ○ポ、あ、あ、あっ、す、すごいですぅ」

「うわははははっ！　女王陛下を裏切ろうという性悪女には、我が逸物は過ぎたモノかもしれんな」

「いやぁん、意地悪なことを仰らないでくださいまし。全てはジョッタさまのおためにございます」

「嘘を吐くな、金のためであろうが、ほれ、正直に申してみよ！」

「うぅ……お金と、このオチ○ポのためでございます。幾人もの女を孕ませてきたというジョッタさまのお噂を耳にして、さぞすばらしいモノをお持ちであろうと……」

「はははははっ！　そうか！　どうしようもないスケベ女だな、貴様は！」

もののついでとはいえ、良い拾い物だった。

メイドにしておくには惜しいほどの美貌。肌を合わせれば白磁のような肌はしっとりと吸いつき、蜜壷は浅ましく蠢《うごめ》きながら、心地よく我が逸物を締めつけてくる。とんでもない名器だ。

婚約者《フィアンセ》殿を堕とした暁には、我が側室として身請けしてやってもいいかもしれない。このメイドとの取り引きで、私の勝利は揺るぎないものとなったのだから。

（ふふふ、我輩の尻を焼いたあの間男と、婚約者《フィアンセ》殿の屈辱に歪む顔が目に浮かぶわ）

「あぁんっ、ジョッタさまぁ、もっと激しく突いてくださいませぇ、後生でございますぅ」

メイドが蕩《とろ》け切った顔で振り向き、切なげにねだってくる。どうやら先々の楽しみを思い浮かべている内に、腰の動きが疎かになってしまっていたらしい。

「ふっ、よかろう足腰立たなくしてくれようぞ」

「あぁっ！　激しいっ！　あん、あんっ！　あぁあっ、イ、イクっ、イクっ、イってしまいますぅ！」

さらに激しく身悶えるメイドの背に覆い被さり、乳房を揉みしだきながら、激しく突き込んでやる。

「イクっ！　イクっ！　イクぅうううううっ！」

やがて、メイドが甲高い声で絶頂を謳《うた》い上げたその瞬間、我が逸物に絡みつく膣襞が激しく蠕動《ぜんどう》して、吾輩も遂に限界を迎えた。

腰の奥で熱を持って渦巻いていた欲望が、堤《つつみ》を乗り越えて溢れ出す。その全てを搾り取ろうとするかのような膣肉の蠢きに、思わず声が洩れた。

「おっ、うぉっ！」

これほどの名器には出会ったことがない。やがて、涸れ果ててしまいそうなほどに搾り取られ、吾輩は肉穴から逸物を引き抜くと、倒れこむようにメイドの隣へと横たわった。

「はぁ、はぁ……な、なかなか良かったぞ」

「うふふっ、お喜びいただけて何よりでございます」

荒い呼吸を整えながら褒めてやると、メイドは艶っぽい微笑を浮かべる。

だが次の瞬間、彼女は身を起こして、予想外の行動に出た。

「それではご期待にお応えして……」

「……へ？　ちょ、ちょっとま、待て、い、今イったところ……」

戸惑う吾輩に構うことなく、彼女は腰の上に跨がって再び逸物を指先で擦り上げながら、自らの膣穴へと導いていく。メイドは口元をいやらしく歪めながら、こう言い放った。

「まだまだ、これからでございます。夜は長うございますから。まさか、ヒューレック家の嫡男ともあろうお方が、もうできぬなどと情けないことは仰いませんよね」


五人ほども並んで入れそうな大理石の浴槽。

そのへりに設《しつら》えられているのは、M字に足を開く女を模った黄金の彫像である。

その股間の辺りから、じょぼじょぼと止めどなく湯が溢れ出て、浴槽を満たし続けていた。

（なんで、そういう形にしちゃうかなぁ……）

この時代のこういう頭のおかしさにもいい加減慣れてきたが、それが良いことなのかどうかは、今一つ自信が持てない。

「んっ、んんーっ！」

俺は湯船に浸かりながら、大きく伸びをする。俺のために用意された寝室、そこに設《しつら》えられた俺専用の湯あみ処だ。なんという贅沢だろうか。

「はぁ……最高だな」

俺は浴槽のへりに頭をのせ、吐息を漏らしながら手足を伸ばし、今日のシャーリーとの会話に思いを馳せる。

チョビひげを撃退した後、彼女とは、なにやらちょっといい雰囲気になってしまった。

憧れを宿してキラキラと俺を見つめていた彼女の瞳は次第に潤みを増し、それまで以上に俺たちの距離は近くなった。

散策の末、夕暮れの川辺に腰を下ろして他愛もない話。互いの肩に身を預けあう俺たちの姿は、傍目にはきっと恋人同士に見えたことだろう。

「オズマ殿ほどのお方が相手であれば、精霊王もお許しくださるのでしょうね……」

そんな彼女の一言に、俺は思わず息を呑む。

彼女は、俺に娶《めと》られたいと思ってくれている。そうとしか思えなかった。

父娘《おやこ》ほども歳の離れた若く美しい女の子。本来なら許されることではないのだろうが、今の俺は彼女と同年代なのだと、自分自身にそう言い聞かせる。

ドクンドクンと騒がしい胸の鼓動を感じながら、俺はおずおずと口を開いた。

「た、例えばの話だが……」

その保険のかけ方が、男らしくないのはわかっている。むしろ童貞臭さが染み出しているといっていい。だが、女の子に愛を囁《ささや》いたことなどないのだから、そうとしかやりようがないのだ。

「例えば、俺が名を変えて、ど、どこか田舎に隠遁するとしたら……ど、どう思う。女王陛下は怒るだろうか？」

彼女は、複雑そうな顔をする。

「お怒りになったりはされないかと……この国はオズマ殿の国でございます。全てはオズマ殿の御心のまま……」

「そ、そうか。それで、も、も、もし、もしもだが、お、俺がシャーリーに一緒に来てほしいって言ったら……どうする？」

すると彼女は一瞬、驚くように目を大きく見開いた後、どこか寂しげに微笑んだ。

「それは……とても、素敵なことでございますね」

「ホ、ホントにそう思う？」

「ええ」

彼女は小さく頷いた後、じっと俺を見つめる。

「ですが、私は女王陛下の近衛、陛下がそれをお許しくださるとは思えませんが……」

「そ、そんなの俺から頼めば！」

先程、彼女自ら『俺の心のままに』と、そう言ったばかりなのだ。女王陛下の許しなど関係ない。そう思ったのだけれど、彼女は寂しげな顔をして首を振った。

「オズマ殿は、オズマ殿であることをやめたいとお考えなのでしょう？」

「……っ」

俺は、自分の浅はかさに言葉を失う。伝説の大英雄であることを拒絶しながら、都合よくその特権だけを使おうというのは確かに虫が良すぎた。

俺は、湯気に煙る天井を見上げて、ぼんやりと呟く。

「ヤバいな……惚れっぽいのかもしれん、俺」

明け透けに好意を向けられたせいかもしれない。出会って、たった二日しか経っていないというのに、彼女の姿が頭から離れなくなってしまっている。

隠遁して魔法の研究三昧。それは憧れの生活だ。だが同時に、それが彼女との別れなのだと思うと、気持ちがぐらぐらと揺らぐのを感じていた。

「身体の若さに、魂が引きずられているのかもしれんな……」

あまりにも青臭い。愛だの恋だのに焦がれるような歳でもないはずなのに。

俺は、切ない溜め息とともに目を閉じる。

（……隠遁するといっても、今すぐというわけじゃないんだ。精霊魔法を学んで……それから。

まだ考える時間はある)

だがその時、どこからか、ブクブクと水が泡立つ音が聞こえてきた。

目を開け、湯船に視線を向けると、開いた俺の脚の真ん中で、湯面がブクブクと泡立っている。

「なんだ……?」

思わず首を傾げたその瞬間、ザパン! と派手な水飛沫《みずしぶき》を跳ねさせて、唐突に湯の中から飛び出してくる人影があった。

「ぷはぁっ!」

「なっ!?」

飛び散る飛沫。飛び出してきた勢いのままに、弧を描く濡れた髪。栗色の濡れ髪から、上気した白い肌へと雫《しずく》を滴らせながら立ち上がったのは、ふわりと柔らかい雰囲気の丸顔の女性。

「え? え? えぇえええっ!?」

混乱する俺に、柔らかな微笑みを向ける彼女は、一糸纏わぬ全裸である。湯船から立ち上がったせいで実にマズいことに、彼女の股間が俺の眼の前、それも至近距離にあった。

「うふふ、ご機嫌麗しゅうございます。オズマさま」

悪戯っぽく微笑んだその女性は、三姫の長女フレデリカ。

目の前で雫を滴らせる栗色の恥毛に、俺は思わず息を呑む。驚愕の表情のままに見上げれば、どちらかといえば童顔な顔立ちにそぐわぬ、たわわに実った巨大な果実に目が吸い寄せられた。

「フ、フレデリカ姫⁉　い、いったい、ど、どこから？」

「うふふ、驚かれましたか？　ワタクシの固有魔法でございます。水のあるところなら、どこへでも参れますの」

なるほど、これも精霊魔法なのかと一応は納得するものの、一国の姫が全裸で男のいる浴場へ押しかけてくることなど、あってよいわけがない。

「ひ、姫、な、なんで裸なんです⁉　な、何か着るものを⁉」

俺の慌てふためく様子がおかしかったのか、彼女はクスクスと手の甲を口元に当てながら、上品に笑った。

「まあ、オズマさまったら、湯あみ処で裸なのは当然でございましょう。うふふ、でも邪龍を倒し、世界を救った大英雄をビックリさせられて、少し愉快な気がいたします」

（なんか、今までで一番ドデカい伝説きちゃった……）

「えーと……俺、邪龍倒しちゃったんですか？」

「ええ、正教経典の第三章に確かに書かれてございます。三日三晩の死闘の末に邪龍のお腹の下で火山を噴火させ、とどめを刺したあの物語は、民衆にも一番人気のあるエピソードでございますし、デラディ山脈は邪龍の死骸に、オズマさまが噴火させた火山の灰が積もったものだというのは、一般常識でございますから」

（俺が造っちゃったの⁉　あの山⁉）

知らんかった……って、んなわけない。

デラディ山脈ではなく、二つの肌色の山脈を下から見上げながら、俺は盛大に呆れた。

どうしてこの国の人たちは、そんな無茶苦茶な話を無邪気に信じられるのだろうか？

いずれにしろ、目の前には栗色の縮れた叢《くさむら》。見上げれば桜色の山頂を持つ柔らかそうな山脈。目のやり場に困って俯《うつむ》くと、彼女はざぶんと俺の脚の間、湯の中に座り込んで顔を覗き込んでくる。

「オズマさま、もしかして照れていらっしゃいますの？」

「そ、そりゃそうでしょ……」

「うふふ、ワタクシ嬉しいです。伝説の大英雄が、かように可愛らしい方だとは思いませんでしたので」

そう言いながら、彼女は俺の身体へと身を寄せてくる。

胸元に押しつけられる柔らかな肉の感触、湯の中でもさらに温かな体温が、身体の正面に覆い被さってきた。初めて経験する鮮烈な触覚に頭が沸騰しそうになる。

「あ、あわ、わわわっ!?　ちょ、ちょっと待ってください。フ、フレデリカ姫っ！」

俺は慌ただしく立ち上がり、彼女から逃れようとした。

だが、湯船から飛び出そうとしたところで愕然と動きを止める。湯から脚を抜くことができない。湯が俺の脚を摑んでいるかのように、引き抜くことができないのだ。

（まさか、これも精霊魔法!?）

咄嗟《とっさ》に魔法を無効化する『解呪《ディスペル》』を試みるも、解呪する対象そのものが見当たらない。やはり精霊魔法は俺が使う従来の魔法とは根本的に違う力なのだ。

だが、立ち上がってしまったことで、状況はより一層悪化した。

先程とは全く逆の形。俺の股間の前には、フレデリカ姫の上品な顔がある。

そして、実に残念なことに、この若い身体は反応が良すぎた。

お湯で温まっているのも原因の一つ。彼女の艶やかな裸体を目にしてしまったということもある。いずれにせよ、既に俺のモノはギンギンに勃起し、天井を向いて反り返っていたのである。

普通なら悲鳴を上げ、顔を背けてもおかしくないと思うのだが、フレデリカ姫は興味津々といった様子で、俺のモノをじっと眺めていた。

「へぇ……これがち〇ちん……なのですね」

フレデリカ姫が感心したとでもいうような顔で、そう呟く。

「ちょ、ちょっと!?　見ないでくださいっ！」

慌てて手で股間を隠そうとした途端、湯面が盛り上がったかと思うと、触手のように伸びた湯が俺の腕を絡めとった。

「なっ!?」

「隠しちゃダメです。もっとよく見せてくださいまし」

「ダメですってば！　姫っ！」

すると彼女は、「うふふ」と屈託のない微笑みを浮かべる。

「ジゼルが申しておりました。殿方のやめろは照れ隠しでいらっしゃるから、もっと積極的になれば良いのだと」

「はぁっ!?」

「ご安心くださいませ。今日の昼間、ジゼルに殿方の悦ばせ方を手ほどきしていただきましたの。きっと気に入っていただけますわ」

(なに教えてんだ!?　あの変態メイド！)

彼女が声を発する度に吐息が亀頭を刺激して、益々硬く張り詰める。ビクンビクンと脈動する俺のモノを目にして、彼女は嬉しそうに微笑んだ。

「それでは、ワタクシを感じてくださいまし」

彼女は俺のモノを手に取ると、そのまま扱《しご》きつつ、桜色の乳首へと擦りつけ始める。

「ひ、姫っ!?　ひっ!?」

穢《けが》れのない桜色の突起が赤黒い亀頭に潰されて、ぐにゅんと卑猥に歪んだ。その瞬間、ビリッと電流のような快感が背筋を駆け上がって、情けないことにふにゃふにゃと腰砕けになる。

「ああ、なんて愛らしいお声なのでしょう。嬉しゅうございます」

彼女は、益々強く俺のモノを擦りつけ始め、その淫靡な光景に、知らず知らずの内に呼吸が荒くなっていった。

「んっ……ぁ……っん……」

やがて、彼女の口からも小さな声が零れ始め、微かに眉根が寄って、ただでさえ垂れ目勝ちな瞳がとろんと蕩け始める。

「な、なんでしょう……ワ、ワタクシも……」

快感に手を止められない、そんな雰囲気。経験したことのない快感に、彼女自身、少し戸惑っているようにも見えた。

「あんっ……ぁ……こんなに感じて……いやですわ。もっと悦んでいただきたいのに……た、たしか、ジゼルはこうすれば良いと……」

ぶつぶつと呟きながら、彼女はおもむろに俺のモノを、自らの乳房の間に挟み込む。

「ひ、姫っ、うっ……!?」

姫殿下のしっとりと濡れたきめ細やかな肌の感触。吸いつくようで、圧倒的な柔らかさの肉鞠に包まれて、俺は思わず身悶えた。彼女の白い肉鞠の間から顔を出す赤黒い先端が、ビクンビクンと脈打っている。

「はぁ……オズマさまの鼓動を感じます。ち○ちんって熱くて、こんなに硬いものですのね。ちょっとびっくりしてしまいました」

「ひ、姫殿下、おやめください。これ以上は……」

ここまで来てしまえば、いっそのことと思わなくもないが、シャーリーに惚れたかもしれないと思ったばかりなのに、いくらなんでもそれは節操がなさすぎる。

だが、フレデリカ姫は情欲に濡れた瞳を俺へと向けて、蕩け切った淫靡な表情でこう告げた。

「でも、殿方はそうなってしまったら収まりがつかないと、ジゼルから聞いております。大丈夫でございますわ。ぜんぶフレデリカにお任せください。治療の仕方は、ちゃんと習ってまいりましたので……」

そう言って、彼女は口内に溜めた唾液を胸の谷間に垂らし、両手で寄せている胸を揺すり始める。そして、恐る恐る先端にキスを垂れたかと思うと、そのまま亀頭へと舌を這わせ始めた。

ワタクシは胸を上下に揺すりながら、はしたなく舌を伸ばして、大きく膨れ上がったオズマさまのち○ちん、その先端を舐め回します。

「れろっ、れろれろっ……ちゅぽっ、れろろろろっ……」

初めてのち○ちんの味わい。

先端から滲み出る汁はしょっぱく、うっすらと苦みがありました。

それ以上に印象的なのは、ち○ちんそのものの感触。体験したことのない弾力と熱さ。硬いのに柔らかい不思議な触り心地。舌に広がる肉の味わいに、胸の奥がざわつきます。

(ああ、これが殿方のお味……なんていやらしいのかしら)

「んっ、れろれろっ、ぺろっ、れろれろれろっ……」

舐め取れば舐め取るほどに、先端から滲み出る透明な汁。舌に広がるオズマさまの快感の証しに、嬉しさがこみ上げてまいります。同時に、お腹の奥がジンと疼くのを感じました。

次第に下腹部が火照り、身体が燃えるように熱くなって参ります。初めて目にしたち○ちんは、ジゼルに聞いていたよりもずっとグロテスクで、血管の浮き出た禍々《まがまが》しい形をしておりました。ですが、こうやってお胸に収めてしまうと、はみ出した先端部分がなんとも滑稽で可愛らしいのです。

「んぁっ……ひ、姫っ……だ、だめですって」

嫌がるような素振りを見せるオズマさま。でも、大丈夫。フレデリカはちゃんとわかっております。ジゼルからそれは演技なのだと、ちゃんと教えてもらっておりますので。

オズマさまほどの大英雄なら振りほどこうと思えば、いかようにもできるはずなのに、それをなさらないのは、もっと気持ち良くせよ！　という強い意思表示なのだと。

高祖フェリアの子孫として、ワタクシは全力でこのご要望にお応えせねばなりません。まさに使命といってもよいでしょう。

「んっ、んちゅっ、ちゅぱっ！　んふっ、ちゅぱれろっ、んんっ、ちゅううっ！」

「うぁっ!?」

先端の赤黒い膨らみを一気に口に含むと、オズマさまが痛みを堪えるような顔で眉根を寄せられました。

それもジゼルからちゃんと聞いております。鋭い快感は痛みに似ているのだと、痛みを堪えるような顔をされたのであれば、それは上手くご奉仕できている証拠なのだと。

（想像していたよりも、ずっと大きいですわ……）

予想外の大変さに少し戸惑います。顎が外れてしまいそうです。でも、もはや後に退くわけにはまいりません。

ワタクシは胸を揺すりながら、頭を上下に振ってち〇ちんをしゃぶり始めました。

「んっ、んふっ……んっ、んじゅるっ、んむっ、んっ、んふっ、んんんっ……」

ジゼルは、「奉仕に愛情をたっぷり込めるのです」と、そう申しておりました。

一緒に話を聞いていたアーヴィンは、「バカじゃないの！　見ず知らずの男に愛情なんてあるわけないじゃない！」と不満げでしたが、ワタクシはそうは思いません。実際にお会いしたのは、昨日が初めてではございますが、おとぎ話のように聞かされ、憧れてきた大英雄その方なのです。

ご先祖さまが恋い焦がれた殿方、この世で最高の殿方を愛せないはずなどございません。

アーヴィンは、ワタクシがお母さまに逆らえないだけだと思っているようですが、決してそうではないのです。

ワタクシもまた、物語の中のオズマさまに恋い焦がれてきた者の一人なのですから。

実際、オズマさまが気持ち良さげに眉根を寄せるのを目にしていると、わざわざ込めるまでもなく愛情が湧き上がってくるのを感じます。

ワタクシは、乳房を寄せて圧迫感を強め、胸を揺らす速度を上げげました。

ちらりと目線を上向ければ、オズマさまがワタクシを見下ろしつつ、快感の相を浮かべておられます。

（ああ……ワタクシのご奉仕で興奮なさっておられるのですね）

ワタクシが、あの伝説の大英雄を昂《たかぶ》らせているのだと思うと、優越感にも似た嬉しさがこみ上げてまいりました。

咥《くわ》えていた先端をちゅぽんと吐き出し、両手で胸を揺すりながら、ワタクシはオズマさまにお伺いします。

「ワタクシのご奉仕は、いかがでございましょうか？」

「き、気持ち良いですけど……こ、こんなこと……」

上擦った声を耳にすると、オズマさまの味わっている快感が伝わってくるような気がして、心臓がドキドキいたしました。

（ああ、なんて可愛らしいお方でしょう。もっと、もっと気持ち良くしてさしあげたいです）

これが母性本能というものなのでしょうか。オズマさまが望むのであれば、どんないやらしいことでも、喜んでしてさしあげたいとすら思ってしまいます。

（もっと、深く愛して差し上げたい）

ワタクシは、乳房の間からち○ちんを解放すると、パクリとそれを咥えました。

「うぁっ!?」

オズマさまの呻くような声を聞きながら、唇で幹を締めつけて、奥へ奥へと肉棒を呑み込んでまいります。

「んぁっ、んんっ……じゅるっ、じゅるるっ……」

（ああ、大きい。なんて大きいのかしら。ワタクシ……殿方のち○ちんをしゃぶっていますのね。ああ……なんてはしたないのでしょう）

自分でも信じられない思いで頭を振り始めると、頭上からオズマさまの切なげな吐息が降ってまいりました。ジゼルの手ほどきで、張形相手に口淫奉仕の訓練を積んだとはいえ、実物は張形などとは比較になりません。

お口の中で息づく生々しい感触に、トクトクと胸が高鳴りました。

（すごく熱くて硬いですわ。ああ、なんて素敵なのでしょう）

「姫さまっ、どこでそんな……き、気持ち良すぎる」

（うふふ、気持ち良いですって。オズマさまに褒められてしまいましたわ）

「わらくひのごほーひ、ふぉふぉろひゅくまでおらのひみひゅらひゃい。んっ、んふっ！　んむっ、んじゅるっ、ちゅぽっ、んんんっ！」

浮かれた気分そのままに、ワタクシは一層熱を込めて、ち○ちんを舐めしゃぶります。

「くっ!?　フレデリカ姫、そんなに激しくしたら……!?」

「んふっ、んじゅるっ！　んっ、れろっ！　じゅるるっ、じゅるるるるっ！」

（ああ、なんてはしたない。こんな破廉恥な音を立てながらおしゃぶりしているなんて……）

自身の立てる卑猥な音に羞恥を覚えながらも、おしゃぶりの勢いを止められなくなって、ワタクシは一心不乱に頭を振り立てました。

「うぁっ、す、すごい、蕩けそうだ……」

口唇愛撫の愉悦に浸っている。頤《おとがい》を反らして全身の力を抜くオズマさまのお姿は、ワタクシには、そう見えました。

（うふふ、感じていらっしゃるオズマさま……とっても可愛らしいですわ）

オズマさまが、あの彫像のような厳めしい殿方ではなく、可愛らしいお姿でしたのは、正直に申し上げて、嬉しゅうございました。この方なら何の苦労もなく愛せると、初めてお会いした時、内心ホッとしたものでございます。

愉悦に浸りきったオズマさまの面持ちに、ますます母性本能が刺激されるような気がいたしました。ですが……同時にワタクシは、微かに違和感を抱き始めていたのです。

（あ、あら、なんですのこれ。い、息苦しい、なんだか先程までより、身体が熱く……それにお腹の奥がジンジンして……）

先程まで感じていた淡い快感とは明らかに異なる感覚に、身体の内側を浸食されているような気がいたしました。それはどこか飢餓感にも似た、切迫した欲求でございます。

（ダメですわ……も、もっと……）

ワタクシは未知の感覚に戸惑い、狼狽えながらも、舐めしゃぶる舌の蠢きを止められなくなっておりました。

「んふっ、んんんっ！　んっ、んちゅるっ、んふっ、れろっ、れろれろっ、じゅぅうううっ！」

突き動かされるように、猛然とオズマさまのモノを吸い上げると、途端に頭上から切羽詰まった声が降って参ります。

「ああッ！　もうダメだッ！　で、射精《で》るっ！」

次の瞬間、お口の中で膨れ上がった怒張が、ビクンッと大きく脈を打ちました。

びゅるっ！　びゅるるるるるっ！　びゅるるるるっ！

喉の奥に吹きつける灼熱の飛沫《しぶき》。ビュビュッと矢継ぎ早に噴き上がる殿方の悦びの証し。

（ああッ、出てるっ……オズマさまの子種が、ワタクシのお口の中にっ……すごい勢いですわ。それにすごい量。まさかここまでだなんて……）

口内を埋め尽くさんばかりに溢れ出た子種の量に、ワタクシは驚嘆いたしました。同時に、その濃厚さと生臭さに頭の奥がジンと痺れて、小刻みに身が震えます。

（ああ、本当に生臭い。でも、これが子種ですのね。このドロドロしたのが赤ちゃんの素……）

酷い味、そのはずなのに嫌悪感は一切ございません。ですが、先程から感じ続けていた飢餓感は少しも満たされませんでした。それどころか飲み下せば飲み下すほどに、飢餓感が身体の内側でどうしようもないほどに膨れ上がっていくのです。

（ああっ……出してくださいませぇ、もっと、もっとお出しくださいませ）

ワタクシは、もはや自分で自分を御することもできなくなって、口内を子種で一杯にしながらも、再びオズマさまのモノを扱《しご》き始めました。

「うっ！」

びゅるっ！　びゅるるるるっ！

俺の呻き声とともに、肉棒が姫殿下の口内で弾けた。

これでもう何回目の射精だろうか。十数回、いや二〇回以上射精《だ》したかもしれない。

時刻は既に朝方近く。

俺は、あれからずっと姫殿下に搾り取られ続けている。

最初の射精を終えた時点で既に、姫殿下の様子はおかしかった。

完全に発情しきった獣のように、彼女は一心不乱に俺のモノにむしゃぶりつき、射精しても射精しても一度も口を離すことなく、ひたすら俺のモノを扱《しご》き続ける。

いくら声をかけようとも、ピクリとも反応しなくなって、夢見心地とでもいうような顔をしながらも、命が懸かっているかのように、必死に俺のモノを扱《しご》き続けていた。

（化け物かよ……）

その呟きはフレデリカ姫へと向けたものでもあり、同時に俺自身に向けたものでもある。

これだけ搾り取られながらも、俺のモノに衰える様子は全くない。まさに絶倫としか言いようがなかった。そして、その二〇回にも及ぶ吐精を飲み下し続けているフレデリカ姫も、やはり異常だった。

だが、今の射精を飲み下した途端、彼女は遂に俺のモノから口を離す。

黒目を上向かせ、だらりと涎《よだれ》を垂らした、心ここに非《あら》ずという表情。フレデリカ姫は、ゆらゆらと寄る辺なさげに身を揺らしていた。

(お、終わったか……)

だが、俺が思わずホッと吐息を漏らした途端、彼女はそのまま、意識を失ったかのようにぐらりと湯の中へと倒れ込む。

「ひ、姫っ!?」

慌てて手を差し伸べようとするも、フレデリカ姫の姿はそのまま湯船の中へと消えてしまった。


「それにしても……あのチョビひげ。口ほどにもありませんでしたね」

王城へと戻り、居室へと廊下を歩きながら、ワタクシ――ジゼルは呆れ声を漏らしました。

女を何人も孕ませて捨てた放蕩息子だというので、それなりに期待もしていたのですが、なんのことはありません。振る舞いが粗暴なだけで、技術《テクニック》もなければ精力も人並み。期待外れもいいところです。

感じている振りをするのも苦痛としかいいようのないヘタクソ。一言で言えば粗大ゴミでした。それでも最後まで相手をして差し上げたのは、ワタクシの温情でございます。

念入りに搾りとっておきましたので、少なくとも明日の夜までは、女を抱く気にはなれないでしょう。まあ、それ以前に、肝心の男性自身がピクリとも反応しないとは思いますが。

もちろん、性行為はあくまでもののついで。普通の食事でも充分に栄養は取れますが、偶《たま》には男性の精を摂取しておきたいという程度のこと。主目的はあくまで交渉です。

あまりにもチョビひげにとって都合の良い話になりすぎないように、あえて法外な金額を吹っ掛けておきました。

ああいう欲深い手合いは、相手も欲深くないと安心できないのです。対価もなく協力すると言えば、きっと拒絶されていたことでしょう。

チョビひげとシャーリーさまの決闘は数時間後、居室に戻って一休みしたら、次の仕込みに向かわねばなりません。

(本当に慌ただしい……)

小さく溜め息を吐きながら、オズマさまの部屋の前を通り過ぎて、ワタクシは自室の扉を開きます。ですが、扉を開いたところで、ワタクシは思わず眉を顰《ひそ》めました。

床の上に、誰かが倒れこんでいるのが見えたのです。

灯りを点してみれば、そこに倒れていたのは全裸のフレデリカ姫殿下でした。

床の上は、キャビネットの上に置いてあったはずの水差しが倒れていて水浸し。恐らく殿下の固有魔法『スプラッシュムーブ』で、ここまで移動されてこられたのでしょう。

「いかがなさいました？　姫殿下」

歩み寄って助け起こすと、彼女は真っ赤に上気したままの身体を小刻みに震わせて、消え入りそうな声を漏らしました。

「ジ、ジゼル、助けてくださいまし……な、何かおかしいのです。し、心臓が破裂しそう。身体が熱くて、熱くて……」

今夜、姫殿下はオズマさまの閨《ねや》を訪れていたはず、ワタクシがそうけしかけたのです。姫殿下の様子をよくよく観察してみれば、明らかに媚薬中毒の症状が見て取れました。

（オズマさまに薬を盛られたということなのでしょうか……？）

そんなことをするタイプの男には見えませんでしたが、人間を見かけで判断すれば見誤ることもございます。

媚薬の効果なら、達することさえできれば、ある程度楽になるはずなのですが、恐らく姫殿下は、自慰の仕方すら御存じないのでしょう。

（早急に処置しなければ……）

ですが、この姿のままでは、能力を十全には発揮できません。

「仕方がありませんね」

幸い姫殿下は、まともに意識を保っておられませんから、本来の姿を見られても、いくらでも誤魔化しようがございます。

ワタクシは『偽装《ディスガイス》』を解いて、本来の姿へと戻りました。

長い銀髪に碧い瞳。壁際の姿見に映る自分の姿を目にして、思わず苦笑します。この姿に戻るのは、いったいいつ以来のことでしょうか。

「それでは、失礼いたします」

ワタクシは姫殿下に口づけて、『精力吸収《ドレイン》』を発動しました。

途端に流れ込んでくる、溢れ出しそうなほどの性衝動。そこには、確かに媚薬の味が混じっております。それも相当に性質《たち》の悪い代物です。

それは普通の人間であれば、一発で男根の虜にしてしまえるほどの劇薬でした。

無論、ワタクシには効きませんが、これがもしオズマさまの仕業なのだとすれば、少しあの方の評価を改める必要があるかもしれません。

第五章　花嫁奪還

目を覚ましたのは、午後のこと。

窓から差し込む陽光。太陽は中天をとうに過ぎ、西へと傾き始めているが、眠りについた時点ですでに夜が明けていたわけだから、眠った時間だけを考えれば寝すぎというほどのこともない。

昨晩は、本当に大変な目にあった。

フレデリカ姫が浴槽の中に消えた途端、俺の手足を拘束していたお湯はただのお湯へと戻る。

どうにか解放された俺は、どう表現してよいのかわからない複雑な心持ちのままに湯あみ処を出て、そのままベッドに横たわった。だが、目を閉じようとも一向に寝つけない。

その原因は、幾つもあった。

消えてしまったフレデリカ姫が心配だったということもあるし、長時間に亘《わた》って拘束され、好き放題にされたことへの腹立たしさもある。あれだけ搾り取られたというのに、身体の疲れはさほどでもなかったということも、原因の一つといっていいだろう。

だが、最大の原因は初めての性体験。その余韻だ。

目を閉じれば、耳の奥に唇が幹を扱《しご》くあの淫らな水音が甦る。

脳裏にはフレデリカ姫の豊かな胸と、その先端で色づく薄桃色の突起が居座って、美しい姫の淫らに蕩けた表情と、初めて会った時のおっとりと微笑む彼女の表情が、交互にフラッシュバックした。気がつけば股間は張り詰め、悶々とした心持ちのままに身悶えている。

（何で、こんな目に……）

理不尽な目にあった。そう言ってしまうことは簡単だが、拘束されたからというのは言い訳にはならない。

魔法を使えば逃げることもできたのだと思う。だが昼間、『発火《イグニッション》』の威力制御をミスしたことが、俺の胸の内で尾を引いていた。制御を誤ってフレデリカ姫を傷つけることを恐れたのだ。

それにしても……初めての口淫は、想像していた以上の快感だった。

娼館通いをする者の気持ちがわかったような気がする。前世では、精を放つために大枚をはたく意味が正直よくわからなかったし、そんな金があるのなら、研究資材につぎ込むほうが何倍も有意義だと、そう思っていたのだ。

（次に迫られたら……拒絶できるのか？）

たぶん無理だろう。そうしようと思えば相当の忍耐を強いられるはずだ。一度知った果実の味を忘れることなどできはしないのだから。

寝起きのぼんやりとした頭でそんなことを考えながらベッドから身を起こすのとほぼ同時に、扉をノックする音が響いた。

「どうぞ」

そう声をかけると、扉を開いてメイドのジゼルが部屋へと入ってくる。

「オズマさま、お目覚めでございますか？」

「ああ、もう随分、陽が高いけどな」

「幾度か起こしに参ったのですが、よくお休みでございましたから……」

「それはすまない」

苦笑しながらジゼルのほうへ目を向けると、彼女の背後に、もう一人の人物が立っているのが見えた。

初めて見る女性だ。ジゼルやシャーリーより背が高く、癖の強い燃えるような赤毛の、いかにも気の強そうな女騎士である。

シャーリーのものとはデザインこそ異なるものの、同様に際どい騎士装束。その剝き出しの腹部で、男顔負けにバキバキに割れた腹筋が目を引いた。

「ご紹介いたします。近衛騎士団第三席のタマラさまでございます」

ジゼルがそう紹介すると、女騎士は厳かに片膝をつく。

「伝説の大英雄オズマさまのお目にかかれて、このタマラ、言葉もございません。以後、御身の盾となり粉骨砕身働いてまいる所存でございますので、何卒よろしくお願い申し上げます」

「ちょ、ちょっと待ってくれ。シャーリーは？」

俺がそう問いかけると、ジゼルは表情一つ変えることなく、こう答えた。

「シャーリーさまは、もうここには参りません。騎士団を退団されましたので」

「え⁉　ど、どうしてだ？」

「今朝の決闘で敗れ、精霊王との契約に従い、ヒューレック家の嫡男ジョッタさまのもとへ嫁がれることになりましたので」

「なっ⁉」

俺は、言葉を失った。

ヒューレック家といえば、昨日シャーリーの話に出てきた家名。話を総合すればジョッタというのは、あのチョビひげのことだと考えて間違いないだろう。

「そ、そんなバカな！　シャーリーがあんなのに負けるはずがない！」

身のこなしだけを見てもシャーリーのほうが各段に上、俺も戦場で数多《あまた》の兵士たちを、この眼で見てきたのだ。強さを見誤ることなんてあり得ない。

「ですが、事実です。残念ながら」

メイドが何の感情も含まぬ声でそう告げると、跪《ひざまず》いたままのタマラがおずおずと口を開いた。

「恐れながら申し上げます。私は決闘を観覧しておりましたが、入場した時点で、シャーリー殿は前後不覚。有り体に言えばフラフラでございました。あれは……一服盛られたのだと思います」

「そんな卑怯な！　無効だろ！　そんな決闘！」

感情の激するままに、俺がベッドの上で立ち上がって声を荒げると、タマラは静かに首を振った。

「いいえ、騎士ともあろうものが、薬を盛られるような隙を見せたのが悪いのでございます。戦場において、卑怯などという言葉は、弱者の言い訳でしかございません」

「くっ……」

それは、タマラの言うとおりだ。

俺自身は騎士でも何でもないが、戦場のことは嫌というほどに知っている。卑怯だなんだと泣き喚いたところで、勝敗がひっくり返ることなどありはしない。

愕然と膝をつく俺に、ジゼルは遠慮なく言葉を継いだ。

「精霊王との契約は絶対。敗れた時点でシャーリーさまは婚姻から逃れることはできません。それがいかに望まぬ婚姻であったとしてもです。午前の内に手続きは済み、籍が入って、シャーリーさまは既にヒューレック家の人間となられております」

下唇を噛み締める俺を見据えて、ジゼルが淡々と告げる。

（まさか、俺が惰眠を貪っている間に、こんなことになっているなんて……）

「婚礼は後日、大聖堂にて執り行うとのことですが、今夜が初夜でございましょう。ジョッタさまは、一夜にして孕ませてみせると豪語しておられました。下品極まりない物言いではございますが、跡継ぎを残すのは、貴族にとって最優先事項でございますので」

だがジゼルの声音に、次第にトゲが混じりはじめた。まるで俺を責めるかのように。

「幾人もの女を孕ませては、捨ててきたような殿方ですし、悪名も非常に高《たこ》うございます。おそらくシャーリーさまも豚のように何度も子を孕まされた末に、ボロボロになって最後は捨てられることでしょう。オズマさまにその気がございましたら、何年か先、ボロボロになったシャーリーさまに慈悲を垂れられるのも一興かと、きっと流石は伝説の大英雄はお優しいと、誰もが賞賛なさることでございましょう」

「なんだと！」

これには、流石に俺も我慢ならなかった。

頭で考えるより先にベッドを飛び降りて、力任せにジゼルの肩を摑む。

弾みで大きく開いた胸元から、彼女の豊かな乳房が零れ落ちそうになっていたが、そんなことは気にもならない。こいつが女でなかったなら、とっくに殴りつけていたことだろう。

「いい加減にしろよ！」

目を合わせて睨みつけると、意外にもジゼルは鋭い目つきで睨み返してくる。

「いい加減にしろ？　それはこちらのセリフでございます」

「なんだと！」

「では、はっきり言って差し上げます。オズマさま、あなた！　ちゃんとキンタマついておられるのですか？」

メイドの口から飛び出したあまりにも下品な物言いに、俺は一瞬、意味がわからず唖然とする。途端に彼女は俺の手を振り払い、逆に俺の胸倉を捩《ね》じり上げた。

「お、おい、ジゼル！　貴様ァ！　なんということを！」

「お黙りなさい！」

タマラが慌てて立ち上がろうとすると、ジゼルはそれを一睨みして怯ませた。

そして彼女は、鼻先が擦れるほどに俺へと顔を突き付けながら、こう捲し立てる。

「男らしくないのですよ、あなたは！　どんな女も娶《めと》れる権利を与えられながら、善人ぶって誰にでも選ぶ権利はある？　アホですか？　自分の戸惑いを綺麗な言葉で誤魔化すのはおやめなさい！　挙げ句に女を横から掻っ攫われて、メソメソ凹んでメイドに八つ当たり。助ける力があるくせに、あなたはこんなところで何をなさっておいでですか！」

「ぐっ……お、お前に何がわかる！」

「わかりたくもありませんね。シャーリーさまは仰っておられました。オズマさまはオズマさまであることをやめられることを望んでおられるのだと、そんなあなたの枷《かせ》にはなりたくないのだと。それを、仕方ないで済ませてよいのですか？　あなたは！」

よいはずがない。

「オズマの名を捨て、シャーリーさまを見捨て、あなたはいったい何者になろうというのですか！」

俺はジゼルの手を払い、あらためて彼女を睨みつける。

「……既婚未婚を問わずに囲っていい。そう言ってたな」

「ええ……ですが、あなたにその覚悟がおありですか？　伝説の大英雄として、その権力を行使されるというのであれば、もう後戻りはできませんよ」


絶望の夜が来た。

姿見に目を向ければ、花嫁衣裳を模したヴェールに、白いタイツとガーターベルト。指抜きの白のアームカバー、いやらしい下着姿の自分が映っている。

なんという屈辱的な姿だろう。メイドたちに、寄ってたかって着替えさせられ、今は世の中で一番嫌いな男の寝室で、待ちたくもないその男を待っている。

思えば、決闘の直前。ジゼルの用意してくれた茶を飲んでからは、ほとんど記憶がない。

ただ、ふわふわとした心地のままにチョビひげと対峙し、そしてたった一撃を喰らっただけ

で、地に崩れ落ちた。

ダメージは大したことなかった。身体が痺れて立てなかったのだ。

チョビひげの勝ち名乗りを聞きながら、ギリリと歯を鳴らしたところで意識が遠のいた。

まさか、ジゼルがあの男に与《くみ》しているとは、考えもしなかった。

いや、言うまい。私が甘かっただけの話だ。

「お許しください。これもシャーリーさまのためでございます」

朦朧《もうろう》とする意識のままに闘技場から運び出される直前、ジゼルがそう言っていたような気がするが、定かではない。

窓の外に目を向ければ、陽はとっぷりと暮れている。

貴族の王都別邸の集まる区域、その一角の屋敷。メイドたちが言うには、私が意識を失っている間に手続きが済んで、既に籍が入ってしまったのだという。

家名は変わり、あのチョビひげの妻、シャーリー・ヒューレックになってしまったのだと聞かされた時の絶望感。メイドたちに『奥さま』と呼ばれるたびに、ドロ沼に足を取られたような気分になった。

だが、精霊王との契約は絶対。これからあの男を夫として尽くさねばならぬのだと思うと怖気が走る。肌が粟立つ。

「……オズマ殿」

不意に脳裏を過《よぎ》る想い人の横顔。ついてきてほしいと言われた時には、天にも昇る心地だった。

だが、あの方が名を捨てるのであれば、私はきっと重荷になる。

家も名誉も全て捨ててあの方と共に行く、もしかしたらそんな未来もあったのかもしれない。田舎の小さな家に住まい、畑を耕しながら子を育む。慎ましいながらも幸せな日々。今となってはもうあり得ないそんな未来。

思わず目を伏せたところで、バタン！と荒々しい音を立てて扉が開いた。

「ふっ……ふはははははっ！良い格好だな！我が妻よ！」

私の姿を目にするなり、チョビひげは下卑た笑みを浮かべて、さも愉快げに声を上げる。

屈辱。そうとしか表現しようもない。

「くっ……殺せ」

「バカを言うな。お前はもう吾輩のモノなのだ。心配せずとも思う存分可愛がってやる。お前のほうから媚びるようになるまでな」

私は、鼻息も荒く歩み寄ってくるチョビひげを睨みつけた。

「誰が貴様なんぞ！」

「貴様？」

チョビひげは、私の顎を掴むと口元を歪め、嬲《なぶ》るような目つきで全身を視姦する。

「誰に向かって物を言っている。吾輩の呼び方なら、旦那さまであろう？」

「ぐっ……」

「それとも我が妻は、精霊王との契約を無下にするような愚か者であったか？」

「……頼む。殺してくれ」

私が力なく項垂れると、彼は勝ち誇ったかのように声を上げた。

「うわははははははっ！　なんども同じことを言わすな。殺さぬよ。愛してやる。身も心も蕩けるほどに愛し尽くして、我が子を何人も孕ませてやる。強気でいられるのも今の内だ。すぐに吾輩の逸物を求めて媚びるようになる。女なんぞそんなものだ。男を知ってしまえばな！」

そして、ヴェールごと私の髪を摑んで、捩り上げる。

「痛っ！」

痛みに思わず顔を歪める私へと顎を突き付けて、チョビひげは興奮しきったような声を上げた。

「貴様自身が精霊王と契約を交わしたのだ、負かした者の妻になるとな。さあ、敗北を宣言してもらおうか。私は敗れました。生意気を言って申し訳ありません。一生、このジョッタさまを愛し続けますとな！」

顔にかかる生臭い息。私は顔を背け目を閉じる。

まさか、こんなことになろうとは……。

「私は……敗れ……ました。生意気を言って……申し訳……ありません」

屈辱のあまり、目尻に涙が滲む。脳裏に、救いを求めてはいけない、あの方のお姿が過《よぎ》る。

（オズマ殿……）

そして、更に惨めな言葉を紡ぐべく、深く息を吸い込んだその瞬間――。

突然、凄まじい爆発音が鳴り響いた。

地軸を揺るがすような轟音。屋敷全体が大きく揺れて、壁面にひびが走る。窓ガラスは砕け散り、屋敷の各所から悲鳴じみた声が響き渡った。

「なっ⁉　なんだァ⁉」

チョビひげが喚き声を上げて狼狽し、私は戸惑いながら、周囲を見回す。

枠だけになった窓の外で炎が揺らぎ、黒煙が立ち昇っている。

慌ただしく廊下を走る足音、部屋の中にチョビひげ子飼いの兵士が飛び込んできた。

「若っ！　しゅ、襲撃でございます！」

「バカな！　ここは王都のど真ん中だぞ！　くっ！　どこの痴れ者だ！　敵の規模は！」

「それが……」

兵士は、俄《にわか》に口籠もる。

「どうした！」

「敵は……たった二人。若い男とメイドでございます」


少しばかり時間を遡《さかのぼ》る。

貴族の王都別邸が集まる一角。その路上にモトを停車させ、ジゼルが荷台に座り込んでいた俺のほうへと振り返った。

「あれが、ヒューレック家の王都別邸でございます」

貴族のほとんどは領地の本邸に加えて、王都に別邸を構えている。

王家の召喚に素早く応じられるように、また貴族社会特有の社交、コネクションの構築を目的として、多くは嫡男、即ち次期領主を常駐させているのだという。

例に洩れず、ヒューレック家においても、嫡男であるジョッタが王都の別邸に起居していた。

俺にはこの時代の貴族の格などわかるべくもないが、周辺の屋敷と見比べてもかなり大きな屋敷である。

高い塀に囲まれ、鉄柵の門扉の向こうには広い庭園が見える。そしてその庭園の奥には、由緒のありそうな石造りの立派な屋敷が鎮座していた。

「周辺の屋敷から、人払いは済んでおります」

ジゼルに言われて周囲を見回せば、確かに他の屋敷にはほとんど灯りが灯っておらず、ヒューレック家の屋敷のみが暗闇の中に浮かび上がって見える。

「女王陛下の命により、この一帯はヒューレック家の屋敷を除き無人。ここへと到る道という道は、全て近衛騎士団により封鎖されておりますので、存分にお力を振るってくださいませ」

女王陛下の全面協力。ジゼルからシャーリーのことを聞いたのは昼間だったが、こんな時間になったのは、この近辺の人払いが完了するのを待っていたからである。

どんな根拠があるのかは知らないが、ジゼルが「心配ございません。少なくとも日が暮れるより前に、あの男がシャーリーさまに手を出すことなど絶対にありませんので」と自信たっぷりに言うので、焦燥感にジリジリと胸を焦がしながらも耐えたのだ。

「それにしても……女王陛下を相手に、なかなか見事な啖呵《たんか》でございました。キンタマの有無を疑いましたことについては、喜んで謝罪の上、訂正いたしましょう。オズマさまには、立派なキンタマがついておりました」

「おりましたって……見せた覚えはないが」

「想像です」

「想像すんな！　っていうか！　あるとかないとか！　もっと他に大事なことがあるだろうが！」

するると、彼女はいかにも怪訝《けげん》そうな顔をして、首を傾げる。

「他に……はて？」

「……いや、もう……ごめん。なんかお前、すごいわ」

それはともかく、あの後、俺はジゼルとタマラを従えて女王陛下のもとを訪れた。そして、こう宣言したのだ。

「陛下！　俺はあなたの思いどおりにはなりません。いえ、この国が俺のモノだと仰るなら、俺は自由にやらせてもらいます。誰を娶《めと》るか、誰と子をなすかは俺の意思。あなたに強制される謂《いわ》れはありません！」

突然だったということもあるのだろう。女王陛下は呆気にとられたような顔をしていたが、ジゼルと目を見合わせたかと思うと、満足げな微笑みを浮かべる。

「オズマさまの御心のままに」

そして彼女は、再び俺の足下に跪《ひざまず》いた。

あれほど熱烈に自分の娘を娶《めと》らせようとしていたのだ。決裂することも覚悟していたのだが、拍子抜け。女王陛下が、意外なほどあっさり折れたことに、俺は戸惑いを覚えた。

（はめられたような気もするけど……）

そんな俺の胸の内とは裏腹に、タマラは女王を傅《かしず》かせた俺の姿に、新たなオズマ伝説の場に立ち会えたと、感動のあまり号泣していた。

どうやら彼女は、気の強そうな見た目に反して、かなりの感激屋らしい。

俺が、女王陛下に話を通しに行ったのは単純に、これからやろうとしていることを黙認してもらうためだ。なにせ、それなりに有力な貴族の屋敷を襲撃しようというのだから。

もちろん、もし女王陛下と決裂したとしても、シャーリーの奪還を諦めることはあり得ない。その場合には、彼女を奪って逃げるという選択肢を選ぶことになる。

「抵抗する者に、手加減をするつもりはありません、きっと人死にも出るでしょう」

そう口にすれば止められるかと思っていたのだが、帰ってきた答えは、やっぱり「御心のままに」。それどころか、俺が心置きなく魔法を使えるようにと、人払いの手はずまで整えてくれたというわけである。

「じゃあ……始めるか。ジゼル、お前はここで待っていてくれ」

俺は荷台から降り立ち、通りの向こうの屋敷へと目を向ける。すると、ジゼルは自分も御者台から降り立って、慇懃《いんぎん》に腰を折った。

「ご心配には及びません。自分の身は自分で守ります。ワタクシには、事の経緯を見届ける義務がございますので」

「義務？　なんだそりゃ……」

「そんなことよりもオズマさま、貴族屋敷には貴族本人に加え、往々にして私兵として精霊魔法の使い手が控えております。一応お伝えしておきますが、精霊魔法に『解呪《ディスペル》』や『魔法障壁《マジックシールド》』は意味がございませんので、ご注意くださいませ。精霊魔法は魔力の具象化ではなく、発現する段階で物理現象と化しておりますので」

「なるほど、そういうことか……って！　ちょっと待て!?　お前、どうしてそんなことを知ってるんだ!?」

今の発言は、どう考えても精霊魔法はもちろん、この時代では失われてしまっているはずの俺の時代の魔法を把握していないと出てこない。

「おまえ……いったい何者なんだよ」

「ただのメイド……ではご納得いただけませんか？　まあよいではありませんか。少なくともオズマさまの敵ではございませんし」

俺は、大きく溜め息を吐く。

この期に及んで疑っても仕方がない。今はそれどころではない。一刻だって時間が惜しいのだ。

俺は彼女に背を向けると屋敷のほうへと足を踏み出す。そして通りを下りながら、前方に手を突き出した。

「第二階梯　火球《ファイアボール》！」

魔法素子が渦を巻いて俺の手の中で収束し、轟《ごう》と音を立てて飛び出した火球が、鉄柵の門扉に着弾する。

夜の静寂《しじま》を破って、けたたましい爆発音が響き渡り、門扉がひしゃげて弾け飛んだ。

立ち昇る黒煙。残り火の燻《くすぶ》る門扉を踏み越えながら、俺は屋敷に向かってもう一度『火球《ファイアボール》』を放つ。腹に響くような轟音とともに地面が大きく揺れた。

やはり、威力が二階梯分ほども上がっている。第二階梯の『火球《ファイアボール》』が、第四階梯『爆裂《エクスプロージョン》』級の威力で発現しているのだ。

（これはこれで厄介だな……手加減なんてできそうにないぞ）

女王陛下に「手加減するつもりはない」と、そう告げたが、それ以前の問題だ。

苦笑いを浮かべながら顔を上げれば、黒煙が濛々《もうもう》と立ち昇っている。

屋敷そのものは石造りなだけに延焼してはいないが、庭木が燃え上がって火の手を上げていた。

ざわめきとともに屋敷の中から駆け出してくる多数の人影。口々に声を荒げながら抜剣し、殺気だった兵士の群れがわらわらと溢れ出てくる。さながら蜂の巣をつついたような有様である。

「あいつだ！」

「捕らえろっ！　何か爆発物を持ってるぞ！　気をつけろよ！」

こちらの魔法を警戒してだろう。怒りを目に宿した兵士たちは、半円形を描きながら取り囲むようにこちらへと迫ってくる。

「……思ったより多いな」

屋敷の警備にしては数が多すぎる。

そんな俺の呟きに、ジゼルが応じた。

「ええ、充分に反逆罪に問える人数でございます。ジョッタ・ヒューレックに関していえば、隣国マチュアとの間に不審な往来も多く、以前から内偵対象となっておりました。今回の人払いについても、ヒューレック屋敷を検《あらた》めるという名目になっております」

「つまり……俺を利用して、粛清《しゅくせい》しようとしたってことか？」

「まさか。たまたまでございますよ」

いろいろと言いたいことはあるが、流石にそんな状況ではない。

怒号を上げて、迫り来る兵士たち。

嘗《かつ》ての戦場であれば高階梯の魔法で一気に殲滅《せんめつ》するところだが、今、下手に大きめの魔法をぶっ放せば、予想外の威力で、屋敷ごとシャーリーまで吹っ飛ばしてしまうことになりかねない。

（ここは……分断するか）

「第三階梯改！　火炎幕《フレイムカーテン》！」

両手を掲げて振り下ろせば、俺の左右から屋敷へと向けて、人の背丈を超えるほどの炎の幕が真っ直ぐに広がっていく。敵を分断するために、第三階梯『炎柱《ファイアポール》』の術式に、俺自身が手を加えて創り出した魔法だ。

幾つか悲鳴が聞こえたが、それも射線上にいた一人か二人のもの。他の者たちは、どよめきながら足を止めた。だが、それで充分。兵士の侵入を阻む炎の幕を左右に展開し、俺の目の前には屋敷の入り口へと通ずる真っ直ぐな道ができ上がった。

兵士たちの多くは、すでに屋敷の外へ出ている。そして今は、炎の幕に阻まれて身動きが取れない状態。屋敷の中は、恐らく手薄になっていることだろう。

ここからは、電撃戦だ。

灼熱の炎の幕に守られたその道を、俺は一気に駆け出した。

身体を動かせばすぐにわかる。軽い。やはりこの身体の能力は、前世の身体とは比べ物にならないほどに優れている。

にもかかわらず、背後からついてくるジゼルの足音は、ぴったりと俺の背後にくっついて、少しも遅れる様子がなかった。

（ホントに何なんだよ、こいつは!?）

「くそっ！　何だ、これは！　誰か水属性の精霊魔法を使える者はおらんのか！」

「早く消せ！　誰か若をお守りしろっ！」

炎の幕の向こうに溢れる兵士たちの怒号、罵る声、焦る声。それを聞くともなしに聞きながら、俺たちは庭を一気に縦断する。

だが、屋敷へと近づいたところで扉が開いて、新たな兵士たちが正面へと姿を現した。

「な、なんだ!?　火事か!?」

外へ出た途端、庭で燃え盛る炎を目にして慌てふためく兵士たち。たった五名だ。それもほぼ一列に寄り集まっている。

「ならば！　第二階梯改！　火炎槍《フレイムジャベリン》！」

これもまた俺のオリジナル。『火球《ファイアボール》』の術式に手を入れたもの。爆発することはないが、貫通性能だけを高めた魔法だ。

俺は、手の中で形作られた炎の槍を握って、一気に投擲《とうてき》する。

空気を揺るがし、風を切って飛翔する炎の槍。それが、寄り集まる兵士たちのどてっ腹を一気に刺し貫き、そして消滅した。

立ったまま呻く瀕死《ひんし》の兵士たちを蹴り倒し、転がる死体を踏み越えて、俺とジゼルは屋敷の中へと飛び込む。

飛び込んだ先、玄関ホールの左右には奥へと続く廊下、正面には大階段が二階へと続いていた。

この広い屋敷のどこかに、シャーリーがいるはずなのだ。

（くそっ……探索系魔法を、人任せにするんじゃなかった）

嘗《かつ》ての秘書官、ミスカが探索系魔法に秀でていたがために、俺はそれを修得することを怠っていたのだが、そのツケがこんなところで回ってくるとは……。

「どこだ！　シャァアリィィイイイイイイイイ!?」

俺は焦りに身を焦がしながら、声を限りに叫んだ。

「シャーリーさまは、二階の一番奥の部屋においででございます」

背後から聞こえたジゼルのその一言に、俺は振り返りもせず、猛然と階段を駆け上がる。信じたわけではない。それ以前の問題だ。何でそんなことを知っているのかとか、罠じゃないかとか、そんなことを検証する余裕もないほどに、俺は焦っていた。

自分でも大英雄の器などではないと、そう思う。だが、そこまで余裕をなくすほどに、俺はシャーリーを失いたくなかったのだ。

階段を駆け上がって二階に辿り着けば、廊下は左右に分かれている。

「右でも左でも問題ございません。このフロアは回廊構造になってございます」

ジゼルの声を背に、俺は右へと走り始めた。向かって左側の壁には幾つかの扉、右手は玄関ホールの吹き抜け。赤じゅうたんの廊下をしばらく行くと突き当たり、廊下が左に折れている。

その角を曲がった途端、照明の薄明かりの下、廊下の奥が俄《にわか》に明るくなった。遠くで球状の炎が湧き上がるのが見える。

「ちっ！」

反射的に『魔法障壁《マジックシールド》』を展開しかけたところで、ジゼルの言葉が脳裏を過《よぎ》った。

──『解呪《ディスペル》』や『魔法障壁《マジックシールド》』は、意味がございません。

既に火球は放たれている。迫りくる炎。俺は慌ただしく床へと身を投げ出した。轟と音を立て、頭上をかすめて通り過ぎる火球。髪の焦げるイヤな臭いが鼻を衝いた。

威力は、この時代に来る前に使っていた『火球《ファイアボール》』よりやや強いかという程度だが、あれは似て非なるもの。恐らく炎の精霊魔法なのだろう。

俺は床の上に倒れ込みながら、魔法を発動させる。

「第二階梯改！　火炎槍《フレイムジャベリン》！」

屋内での戦闘では、使用できる魔法が限られる。特に今の俺は魔法の威力制御がおかしいのだ。

下手に高階梯の魔法を放って、シャーリーを巻き込むようなことにでもなったら、目も当てられない。

横たわった姿勢のままに炎の槍を投擲すると、鈍い着弾音とともに、廊下の奥で男の悲鳴じみた声が響き渡った。

「お見事でございます」

ジゼルが、廊下の角から遅れて姿を現しながらそう口にする。だが、俺はそれを無視して、再び駆け出し始めた。

廊下の突き当たりには、先程火球を放ってきたと思しき男が倒れこんでいる。

そこで廊下は左に折れ曲がり、その先、廊下の中ほど右手の壁に、他よりも大きな両開きの扉が鎮座しているのが見えた。

「あそこか！」

扉を開け放って中へ飛び込むと、そこは舞踏場《ダンスフロア》とでもいうようなひと際大きな部屋。天井には豪奢なシャンデリアが垂れ下がり、壁際には幾つもの椅子が設《しつら》えられている。

だが、ここにもシャーリーの姿は見当たらない。それどころか、奥に見える扉の前に全身甲《かっ》冑《ちゅう》を着込んだ巨漢が、巨大な戦 槌《ウオーハンマー》を手にして立ちはだかっているのが見えた。

「ぐうぉおおおおおおおおっ！」

巨漢は俺の姿を見つけると、雄叫びを上げながら猛然と突進してくる。

頭上へと振り下ろされる巨大な鉄槌。俺は、横っ飛びにそれを躱しながら魔法を発動させた。

「くっ！　第二階梯改！　火炎槍《フレイムジャベリン》！」

鉄槌が石造りの床を砕く。飛び散る石礫。炸裂音と前後して、俺の放った炎の槍が至近距離から巨漢の肩口へと襲いかかる。着弾と同時に甲高い金属音が響き渡った。

「ぐぉ……っ」

巨漢は盛大によろめき後退《あとずさ》る。だが倒れない。無傷。いや、肩当ての部分に黒い焼け焦げと凹みが残っただけ。あの鎧がどんな素材でできているのかはわからないが、恐ろしく硬い。

俺は素早く跳ね起きて、巨漢の背後に回り込みながら距離を取った。

（どうする……これ以上の威力の魔法となると屋敷が倒壊しかねない。鎧の中身がノーダメージということはないだろう。ならば火炎槍《フレイムジャベリン》を連発して、ダメージを蓄積させて……こんなところで時間を使いたくはないが……）

そんなことを考えている内に、巨漢は再び、俺を目掛けて突進してきた。振り上げられる鉄槌。武骨な鉄の塊が、俺をぺしゃんこにしてやろうと襲いかかってくる。

だがその時、俺はあることに気が付いた。

（なんで俺、躱せてるんだ？）

最初は、単純に前世よりも高い身体能力のお陰だと、そう思っていた。だが、振り下ろされる鉄槌も見えているし、軌道も予測できている。相手の次の動きもだ。何より、自分がどう動くべきか、そんなことを考えずとも身体が勝手に動いている。

前世の身体ではあり得ない感覚、あり得ない動き。この身体には、達人のごとき対人戦闘技術が染みついているとしか考えられなかった。

（ならば！　……やれるか？）

自分への問いかけ。その答えは『是《イエス》！』

「ぐうぉおおおおおおっ！」

野獣のごとき野太い雄叫びとともに、巨漢が鉄槌を振り下ろした。

俺はそれを紙一重で躱すと、前のめりになった男の身体と入れ替わるように、その背後へと回る。そして、巨漢の背に組みつき、兜と甲冑の継ぎ目、そこにわずかに覗いた剥き出しの肌を指先で突いて、火を放った。

この状況なら『発火《イグニッション》』で充分だ。

継ぎ目から入り込んだ炎が、鎧の内側を灼熱の窯《かま》へと変える。

継ぎ目という継ぎ目から炎と黒煙が噴き上がって、肉の焦げる嫌な臭いが鼻を衝いた。

「ぐがぁあああああっ!?」

俺を跳ね飛ばして、巨漢は断末魔の絶叫を上げながら、床の上を転げまわる。

甲冑が石の床にぶつかって派手な金属音を響かせ、やがて黒煙と微かな残り火を置いて、巨漢はピクリとも動かなくなった。

「はぁ、はぁ、はぁ……」

慣れない肉弾戦で、思っていた以上に神経を使ったらしい。

身体が強張《こわば》っている。汗が止まらない。酷く息苦しい。

(わからないことだらけだな。いったい何なんだよ、この身体は……)

だが、それに助けられているというのも事実だ。

ゆっくり身を起こすと、廊下から状況を眺めていたジゼルが、パチパチと手を叩きながら部屋の中へと入ってきた。

「素晴らしゅうございます。流石は伝説の大英雄。セ・ボン、セ・ボンでございます」

「せぼん？　なんだ、それは？」

「あれは……ワタクシが、リアという名でエリザベータ帝にお仕えしていた時のことでございます……と申し上げてもわかりませんね。賞賛しているという程度にお考えいただければ、充分でございます。さあ、シャーリーさまは奥の扉の向こうにおいでです。お急ぎくださいませ」

「言われるまでもない」

俺は、彼女に背を向けて奥の扉に歩み寄ると、それを蹴破り、勢いのままに奥の部屋へと踏み込む。

「シャーリー！」

果たして俺は、そこにシャーリーとチョビひげの姿を見つけた。

ベッドルームの奥、裏庭に面した窓際にシャーリーを背後から抱きかかえるようにして、首筋に短剣《ダガー》を突きつけているチョビひげ。シャーリーは、花嫁衣裳のようなヴェールを被った、白いレースの下着姿である。

確かに美しいが、それがこの男に着せられたものだと思えば、血が逆流しそうなほどの腹立たしさを覚えた。

「あ、あぁ……」

俺の姿を目にした途端、言葉が見つからないのか、シャーリーは小刻みに唇を震わせる。

ボロボロと彼女の白い頬を涙が滴り落ち、嗚咽にも似た声が溢れ出た。

一方のチョビひげは、怯えと驚愕の入り交じったような表情を浮かべている。

「な、何をしに来た貴様！　ア、アイズレイはどうしたのだ！　あ、あいつは百人殺しの化け物だぞ！　き、貴様などが、そう簡単に倒せるはずないだろうが！」

アイズレイというのは恐らく、あの全身甲冑の巨漢のことだろう。

「……シャーリーに毛ほどの傷でもつけてみろ。お前の命で贖《あがな》うことになるぞ」

「はっ！　バカを申すな。この女はもはや吾輩の妻だ。どう扱おうと他人に指図される謂《い》われなどないわ！」

「……大人しくシャーリーを離せ」

「誰に向かってものを言っている！　盗人猛々しいとはこういうことを言うのだ。貴様こそ跪《ひざまず》いて許しを乞うがよい！　よいか！　吾輩は正統な決闘の末にこの女を手に入れたのだ！　まさか貴様、精霊王との契約を無下にするつもりではあるまいな？　そんなことをすれば、正教会もお前のことは許さぬし、女王陛下も精霊王の御名において、貴様を処断されることだろうよ！」

チョビひげがそう声を上げたところで、ジゼルがしずしずと部屋に入ってきた。

「ジョッタさま」

「ん、お、おおっ！　貴様は女王陛下の使いの……良いところに来た。この愚か者に言ってやってくれ。貴様はもう終わりだとな」

ジゼルは、静かに目を伏せる。

「ええ、終わりでございます」

「うむ、女王陛下も、正教会も、精霊王も、神も、かの大英雄オズマも、この男の狼藉を許しはせぬだろう！」

　そこでジゼルは、「はぁ」と呆れたような溜め息を漏らした。

「勘違いなさらないでくださいませ。終わりなのはジョッタさま、アナタでございます」

「は？」

「アナタは今、大英雄オズマさまの名を出されましたが――」

　ジゼルは目を開き、微かに微笑みを浮かべた。

「このお方こそ、その大英雄オズマさま、ご本人です」

猫騙しを喰らった猫のように、ポカンとした顔をするチョビひげ。

「は？　何をバカな……」

「オズマさまが復活なされることは、正教経典に記されておりますので、ジョッタさまも御存じかとは存じますが、それがいつのことかは王家の秘事。大司教さますら御存じないことでございます。そしてつい先日、オズマさまは、その復活の日を迎えられたのです」

「ば、馬鹿馬鹿しい。そんな戯言をし、信じろというのか！」

「いえ、信じていただく必要はございません。オズマさまの復活は秘匿事項でございます。それをわざわざお教えしたのは、アナタの犯した罪の重さをご理解いただくためでございます」

「な、なんだと!?」

「アナタの罪はもはや数える必要もございません。大英雄オズマさまが見初めた女性を、策略を持って無理やり我が物としようとしたこと。女王陛下からも、その一事を持って死罪にせよと仰せつかっております」

「さ、策略だと!?　な、何を申しておる！　そ、それは、き、き、貴様が！」

恐れによるものか、怒りによるものかはわからないが、チョビひげがその身を小刻みに震わせる。

「はて？　何のことでしょう？」

ジゼルがにっこり微笑むとチョビひげが声を限りに叫び声を上げた。

「は、謀ったなぁあああああっ！」

彼は、シャーリーを俺のほうへと突き飛ばし、彼女はつんのめるように倒れこんでくる。

「シャーリー！」

俺は、慌てて手を伸ばし、彼女の身体を受け止めた。

だが、その間にチョビひげは窓のほうへと駆け出して、一気にそこから宙へと身を躍らせる。

たかが二階とはいえ、貴族の屋敷は各フロアの天井が高い。それなりの高さがある。地面に叩きつけられれば、もちろん無傷では済まない。

だが、シャーリーの身を抱きながら窓から階下を覗き込むと、チョビひげが羽根のようにふわりと着地するのが見えた。途端に、ジゼルが思い出したとでも言うように、ポンと手を打つ。

「ああ、そうでございました。かの御仁の魔法は風系統でございましたね」

そして、どこかわざとらしい挙動で腕組みをした。

「ですが、困りましたね。あのまま逃げられてしまったら、オズマさまの存在が明るみに出てしまいかねません。あー困りました」

「いや……バラしたのお前だよな」

「まあまあ、それはそれでございます。いかがでしょう？　オズマさまの古代語魔法で仕留められませんか？」

「いや……これぐらい距離があると、それなりに大規模な魔法を使うしかないが、かなりの被害が……」

「どの程度でございますか？」

「範囲は限定できるから。裏庭が消し飛ぶぐらいだとは思うが……」

「では、何の問題もございませんね。大丈夫でございます」

ジゼルは、ニコリと微笑んだ。

(おい、お前……女王陛下と同じ笑い方してるぞ)

「仕方ない……後で文句言っても知らないからな！」

俺は裏庭を駆け抜けていくチョビひげを見下ろして、魔法を発動させた。

「第七階梯！　炎龍轟来《プロミネンス》！」


「はあ、はあ、はあ、な、何がオズマだ！　ふざけるな！　いつか舞い戻って、必ず化けの皮を剝いでやる！」

吾輩は、全力で裏庭を駆け抜け、屋敷の裏通りを目指す。

オズマを名乗る男はともかく、女王が絡んでいるとなれば、もはや国を出るしかない。

我々は、隣国マチュアの独立派と手を組み、大きな計画を進めていたのだ。

もちろん、いざという時のために逃亡手段は用意してある。

異国で力を溜め、兵を率いて舞い戻るのだ。

（その時には……あの男をぶっ殺すだけでは飽きたりない。あのメイドもシャーリーも、いや！　女王すらも手足を引きちぎった上に、ただの肉穴として使い潰してくれるわ！）

胸の内に暗い野望を宿しながら、吾輩は裏庭の門、その閂《かんぬき》へと手をかける。

だがその時、いきなり大地が大きく揺らいだ。

「な、な、なんだっ!?」

次の瞬間、足下に亀裂が走る。そして、その亀裂の奥に、吾輩は灼熱の炎が滾《たぎ》るのを見た。


「す、すごい……こ、これが邪龍を退治した伝説の魔法」

俺の腕の中で、シャーリーが空を見上げて呆然と呟く。

窓の外には地面に走った亀裂から、粘度の高い炎の柱が凄まじい轟音と共に、真っ直ぐに空へと噴き上がっている。

一方、シャーリーの身を抱きながら、俺は内心、自分自身の魔法の威力に無茶苦茶ビビっていた。白目ぐらい剝いていたかもしれない。

（えぇ……ナニコレェー！　ヤ、ヤバい、へ、下手に高階梯の魔法なんて使えないぞ……これは）

第七階梯でこの威力なら、第十階梯の『太陽の墜落《サンダウン》』なんて使ったら、いったいどうなってしまうのか。

下手をすればこの国どころか、大陸ごと消滅しかねない。

この時点では知る由もないことではあるが、この国で最も高い尖塔を遥かに越え、雲を突くほどの高みにまで噴き上がった炎の柱は、遠く隣国からも観測されたのだという。


「戻りましたのね、ジゼル」

「はい」

女王陛下は、既に就寝前の夜着。テーブルの上には、寝酒として愛飲されておられる銘柄のワインが開けられていた。

「上手くいったようですわね」

「はい、つつがなく。概《おおむ》ねはフェリアに聞いておりましたとおりでございましたし……とはいえ、それ自体も長老ズンバからの伝聞でございますので、歪んで伝わっている部分もあり、少々焦ることもございましたが……」

女王陛下は、クスクスと笑う。

「そもそも、オズマさまの最初の妻の名が、近衛騎士のサリーですものね。シャーリーのことだろうというのは、すぐにわかりましたけれど……それにしても、やはり運命は変えられませんのね。親心としては、我が娘をオズマさまの最初の妻にしてあげたかったのですけれど」

ワタクシとしては、苦笑せざるを得ない。なるほど、それであの猛プッシュかと。

「それで……シャーリーは怒ってたかしら？」

「それはもう。オズマさまの目がなくなった途端、喉元に剣を突きつけられました」

「あらあら、強引な方法を採るから」

「フェリアから聞いておりました話を元に、こういうことだろうと、推測して動いただけでございます。万に一つも可能性はございませんでしたが、もしオズマさまが動かねば、陛下が近衛騎士団を屋敷に突入させるであろうこともわかっておりましたから」

女王陛下は、口元をかすかに弛めた。

「ヒューレック家の嫡男が、マチュアの独立派と与《くみ》して善からぬことを企んでおるのはわかっておりましたからね。オズマさまが動いてくださったのは、渡りに舟としか言いようがありません」

帝国の流れを汲む隣国マチュアは属国ではあるが、近年、独立派と称する者たちが不穏な動きを見せている。未だ名前や素性すら摑めていないが、その首魁《しゅかい》は『グロズニー帝の血を引く正統後継者』を僭称しているらしい。

「それで、シャーリーは今、どうしているのかしら？」

「先程、オズマさまのところへお連れしました」

「そう、それは重畳」

そこで女王陛下の表情が、真面目なものへと変わる。

「早速、正教会から問い合わせが参りましたわ」

「もう……でございますか？」

「それはそうでしょう。あの魔法は大英雄オズマの代名詞ですもの。あれを目にして、邪龍退治の伝説を思い出さない者はおりませんわ。予言されていたオズマの復活が成ったのかと、大司教自らの署名入りで問い合わせてまいりました」

「どのようにお答えで？」

「天上のオズマの怒りを買うほどに、ヒューレック家は喜捨が足りなかったのではないかと」

「それはまた……見事に煽ったものでございますね」

正教会の腐敗は目も当てられない。女王陛下は賄賂が横行していることを当て擦ったのだ。

「ところで、オズマさまのアカデミー入学の件でございますが、地域分校からの特待生編入が来週ございますので、その時に一緒にと考えております」

「許します。確か二番目の妻は、アカデミーで出会うはずですわよね？」

「はい、同窓生であったかと、フェリアからは『ヴィーネ』という名だと聞いております」

第六章　甘い夜

「俺は……君を娶《めと》りたい」

「オズマ殿の重荷には、なりたくありません……」

テーブルの向こう側で、シャーリーが伏し目がちに、そう答えた。

「心配しなくて良いんだ。女王陛下にも言うべきことは言った。俺は、もうオズマであることから逃げたりしないから」

手を伸ばしてシャーリーの白い手に重ね、俯《うつむ》く彼女の様子を窺う。

「もう一度言うよ。俺の妻になってくれないか？」

俺が命じれば、シャーリーに断ることなどできはしない。この国において、オズマという名がそれぐらい絶対的なものであることは、もう充分に理解している。

だが、あえて問う。嫌がっているのに、無理やり娶《めと》るような真似はしたくない。

少しでもイヤそうな素振りが見えたら諦めようと、そう自分に言い聞かせた。

それで、彼女を失うことになったとしても仕方がない。

俺は、あのチョビひげと同類にはなりたくないのだ。

緊張を孕む長い沈黙。やがて、真っ赤に染まった顔を上げて、彼女が呟いた。

「私も……オズマ殿が良い……です」

ホッと吐息が漏れる。思わず笑み崩れそうになる表情を無理やり引き締めて立ち上がると、慌てて彼女も椅子から立ち上がった。

テーブルの脇、互いに傍へと歩み寄り、俺たちは見つめ合う。

彼女の青い瞳は潤んで、吸い込まれそうなくらいに美しかった。

出会ってたった数日。だが、それでも彼女のことしか考えられないほどに、惹かれてしまっている。

自分に好意を寄せてくれる女の子が、他の男に奪われそうになったから慌てただけ。過剰に気になっただけ。そうかもしれない。でも、それで良いと思った。

俺は、そっと彼女の肩を抱き、唇を奪う。

想像していたよりも少し冷たい唇。表面はしっとりと濡れていて、クチュッと湿った感触が伝わってきた。途端に、頭の芯がジンと痺れる。そこからはもう、自制心など無意味だった。

「ちゅくっ、くちゅっ……ちゅぷっ、むくっ、ちゅるるぅ……」

口腔に舌を差し入れ、互いに舌を絡ませる。貪るように甘い唾液を交換し合ううちに、二人の身体が混ざり合い、融け合っていくような錯覚すら覚えた。

「ふむっ……ちゅっ、むっ、むっ。ふちゅるるぅ、んっ、くちゅっ、ちゅっちゅっ……はぁっ、はぁっ……」

長い長い口づけの末に、名残惜しさを覚えながら唇を離す。

二人の唇の間をツーと伸びる白い糸と、どこか上気したシャーリーの表情に、俺は、自分のモノが硬く屹立していくのを感じていた。

(抱きしめたい、彼女を押し倒して……抱きたい)

今日は彼女の気持ちを確認するだけ、そのつもりだったのに欲望が際限なく膨れ上がっていく。

俺は昂《たかぶ》りのままに、彼女の短衣《チュニック》の裾に手を掛けて、ゆっくりと捲り上げた。

次第に露わになっていく白い肌。彼女の腕から短衣《チュニック》を抜き取り、完全に脱がせてしまうと、赤い下着が露わになった。

無駄な肉の一切ないほっそりとした体つきが、艶めかしい曲線を描いている。鍛えられた腹筋はうっすらと割れ、それでいて引き締まった括《くび》れは、今にも折れてしまいそうなほどに細かった。

下着に隠された胸はさほど大きくはないが、覗き見える胸の谷間が俺の視線を捉えて離してくれない。

「その……いつもこんな派手な下着を、つ、着けているわけではありません。も、もしかしたら、紅蓮のオズマの……その、妻にしていただけるのかもしれないと、それなら、や、や、やはり紅蓮色の……赤色のものにすべきかな……と」

腕で胸元を隠しながら、シャーリーは頬を真っ赤に火照らせて俯《うつむ》く。その様子も酷く愛らしい。彼女も俺に娶《まと》られるのかもと、そう期待してくれていたのだと思うと、それがまた嬉しかった。

「ありがとう、嬉しいよ」

俺が素直にそう告げると、彼女は上目遣いに俺を見上げる。そして、恥じらいながらも、自らスカートを下ろし始めた。

露わになるのは、赤いショーツと同じく赤いガーターベルトに彩られた太股。俺は断じて詩的な人間ではないが、スカートが床へと落ちたその瞬間には、雲間から陽光が差し込むのを目にしたような、そんな気持ちになった。それぐらい神々しく思えた。

俺は彼女の身体を抱き上げて、ベッドにそっと横たえる。

「オズマ殿……その……優しくして……ください」

シャーリーは、鼻先から頬にかけて朱に染めながら、恥ずかしげに顔を背ける。そんな顔をされたら我慢などできるわけがない。俺は慌ただしく服を脱ぎ捨てて、彼女の上へと覆い被さった。

ギシッとベッドの軋む音が響く。触れ合う肌、彼女の体温がとても心地よかった。

「シャーリー……」

「オズマ殿……」

睫毛を伏せるその姿に導かれるように、俺は再び彼女の唇を奪う。

「んっ!?　んっ、うっ、ふむぅ、んちゅっ、ちゅっ、ちゅっ、ちゅううぅっ！」

激しく舌を絡め合い、頬の裏を、歯茎を、昂《たか》ぶりのままに舐めまわす。一度目のキスよりも更に激しく、俺たちは互いを貪り合った。

そして口づけを続けながら、俺は手を伸ばし、絹のように滑らかな彼女の肌を撫で回す。

鍛え上げられた肢体。皮膚の下にしなやかな筋肉の感触があった。なのに撫でるととても柔らかい。きめ細やかな肌が、掌に吸いつくようだった。

「あぁ……」

彼女の唇から零れ落ちる艶めかしい吐息が、ますます俺を興奮させる。

俺は、背中から脇腹へとなぞるように指先を移動させ、下着の上からそっと胸に触れた。

「あんっ……」

途端にビクンと跳ねる肢体。布地越しに感じる乳房の柔らかさに、頭が沸騰するような気がした。だが、ここからどうしていいのか、正直よくわからない。俺だって初めてなのだ。

(魔法なら正しい手続きを踏めば、ちゃんと発動するんだけど……手順とか、どうすれば……これであってるのか？)

戸惑いながら、まるで泥団子を捏《こ》ねるかのように乳房を揉み込み続けていると、不意にシャーリーが俺の頬へと手を伸ばした。

「オズマ殿の好きにしていいんです……」

俺の戸惑いがわかってしまったのだろう。考えてみれば、彼女は俺が童貞であることを知っているのだ。

男としてはどうしようもなく格好悪いが、少しだけ気が楽になった。

俺は意を決して、ゆっくりと彼女の胸を覆う下着を上へとずらす。

白い肉鞠の先端で薄桃色の突起が屹立している。寝転がった状態でも、上向きのまま垂れることを知らない瑞々しい乳房に、大袈裟かもしれないが、自分でも驚くほどに感動した。

乳房に指を這わせ、壊れ物を扱うかのように揉み込みながら、そっと先端に口づける。

「んぁっ！」

その瞬間、シャーリーがビクンッと身を跳ねさせた。

ただの脊髄反射と言ってしまえばそれで終わりだが、たったそれだけのことが嬉しくて、俺は乳首を舐めまわし続ける。

「ん……んんっ……んむっ」

執拗に乳房に刺激を加え続けているうちに、彼女の吐息が切なげな色彩を帯びた。俺は声の変化を頼りに、刺激を与える場所を変えていく。トライアンドエラー、実験と観察は研究者の性《サガ》といってもいいだろう。

「あっ……あぁっ……オズマ殿ぉ……あ、あ、あんっ……」

(感じてくれている……俺がシャーリーを感じさせてるんだ)

彼女の声音に甘いものが混じると、もっともっと気持ち良くしてあげたくなる。

自分でも呆れるほどに、俺の手つきはぎこちない。手探りもいいところ。上手いか下手かを論じられる次元でもないだろう。

だが、自分が彼女を感じさせている。そう思えば、胸の奥からこみ上げてくるものがあった。

「ふくっ……むっ、んむっ……」

俺は、乳房から下半身へ、ゆっくりと指先を移動させる。脇腹からおへそへと南下、そして太股。わずかに汗ばむ太股は、じっとりとした感触。感じているせいなのだろうか。先程よりも彼女の全身が熱くなっているような気がする。

太股に線を描くように指を這わせ、やがて彼女の長い脚の間へと到る。そして下着越し、縦に走るクレバスの形を確認するように指先でなぞった。

「んっ……んぁ!? んんんっ……」

下着の中へと指を侵入させ、そっと陰毛を掻き分ける。指先にくちゅっと湿った感触。そのまま秘裂に指を這わせると、彼女は堪らず唇を離して「あぁっ……!」と切なげな声を漏らした。

「濡れてるよ、シャーリー」

「い、言わないでください……」

愛液が絡んだ指先を目の前にさらすと、シャーリーは頬を赤く染め、恥じらうように両手で顔を覆う。

(可愛い……こんなに可愛いなんて)

女の子を抱く。そんな想像をしたことがないわけではない。だが、現実の女の子の身体は俺の想像を遥かに超えていた。

俺は興奮のままに彼女の下半身のほうへと移動して、ショーツに手をかける。ゆっくりと彼女の脚からショーツを抜き取り、両手で太股を左右に開けば、ピンク色の柔肉が露わになって、そこに目が釘付けになる。

初めて見る女の子の秘部、その内側は想像以上に複雑な形をしていた。表面はしっとりと濡れ、ヒクヒクと震えている。

「オ、オズマ殿……み、見ないでください。その……恥ずかしい……です」

恥ずかしがるシャーリーの姿に、俺は一層興奮した。

女の子の恥じらう姿にここまで興奮するのは、中身がおっさんだからだろうか？　いや、そうではないと信じたい。

俺は、脚の間に顔を差し入れ、唇を彼女の股間へと近づける。そのまま舌を伸ばして、複雑な形をした肉襞を舐めた。

「んくひっ!?」

途端に、彼女はビクンと身を跳ねさせ、切羽詰まったような声を上げる。

「オ、オズマ殿！　だ、駄目ですぅ……き、汚いですから」

「シャーリーに汚いところなんてないよ」

シャーリーが感じてくれている。そう考えるとただただ嬉しかった。もっと気持ちよくなってほしいと思う。だから、俺はさらに舌を伸ばした。

肉襞の一枚一枚を愛情を込めて丁寧に舐めしゃぶっていく。そして陰核に舌を這わせ、扱《しご》くように舐め上げた。

「んぁっ！　ぁ、ああっ、オ、オズマ殿が、わ、私のい、いやらしいところを……あっ、ぁ、ぁ、あああっ……」

陰唇を指先で広げると、その奥で呼吸をするようにヒクヒクと膣口が息づいている。

そこに舌を差し入れ、舌先を締めつけてくる圧力を感じながら、膣内を舐め上げた。

「くっ、んっ、んぁっ！　あっ、ひっ……そ、そんなところ、い、いけませんんんっ！」

激しく身を捩るシャーリー。シーツと彼女の肌の擦れる音が、やけに大きく響いた。

いけないと言われても、もう止まれない。舌の根が攣《つ》りそうになるほど、必死に舌を伸ばして彼女の奥へと差し込んでいく。

ムワッとむせかえるような牝の臭いが鼻腔を刺激した。舌先にしょっぱさと甘さの入り交じった女の味を感じながら、更に激しく舌を蠢かせると、シャーリーは一層激しく身悶える。

「あっ、んぁあっ！　あっあっあっ！」

どうやら、もう拒む言葉を口にすることもできないらしい。

開いていた太股が閉じて、ぎゅっと俺の頭を挟み込んだ。

それだけ彼女が感じてくれているのだと思うと、胸の内に愛しさが溢れ出す。

（もっとだ、もっと感じてくれ……）

俺のことを忘れられなくなるくらいに感じさせたい。童貞男が、身の程知らずにもそんな想いを胸に抱きながら、欲望のままに舌を蠢かし続けた。

「だめっ、ぁっ、あっ、そ、それ以上は、んぁっ……お、おかしくなっ……、あっ、あっ！」

ぶるぶると彼女の尻肉が痙攣を始める。愛液も粘り気を増しているように思えた。

そして――

「んぁあああっ！　あっ、んんんんんっ！」

シャーリーは、ビクンと突き出すように腰を震わせる。

つま先がピンと伸び、シーツを握りしめる彼女の指先に力が籠もった。

間違いなく達している。

ドロッと膣口から愛液が溢れ出て、俺の口元を濡らす。牝の発情臭が濃厚に漂った。

「はぁはぁはぁはぁ……」

彼女の胸が酸素を求めて、大きく上下している。いつもの凛々しい表情は快楽に蕩け、ぼんやりと視線を宙に漂わせていた。

こんな姿を見せられては、もう我慢などできるわけがない。なにせ俺は童貞なのだ。抱きたい。シャーリーと一つになりたい。俺のものにしたい。

これほど自分が欲深い人間だとは、思ってもみなかった。

「シャ、シャーリー……挿入《い》れるよ」

真っ直ぐ目を見つめながらそう告げると、彼女は頬を上気させ、青い瞳を潤ませてコクンと頷く。

「はぁっはぁっはぁ……う、うれしい……です。来てください。私をオズマ殿のものにしてください」

返事をする余裕もなく、俺は彼女の膣口に自らのモノを宛てがうと、それを一気に媚肉の海へと沈めた。

あまりにも鮮烈な初めての感触。彼女の膣は想像以上に狭く、無理に押し込めば、引き攣るような感触がある。

「はぁん、あっ……んっ、んんっ……」

眉間に皺を寄せ、自らの指を噛む彼女の姿に、胸の内が天井知らずに昂《たか》ぶった。

（っ！　キツい……こんなに硬いものなのか？）

ズリッ、ズリッと肉同士の擦れる感触。腰を突き出して狭い肉穴を押し広げ、強引に膣奥を目指して彼女の中へと侵入する。

「ふぎっ!?　んぎぃいいい！」

すると、シャーリーが突然、苦痛を感じたかのように表情を歪めて身を強張《こわば》らせた。

今、彼女の処女膜を破ったのだと、頭では理解する。だが、どれが膜の破れる感触だったのかまでは、俺にはわからなかった。

「だ、大丈夫？」

「はぁはぁはぁ……だ、大丈夫です……オズマ殿の好きにしてください。いっぱい愛してください」

目尻に涙を溜めてそう言うなり、彼女は俺の頬を両手で挟んで引き寄せ、そのまま口づけし

てくる。

痛くしないようなやり方があるのかどうかなんてわからない。なにせ経験がないのだ。

恐らくかなり痛いのだと思う。それでも健気に俺を求めてくれる彼女に、どうにかして応えてやりたい。そう思った。

俺は、シャーリーを力いっぱい抱きしめながら、再び腰を動かし始める。

「くっ、んんんっ、私の中にオズマ殿が……ぁああっ、んっんっんっ……」

「まだ、痛いか？」

「……痛いです。でも、オズマ殿がくれるものであれば、痛みさえもこんなに嬉しいなんて。こんなに、こんなに、こんなに人を好きになる日がくるなんて……思いもしませんでした」

無理をしている、そんな風にも見える。

だが腰の動きに合わせて漏らす声に、次第に甘い響きが混ざっているようにも思えた。

だったら、痛みを忘れるぐらいに感じさせてあげたい。そう思った。

だが、初めてのセックスで俺にできることなんて、ただ腰を振ることぐらいのものだ。

知識もなければ、技術もない。あるのはただ愛情だけ。

俺は、膣壁を肉棒で擦り上げ、亀頭で最奥を何度も打ちつける。

「お、奥に当たって……んっんっんんんっ！」

膣奥を突き上げるたびに、ヒクンヒクンとシャーリーが身を震わせる。燃え上がりそうなほどに、俺のモノへと絡みつく肉襞が熱くなっている。

「あ、熱い、オズマ殿のおち〇ちん、すごく熱いぃぃ！　わ、私の中でどんどん大きく……あっあっ……んんっ！」

突き上げ続けている内に、いつしか彼女の表情から強張《こわば》りが消え去り、気持ち良さげな反応が見え隠れし始めた。

ならば、もっともっと気持ち良くしてあげたいと、俺は腰の動きを更に速める。

「あっ、は、激しいっ、あっ、あっ、あっ！　す、凄い……き、気持ち……いいっ」

ギシギシとベッドを軋ませながら、膣奥を何度も突き上げていると、遂に、彼女が素直に快楽を口にした。

そして、俺の動きに合わせて、微かに腰を振り始めている。互いに互いの腰を擦りつけ合えば、一突きごとに肉壁は締まり、愛液が絡みついて、互いの汗が互いを濡らした。

「シャーリー！　シャーリィイッ！」

新妻の名を叫びながら、俺は彼女を強く抱きしめ、口づけをする。

「んちゅっ、ちゅじゅるっ、ぺちゅっ……んんっ、んあっあっ、あっ……ちゅっ、ちゅっ、ちゅううう」　すぐに、シャーリーからも舌を絡ませてきた。

口の端から唾液が零れることも気にせず、俺たちはただただ互いの舌を貪り合う。

必死だった。反応を楽しむ余裕もなく、俺はただただ彼女への想いをぶつけ続けるだけで精一杯。そして、蕩けるような媚肉の感触に、俺ももう限界を迎えようとしていた。

これがラストスパートだと、破裂寸前にまで膨らんだ肉棒を、彼女の最奥へと何度も叩きつける。

「ひぃん！　あん、あ、あ、あ、あ、あ、あぁああっ！」

力任せの野蛮な抽送。想像していたようなロマンスとは随分違った。亀頭が子宮口とぶつかり合うたびに、彼女の唇から零れ落ちる嬌声が、どんどん甲高くなっていく。

そして、俺は、遂に限界を迎えた。

「ぐっ！」

脳天を針で刺されたような鋭い快感に、短い呻き声を漏らす。

びゅるっ！　びゅるるるる！　びゅるるるっ！

途端に、根元で渦を巻いていた灼熱のマグマが、堰《せき》を切って彼女の中へと溢れ出した。

「あぁっ！　出てるぅ！　あ、あ、あ、あああっ！」

ドクドクと肉茎を脈動させて、大量の精液を流し込むと、シャーリーは切なげに眉根を寄せながら、身を仰け反らせる。

「あっ、あっ、イ、イクっ！　イ、イクううううっ！」

彼女は、襲い掛かってくる絶頂にシーツを固く握りしめ、ガクガクと身を震わせた。

ビクン、ビクンと彼女の膣内で脈動する肉棒。目尻に涙を溜めながら歯を食いしばるシャーリー。ひとしきり全てを吐き出してしまうと、俺は力尽きるように彼女の上へと倒れこんだ。

二人の荒い呼吸音が、夜半の静けさの中に響く。

「……愛している」

そう囁きかけると、彼女は快感に蕩けた表情のままに目を細めた。

そして――

「私のほうがもっと愛しています」

そう言った。

どうやら俺の新妻は、かなりの負けず嫌いらしい。


(私のほうが、もっと愛している)

冗談ではなく、私は本気でそう思っていた。

そうでなければ、おかしいのだ。

なにせ、相手は幼い日から憧れてきた大英雄その人。女王陛下に呼び出され、オズマ殿の出迎えと護衛を命じられた時の驚きと喜び、そしてその興奮は、余人にはわかるまい。

それどころかどんな運命の悪戯か、オズマ殿が私を娶《めと》りたいと仰ってくださったのだ。

信じられなかった。そんなの、私の全てを差し出しても足りない。全ての愛を捧げても、まだ足りない。もっともっともっと、この方に愛を、全ての愛を捧げなくてはと……そう思う。

強すぎる想いで、胸が張り裂けそうだった。

「オズマ殿を愛しています」

そう囁いて、もう一度口づけをする。

「んちゅっ、んっ、ふむっ、んちゅう……」

私は、愛する殿方の吐息やこそばゆい鼻息を感じながら、夢見心地で彼の唇を貪る。

そして――

「は、はしたない女だと……お、思わないでください」

ベッドに横たわるオズマ殿にそう囁きかけながら、その身に跨がって自ら腰を落とした。

「んっ……んぁっ、熱い……オズマ殿のおち○ちんが……あっあっあっ、あぁああっ……」

胎内を押し広げる逞しい剛直。先程射精したばかりだというのにガチガチに硬くなった肉棒。その熱がお腹の中に広がって、自分の身体の内側をオズマ殿が満たしていく。そう考えるだけで、即座に達してしまいそうなぐらいに心地よかった。

だが、私は必死に耐える。簡単に達してしまったらもったいない。

ともすれば、堰を切って溢れ出しそうになる絶頂感をどうにか抑え込みつつ、私はオズマ殿に尋ねた。

「はぁはぁはぁっ……き、気持ち良くできていますか？」

自分だけが気持ち良くなっていては駄目だ。オズマ殿にも、一緒に気持ち良くなってほしい。

自分のこの身体で、オズマ殿に尽くしたいと、そう思う。

「気持ち良い。むちゃくちゃ気持ち良いよ。シャーリーは？」

オズマ殿が気持ち良いと言ってくださっている。その言葉だけで、浅ましく子宮が戦慄《わなな》いた。発熱したかのように身体中が熱くなって、逞しいモノを咥え込んでいる秘部が、際限もなく潤んでいく。そんな気がする。

「き、気持ち良いです。オズマ殿の……いえ、旦那さまのおち○ちん……すっごく気持ち良いです」

旦那さま——そう口にすると、胸の内から喜びが溢れ出た。

この方と一緒に生きていくのだと、二つの人生がここで一つに交わって、絡み合いながら未来へと延びていくのだと、そう思ったら、幸せで胸がいっぱいになった。

「じゃあ、もっと気持ちよくなろう」

「はい、旦那さま」

こくりと頷いて、私は腰を動かし始める。感じた。たった一回のストロークで、身体中から力が抜けてしまいそうなぐらいに感じた。

「あっ、あっあっ……あぁあああああっ！」

旦那さまの逞しいモノに膣内を擦り上げられて、部屋中に喘ぎ声を響き渡らせるほどに感じてしまった。途端に、興奮しきった表情で、旦那さまが腰を突き上げてくる。

「んひぃいいっ！　んぁっ、は、はげしぃいいいっ、あんっ、あんっ、あんっ！」

目の前で星が散る。視界が一瞬、真っ白に染まるほどの抽送。ズンッと重い突き上げが奥の奥を刺し貫いて、私は壊れた人形のように、愛する殿方の上で淫らに身を捩《よじ》らせた。

「あんっ、あんっ、旦那さまぁ……旦那さまぁ……」

お腹に手を当てれば、そこに旦那さまの存在を強く感じる。それが嬉しかった。愛おしかった。

衝動のままに身を倒し、縋るように愛しい殿方の身体を抱きしめる。そして、腰を振りながら、また唇を重ね合わせた。

今日、旦那さまに初めて唇を捧げてから、いったい何度目の接吻だろうか？　何度口づけを交わしても、その度に胸が温かくなる。もっとしたい。もっともっとしたい。

レロレロと舌を絡ませ合っているだけで、ギリギリ抑えつけていた絶頂感が、あっさりと堤《つつみ》を乗り越えてしまう。

「イ、イクっ……イきそう」

もはや抑えつけることなどできはしない。膨れ上がる快感の波に押し流されるように、私は無我夢中で腰を振った。

「い、一緒にイきたい……です」

「うん、一緒に、一緒にイこう……くっ！」

一突きごとに胎内のおち○ちんが大きくなっていくような気がする。私は今、旦那さまと一つに溶け合っているのだと、そう意識した途端――。

「んっ、イっ！　イクぅぅぅっ！」

私はあっさりと達してしまう。

だが、旦那さまも同じ気持ちでいてくださったのだろうか。

びゅるっ！　びゅるるるるっ！

ほぼ同時に、私の奥深くで肉棒が破裂した。そして、ビクンビクンと大きく脈動しながら、私の内側がいっぱいになってしまうほどの、熱い子種を流し込んでくる。

「あ、あ、あ、熱いぃっ……」

（ああ……射精《で》てる。旦那さまの精液が私の膣内《なか》に……気持ち良い、気持ち良いよぉ）

お腹の奥で広がっていく熱が、すごく心地いい。

私はうっとりと瞳を細めながら、ブルッと性感の余韻に身を震わせた。

だが、まだ全然満足できなかった。

もっと……もっと欲しい。これだけでは我慢できない。

子種をこの身に受ければ受けるほどに、渇きが強くなっていくような気がする。

自分の胎内に旦那さまを感じれば感じるほどに、もっと深く繋がりたいと思ってしまう。

身体が火照っている。ジンジンと熱い。

まさか自分が、これほど淫らだとは思わなかった。

私は近衛騎士。男になんて負けないと思ってきたし、これまでは実際にそうだった。

それが今、この強い殿方の女になって、女の子らしく可愛がられたいとそう思っている。

この逞しい胸に頬を寄せて、いつまでも甘えていたいとそう思っている。

「俺……もっとシャーリーを抱きたい」

耳元でそう囁かれると、欲望が膨れ上がって、また肉体が発情した。

私は、本能に導かれるがままに、休む間もなく腰を振り始める。

「あっ、あっ、あっ、あんっ」

（さっき出していただいた精液が、お腹の中でタプタプしてる。おち○ちんが奥まできてる。抉ってくる。す、すごく気持ちいい。奥まで突かれるのすごくいい……）

腰を動かすのを止められない。

リズムを刻むように腰が跳ねて、私の身体が上下に激しく揺れた。

「イク……イクっ……イクっ……イっちゃうっ」

絶頂曲線は上向いたままで、一突きごとに達しそうなほどの快楽が襲いかかってくる。

（欲しい、子種が欲しい、旦那さまのお汁いっぱい欲しいよぉ）

子種を求めて、子宮が戦慄《わなな》いた。

「旦那さまぁ……射精《だ》してぇ、射精《だ》してくださいぃ」

（ちょうだい。精液たくさんちょうだいっ）

汗を飛び散らせながら、私は必死におねだりする。

女だてらにと侮る男たちを実力でねじ伏せ、近衛騎士第二席にまで昇りつめて、騎士としての誇りを胸に日々腕を磨いてきた。そんな私が今、子種欲しさに浅ましくも必死に媚びている。こんなにはしたない女だと皆に知られてしまったら、いったいどうなってしまうのだろう。

騎士を目指す者たちの憧憬の目、配下の騎士たちの尊敬の目、臣民たちの畏敬の目、その全てが蔑みの色を宿すところを想像すると、どういうわけか異常なほどに興奮した。

(ああ……なんと浅ましい、メス……私はただのメスに堕ちてしまった)

あまりにも倒錯的、あまりにも歪んでいる。だが、そんな私の常軌を逸した欲望にも、愛しい旦那さまは、ちゃんと答えてくれた。

「射精《だ》すよっ！　うっくぅうう！」

びゅるっ！　びゅるるるるっ！

膣内に放たれる白濁液の熱さに、私はケダモノ染みた声を上げる。

「あっ！　あっあっ！　あぁあああああっ！」

(イクッ、イクイクイクッ！　こ、子種たくさんっ、私の膣内《なか》が、熱いのでいっぱいぃぃいいいいい！)

思考が吹き飛びそうになるほどの快感とともに、私は絶頂に押し上げられる。

だが、私の膣内《なか》を子種でいっぱいにした直後に、旦那さまは息を荒げながら、こう口にした。

「はぁはぁ……シャーリーごめん。俺、まだ満足できない」

「私も……です」

(もっとイきたい。気持ち良くなりたい。旦那さまを気持ち良くさせてあげたい)

達しても達しても、肉体の発情は収まらない。疲労困憊なのに、欲望はますます募るばかり。

もっともっとと子宮が小刻みに震えていた。

まぐわえば、皆こんな風になってしまうのだろうか？

それとも、私が特別淫らなのだろうか？

いや、いくらなんでもこれはおかしい。何かがおかしい。

だが、そんなことを考えているうちに、旦那さまが繋がったまま身を起こし、私をベッドに組み敷いた。そして、そのまま正常位の態勢で、腰を動かし始める。

「あっあっあっ！　い、いきなり、は、はげしっ……」

両手で乳房を鷲掴みにされながら、肉棒で膣奥を突き上げられると、もう何も考えられなくなる。一度達して下降線を描き始めていた快感が、いきなり真上を向いて跳ね上がった。

「す、すぐ射精《で》るっ！　が、我慢できない！　射精《で》るよっ！」

ガツンガツンと二人の恥骨がぶつかり合うような激しいピストンの繰り返し、そんな短いストロークを繰り返しながら、旦那さまが限界を告げる。

「う、うん、き、きてぇえええ！」

私が声を上げるのと同時に、膣内でビクンとおち○ちんが震えて、再び大量の精液が子宮へと溢れ出した。

びゅるっ！　びゅるるるるるっ！　びゅるるるるるっ！

「ま、またイッくっ！」

(で、射精《で》てる！　す、凄い量、こ、こんなのイクッ、イクぅううう！)

もはや、子宮に精液を感じるだけで、条件反射みたいに肉体が達してしまう。

ぎゅっと膣肉でおち○ちんを締めつけながら、私は小刻みに肢体を震わせた。

絶頂感が身体を包み込んで、幸福感で頭がぶよぶよになったような、そんな気がする。

だが、そこで終わりではなかった。

旦那さまが身動きを止めたのは、ほんの一瞬のこと。彼は、肉先から白濁液を溢れさせながら、すぐに腰を動かし始める。

「ひぁっ！　あんっ！　あん、あん、あんっ、あんっ！」

溢れ出た精液を膣道全体に塗りたくるかのようなストローク、肉の一片一片、私の骨の髄にまで精液をしみこませようとするかのような激しい抽送。

「こ、こんなのイクっ！　こ、こんなに子種ぇ感じたらイクっ！　イってるのにイクっ！　イきながらイっちゃぅうううう！」

絶頂感が消えるより先に、新たな絶頂感が襲いかかってくる。波の上に波。高波のように押し寄せてくる更に高い快感の波。膨れ上がっていく快感に、抗う術《すべ》なんてなかった。

「イっ……くぅうううううう！」

再びの絶頂。その凄まじさに、意識が吹き飛んでしまいそうだった。

「くっ！」

そして、旦那さまが身を震わせたかと思うと、またも射精を重ねてきた。

びゅるっ！　びゅるるるるっ！　びゅるるるるっ！

「ひっ!?　で、射精《で》てる！　また射精《で》てるっ！」

絶頂に継ぐ絶頂。あまりにも重層的な子宮侵略。その上、胎内に流れ込んでくる精液の熱さに身を燃やされて、土石流のような快感が押し寄せてくる。

「イ、イクぅううう！　イ、イクぅううううう！」

ずっとイきっぱなし。頭が焼き切れてしまいそうだった。

(忘れていた)

相手は伝説の大英雄なのだ。史上最強の旦那さまなのだ。そんなつもりはなかったが、童貞と聞いて、知らず知らずのうちに侮ってしまっていたのかもしれない。

そう思えば、思い出される伝説がある。

旅の途中で行き倒れていた女を憐れに思った大英雄オズマは、三日三晩死体の中に精を放ちつづけ、見事に生き返らせたのだという。

教会で、初めてその伝説を聞いた時には、子供心に『死体抱くとか流石にヤバすぎない？』と、そう思ったのだが、今ならなんとなくわかる。

これほどの快感を与えられたら、死んでいても思わず生き返ってしまうに違いない。

「……旦那さまぁ……もっとぉ」

とんでもない快感にさらされているのに、まだ足りない。

精液を受け止めれば受け止めるほどに、狂おしいほどに欲しくなる。

達しているのに、これ以上ないというくらい気持ちいいのに、身体はより強い快感を求める。

もっと愛してと、心が悲鳴じみた声を上げていた。

「ああ、もっとだ！」

旦那さまは、私のこの淫らな思いをあっさりと受け止めてくれる。

好きが止まらない。愛しているなんて言葉じゃ足りない。

私たちは抱きしめ合い、繋がり合ったまま互いの身体を貪り続けた。


幸せな時間は、飛ぶように過ぎていく。

まるで、時に羽が生えたかのように、一時間、二時間と過ぎ去って、気がつけば窓の外から陽の光が差し込み始めている。だが、そんなことなどお構いなしに、私たちは未だにまぐわい続けていた。

背中に当たる陽光が暖かい。

私はベッドの上に俯《うつぶ》せ状態。カエルみたいにガニ股に足を開いたみっともない体勢のままに、ひたすらに旦那さまの突き込みを受け続けていた。

「ひぁっ……あへぁ、あっ、へぁっ、へあっ、ひぁ……」

目の前が霞がかっている。たぶん瞳の焦点さえ合っていない。もはや、腰を持ち上げるような力もない。

おち○ちんを突き込まれる度に、結合部からはここまでに注ぎ込まれた子種が、ぶしゅぶしゅと下品な音を立てて噴き出していた。

折角出していただいたのに、もったいないとは思うけれど、どうしようもない。

胃も子宮も、すでに旦那さまの子種で一杯なのだ。

シーツはこれまで漏らした愛液や精液、その他諸々の液体でグチャグチャ。ここまで汚してしまえば、洗濯したって流石に再利用は不可能だろう。

「はぁん……あいひれまひゅ……らんなしゃまぁ……しゅ、しゅきぃ……」

「俺もだ。愛してるよ、シャーリー」

愛してると言われれば、身体は即座に反応する。背筋に電流が走って、ビクビクビクッと身体が痙攣した。

「き、きしゅしたいれふ……」

「ああ」

首を捻って唇を突き出せば、旦那さまが覆い被さってくる。

「んちゅっ、ちゅっちゅっ、くっちゅ、へろれろ、ちゅっ、ちゅぅううっ……」

唇を重ね、舌を絡めれば、すぐに目の前がチカチカと明滅し始めた。

(ふわぁ……キスいい、なんどしてもいい……旦那さまとのキス……堪らない)

この快感を知らずに生きてきた一八年間がもったいない。ずいぶん損をしたような気がした。

唇を重ね合わせたまま、膣内を擦り上げられれば、私の身体はノンストップで昇り詰める。

「んじゅっ……ちゅぱっ……あひぁ、イクっ、まらイきゅぅ……」

「ああ、イかせてやる」

途端に旦那さまの腰の動きが激しくなる。

「ひあっ、あへぁ、あへぁっ、きもちいいら、ひぁっ……」

私の尻肉を旦那さまの腰が打ちつけて、パンパンと破裂音のような音が鳴った。

「うっ！」

やがて、短い呻き声に続いて、熱い奔流が私の奥へと押し寄せてくる。

びゅるっ、びゅるるるっ、びゅるるるるっ！

「アへぁ……いきゅぅ……いっへりゅ……」

もはや声を上げる力も残っていない。覆い被さるように倒れこんでくる旦那さまの重みを心地よく思いながら、私はとうとう意識を手放した。


午後になって、ワタクシ——ジゼルは新人メイドを連れて、オズマさまの寝室を訪れました。

ところが何度ノックしても、返事がございません。

「まだお休みなのではございませんか？　ジゼルさま」

小柄な新人メイドのミュウミュウが、首を傾げました。

本日付けで配属されてきた彼女は、ワタクシに代わってオズマさまの身の回りのお世話を担当することになっております。

ミュウミュウをオズマさまの担当に抜擢されたのは女王陛下。恐らくオズマさまが子種を無駄撃ちすることのないよう、性的な魅力の乏しい者を配属されたということでしょう。

実際、彼女は二〇歳という年齢に反して、見た目は子供そのもの。

体躯の小柄さはもちろん、実にフラットな胸。短い手足。巻き毛のショートカットとくりくりと丸い瞳が、より一層子供っぽさに拍車をかけておりました。

「そうかもしれませんね……」

なにせ昨夜は新婚初夜でございます。それなりに愛し合われたことでしょう。

女王陛下がアカデミー編入の件に関して、お打ち合わせをしておきたいと仰っておられるのですが、ここは出直すべきかもしれません。

「念のため、ご様子だけでも確認しておきましょう」

安全確認のつもりで、ワタクシはそっと扉を押し開けます。

ですが、その途端、ワタクシは思わず身を強張らせました。

あまりにも濃厚な性の香りが、開けた扉の隙間から溢れ出てきたからです。

「え？　な、何ですか、この匂い……」

ミュウミュウが戸惑うような顔をしてワタクシを見上げます。一方、ワタクシは口元が弛みそうになるのを必死に堪えておりました。

(ああ、セボン！　セボンでございます！　なんて素敵な性の香りなのでしょう)

ベッドの上に目を向ければ、裸の男女が折り重なるように寝息を立てておられました。しかも、二人は繋がったままでございます。

　力尽きるまでまぐわって、そしてそのまま眠ってしまったということなのでしょう。

「ひゃぁ、あ、あわわわっ……」

　ミュウミュウは、顔を真っ赤にして手で目を覆いました。

　なかなか可愛らしい反応でございます。この子はきっと処女なのでしょう。

　部屋の中に一歩足を踏み入れると、足下でぐじゅっと湿った音がいたしました。どうやらお二人の体液が、部屋中に飛び散っているようです。

「ミュウミュウ……すぐに別の部屋のベッドメイクを。この部屋はしばらく使えそうにありませんから」

「は、はい。ジゼルさま」

　私は、ミュウミュウを別の部屋の用意に向かわせて、ベッドへと歩み寄ります。

　それはもう酷い有様でございました。シーツはお二人の体液でぐちゃぐちゃ。バケツをひっくり返したかのような有様でございます。

　ですが、お二人はとても幸せそうな顔で眠っておられました。

　繋がったままの陰部を覗き込めば、とろりと精液が滴り落ち続けております。

　乾燥具合から考えれば、本当につい今しがたまで、まぐわい続けておられたのでしょう。

（昨晩の宵の口から今までですか……恐ろしい絶倫っぷりでございますね……）

　ですが、そこでワタクシは濃厚な性の香りの中に、気になる匂いが混じっていることに気が付きました。

（これは……）

そっと、お二人の繋がっている箇所に手を伸ばし、指先で比較的新鮮そうな精液を掬《すく》い取ります。

舌先にそれをのせると、例の媚薬の味がいたしました。

「やはり……オズマさまの精液が媚薬を含んでいるとしか思えませんね」

一瞬、精霊王が付与したという子作り三点セットの一つかとも思ったのですが、聞いていた話とは異なります。

「とりあえず……女王陛下にご報告いたしましょうか」

第七章　メディカルサキュバス

女王陛下の居室を訪れると、陛下はフレデリカ姫殿下とお茶を嗜《たしな》んでおられました。

「陛下」

「あら、ジゼル、オズマさまは？」

「それが、朝方までまぐわっておられたご様子で、今はまだお休みでございます」

「それは結構なことですわね」

女王陛下がニッコリと微笑む隣で、フレデリカ姫殿下が頬を染めて俯《うつむ》かれます。

姫殿下は、既に精液の味を御存じですから、きっと、自分に襲いかかってきたあの快楽を思い出してしまわれたのでしょう。

そんな姫殿下のご様子などお構いなしに、女王陛下がこう仰いました。

「今、フレデリカに、オズマさまのアカデミー入学の件で相談しておりましたの」

「なるほど、それは心強うございますね」

フレデリカ姫殿下は精霊魔法の天才。現在は学生会長として、アカデミーの運営に大きく関わっておられます。

アカデミー内でのサポートという意味で申せば、これ以上ない人物だと申して良いでしょう。

そして、この場に姫殿下がいらっしゃるのは、実に都合がよろしゅうございました。

なんと申しましても、身をもってあの媚薬を体験した、唯一の人物でございますから。

「実は陛下、オズマさまについてご報告がございます」

「何でしょう？」

ワタクシが話を切り出すと、女王陛下が怪訝そうな顔で首を傾げられました。

「先程、オズマさまの子種汁に、濃厚な媚薬が混じっていることが判明いたしました……」

「媚薬……ですか？」

スッと目を細められる女王陛下、反対に姫殿下は、驚いたとでも仰るように目を見開かれました。

「まあ！　では、先日のあれは……」

「はい、先日、姫殿下が媚薬中毒になられたのも、オズマさまの精液を大量に摂取されたことが原因であったかと」

「そ、そうなのですね」

「はい。ワタクシの知る限り、この薬は激しい性衝動を引き起こしますが、ちゃんと絶頂まで導けば、時間とともに落ち着きます。問題は、極めて依存性が高いことでございます」

女王陛下は、考え込むような素振りをお見せになりました。

「虜にすることが目的で、女を壊す目的ではない……といったところかしら？」

「ご慧眼《けいがん》でございます。東方のある国では、これによって王女以下王族の女性が、一人の下級官吏の虜となって国を乗っ取られたとか……」

途端に、女王陛下の表情が険しいものになります。

「それは……穏やかではありませんわね。とはいえ、精霊王が用意した子作り三点セットは『巨根』『絶倫』『淫紋付与』の三つ……媚薬を生成する能力なんて……」

そこまで口にされて、女王陛下は何かに思い当たられたかのように、ハッと顔をお上げになりました。

「ま、まさか！　『淫砂浸槍《いんさしんそう》』!?」

「その、まさかでございましょう」

流石は女王陛下、博識でいらっしゃいます。一方、姫殿下は、戸惑うようなお顔をされました。

「知っているのですか？　ジゼル」

「はい。『淫砂浸槍《いんさしんそう》』は、今から二〇〇年ほど前に生まれた閨房技術の一つでございます。民間伝承の研究者、ミンメーの著すところに拠れば、幼子の段階から、媚薬を染みこませた砂箱を逸物でひたすら突き続けることで精巣の奥に媚薬を生成する器官を育成し、精液に媚薬を混ぜ込むというものでございます」

「まあ、なんと恐ろしい……」

「恐らく精霊王とは関係なく、オズマさまの現在のお身体。それに宿っていた仮の魂の成したことなのでしょうけれど……」

女王陛下が溜め息混じりにそう仰い、ワタクシは軽い頭痛を覚えました。

（いったい、フェリアはあの男をどうしたいのでしょう……いや、彼女もそんなことは一言も言っておりませんでしたし、フェリアにも予想外だったのかもしれませんね）

容姿端麗。古代語魔法はとんでもない威力で、しかもジョッタの屋敷で目にしたとおり、脅威の肉弾戦能力。その上、女を抱けば巨根、絶倫、淫紋付与、それだけでは飽き足らずに媚薬漬け。

更には、これから精霊魔法まで身につけようというのです。

（確かに、伝説の大英雄にふさわしいとは思いますけれど……）

呆れ気味に宙を見上げたワタクシに、女王陛下が険しい表情でこう仰いました。

「それは、少々厄介ですわね」

それはそうでしょう。姫様方をオズマに差し出そうとしているのに、洩れなく媚薬漬けにされたのでは、母親の心情として、堪ったものではありません。

フェリアの意図したことなのかどうかはわかりませんが、流石にこれは、いろいろと差し障りがございます。そこでワタクシは、一つ解決策をご提案申し上げることにいたしました。

「ワタクシが処置することで、媚薬の効果を無効にすることはできます」

「そうなのですか？」

「はい。根治的に効果をなくすことはできませんので、定期的に処置を繰り返す必要はございますが……」

『淫砂浸槍《いんさしんそう》』を極めた男性は、精巣の一番奥に『溜まり』と呼ばれる窪みができます。そこに溜まった媚薬が溢れて精液へと混じるのです。

そこで、まずは空になるまで精液を排出させ、その上で『溜まり』の内側の媚薬を全て吸い出す。そうすれば、再び『溜まり』が媚薬で一杯になるまでの約一か月間は、精液に媚薬が混じることがなくなるのです。

「一晩中シャーリーさまを抱かれた直後の今であれば、苦もなく処置できるものかと」

ワタクシがそう告げると、女王陛下は小さく頷かれました。

「良いでしょう。ジゼル、あなたにお任せしましょう」

「つまり……シャーリーがあんなに乱れたのは、媚薬のせいってことか」

「左様でございます。初めての性交で処女をイかせることなど、普通はできません。せいぜい童貞の妄想でございますね。あ、失礼いたしました。オズマさまは童貞でいらっしゃいましたね」

ジゼルの遠慮のない当て擦りにイラッとしながら、ここまでの経緯に思いを馳せる。

夕方近くに目を覚ました後、俺とシャーリーは一緒にではなく、順番に湯あみ処で身を清めた。気恥ずかしかったというのもあるが、一番の理由は二人で湯に浸かっている内に、また我慢できなくなってしまいそうな気がしたからだ。

シャーリーに促されるままに、先に湯で身を清め終えた俺が身支度を整《ととの》え終えると、まるでタイミングを見計らったかのように、ジゼルが部屋へと訪ねてきた。

そして、有無を言わさず隣室に連れ込まれたかと思うと、俺の精液に随分ヤバい媚薬が含まれているという、実に頓狂《とんきよう》な話を聞かされて、今に到る。

「一度や二度で即座にどうこうなるわけではございませんが、このまま性交を繰り返せば、いずれ取り返しのつかないことになります」

「フェリア……お前、いったい何考えてんだよ」

(子作り三点セットでも大概なのに、精液に媚薬とか……どんだけ俺を化け物にする気だよ)

俺が思わず頭を抱えると、ジゼルは小さく首を振った。

「恐らくではございますが、これは高祖フェリアの意図したことではなく、事故のようなものかと思われます」

「事故？」

「然様で。まあ、根拠はございませんけれど」

「それで……どうしろと」

「幸い、ワタクシは、その媚薬を無効化する方法を存じております」

「そうなのか？」

「はい。そしてその旨、女王陛下に申し上げたところ、すぐに処置を施すようにとお命じになられました。シャーリーさまについても後ほど処置をいたしますが、まずはオズマさまを……と」

「つまり、お前に処置してもらえば、大丈夫ってことなんだよな？」

「はい。と申しても、根治できるわけではございませんので、ひと月に一度処置を受けていただく必要がございますけれど」

「わかった。じゃあ頼む」

表情の乏しい彼女の瞳に、わずかに驚きの色が混じった。

「もう少しゴネられるものと思っておりましたが」

「処置しなきゃ、シャーリーに悪影響を及ぼすかもしれないっていうのなら、断るわけないだろ」

実際、彼女の昨晩の乱れっぷりが媚薬のせいだというのなら納得もいく。このメイドは確かに何かと怪しいが、敵対しているというわけでもない。

「かしこまりました。それでは服を脱いでベッドに横になってくださいませ」

「裸になるのか？」

「はい。処置方法は極めて単純でございます。残りの精液を全て排出した後、奥に溜まった媚薬を吸い出して除去いたします」

「そ、それってつまり、お前を抱くということか!?」

「平たく申せば、そういうことでございます。ワタクシは媚薬への耐性がございますので、胎内に取り込んだところで全く影響はございませんし、横になっていただければ、後はワタクシのほうで良いようにいたしますので」

「……わ、わかった」

俺は戸惑いながら服を脱ぎ、裸になってベッドに横たわる。

「そんなに緊張なさらなくて結構でございます」

表情の変化に乏しい彼女ではあるが、俺を見下ろすその顔には、なぜか上機嫌さが見え隠れしている。どことなく肉食獣が、捕らえた獲物を眺めるような、そんな不穏な視線を感じた。

「なあ、お前は抱かれることに抵抗はないのか？　もしイヤなら……」

「お気遣いは無用でございます。これから行うことは、あくまで治療行為でございますので」

彼女は、ヘッドドレスを頭上に残したまま、恥じらう様子もなく服を脱ぎ棄てる。

スタイルの良さではシャーリーに負けず劣らず、顔立ちの美しさという意味でも系統は違えど劣るものではない。しかし胸の大きさでいえば、明らかにジゼルに軍配が上がる。

彼女は表情一つ変えずにベッドに上がると、俺の脚の間に座り込んで、股間へと手を伸ばす。そして、掌で睾丸を包み込むとゆっくりと揉み込み始めた。

「驚きました……既に、かなり精液が溜まっておりますね。驚くほどの回復力でございます」

「わかるのか？」

「もちろんでございます。これは……ワタクシも本気を出す必要がありそうです」

ジゼルは膝立ちになって腰を跨ぐと、若勃起を摑んで上向かせながら、ゆっくりと扱き始める。

「これぐらいの硬さがあれば、挿入は問題ございませんね」

「挿入って……前戯もなしには入れられないだろ」

「ご心配なく、ワタクシのマ〇コは二四時間営業のコンビニエンスマ〇コ、常時殿方の受け入れ態勢は万全でございます」

「コンビ……なに？」

「ああ、失礼いたしました。こちらにそういうお店はございませんでしたね。要はお手軽ということでございます」

そう言いながら、彼女は濡れそぼつ秘唇へと俺のペニス、その先端を宛てがう。

「では、オズマさまの逸物、頂戴いたします」

彼女はゆっくりと腰を下ろし始め、柔らかな女の穴へと、亀頭がずぶずぶっとその身を沈めていく。

「んっ、んあっ……」

狭い膣道を押し拡げる感覚。だが、彼女の言葉どおりにそこはひたひたに濡れそぼり、シャーリーに挿入した時に感じた皮が引き攣るような抵抗感はない。むしろ、膣襞の一枚一枚が絡みついて奥へ奥へと引きずりこもうとしているような、そんな錯覚を覚えた。

やがて根元まで胎内に納めてしまうと、彼女は快感の相を浮かべながら俺の胸に手をついて、大きく吐息を漏らした。

「ワタクシの味は、いかがでございますか？」

「味？　わ、わからないけれど、人によってこんなに感触が違うものなのかって、ビックリしてる」

するとと彼女は、くすりと笑った。

「ワタクシは特別でございます。オズマさまの逸物も実にご立派でございます。まさに大英雄の貫禄といったところでございましょうか……それでは、治療を開始いたします」

そう言ってジゼルは、ゆっくりと腰を前後させ始めた。

「んっ、あっ、んんっ……」

動きに合わせ、短い黒髪とヘッドドレスがかすかに揺れる。

（す、すごい、な、なんだこれ！）

膣襞が俺のモノに愛しげに絡みつき、小刻みに蠕動する。締めつけも凄まじく正に搾り取ろうとするかのように膣肉が俺のモノを擦り上げた。

「んっ、んふっ……いかがですか、オズマさま。ワタクシの腰使い、お気に召しましたでしょうか、んっ、んんんっ……」

ほんのりと鼻先を桜色に染めながら、問いかけてくるジゼル。

「あ、あああっ、き、気持ちいい」

下から見上げる彼女がやけに可愛らしく見える。まるで魅了の魔法にでもかかってしまったかのよう。俺は柔らかそうに跳ねる二つの乳房から目が離せなくなっていた。

そして、ほぼ無意識に手を伸ばし、双乳をむんずと鷲掴みにする。美しい膨らみがむにゅっと卑猥に歪んで、ジゼルがいやらしく口元を歪ませた。

「あん、オズマさまったら……」

「す、すまない、見ていたら我慢できなくて……」

「うふふ、遠慮は必要ございません。どうぞお楽しみくださいませ」

「ああ、ジゼルのおっぱいは揉み甲斐があるな……」

「シャーリーさまよりも？」

「それは……」

「うふふ、ちょっとした戯れでございます」

俺が口籠もると、普段の無表情さはどこへやら、彼女は悪戯っぽく微笑んだ。

俺は夢中で彼女の胸を揉みしだく。柔らかくてどこまでも指が沈み込みそうな極上の感触。次第に彼女の腰の動きも激しさを増し、唇から零れる喘ぎ声も甘いものへと変わっていった。

「あ、あんっ、オズマさまの手つき、いやらしいです。そ、そんなに揉まれては、あっ、んんっ……感じて、んっ……治療できなくなってしまいます、あっ、ぅぅうんっ……」

うっすらと頬を紅潮させ、甘い吐息を漏らす美少女メイド。見た目の年齢にそぐわぬほどの色香が全身から滲み出ている。

「遠慮なくって言ったのはジゼルじゃないか。それにしても感じてるジゼルは可愛いな。普段からそうしてればいいのに」

「あんっ、あ、あっ、よ、余計なお世話でございますっ、あんっ！」

俺が胸から手を放すと、ジゼルは息も絶え絶えに上体を倒してベッドに手をつく。俺は目の前に差し出されたずっしりと重そうな双乳を摑み直すと、先端で色づく桃色の蕾へと吸いついた。

「んあっ……」

ピクンと身を震わせるジゼル。俺は、柔らかな膨らみを揉みしだきながら、硬くしこった授乳器官を右から左、左から右へと交互に舐めしゃぶった。

「あんっ、いやらしいお方、あん、もう……好きなだけお楽しみくださいませ、んっ、くぅうんっ……」

美少女メイドは甘ったるい声を漏らしつつも、腰の動きは休めない。それが自分の使命とばかりに、ねっとりした腰遣いで俺の逸物を扱《しご》き上げ続けている。

しかし、俺は湧き上がってくる絶頂の予感に、じっとしていることができなくなっていた。

衝動のままに彼女の身体を抱き寄せると、激しく腰を突き上げ始める。

「あんっ、オズマさまっ！　こ、こんないきなり、ああっ！　んんっ、は、激し、あっ、はぁあんっ！」

俺の身体の上で、柔らかな肉体がゆさゆさと弾む。ジゼルは俺の首にしがみつき、眉間に皺《しわ》を刻みながら、真下からの衝撃を受け止めていた。

(むちゃくちゃ気持ちいいっ！)

強く抱きしめ合いながらの抽送、その密着感に頭が沸騰する。互いの陰部を叩きつけ合うような動物的なまぐわいに、理性が大幅に削られて、意識が官能の桃色に染め上げられた。

「あん、オズマさま、いけませんっ、んんっ！　こ、こんなに激しくては、んんっ！　お、おかしくなってしまいますっ、あっ、はぁっ、んんんんっ！」

「おかしくなっていい、可愛いよ、ジゼル」

どうしてこんな可愛い女を怪しんでいたのだろうと、そう思う。この女をもっとよがらせたい。もっともっと良い声で鳴かせてやりたいと、俺は必死に腰を叩きつけた。

「あぁんっ、ダメっ！　あっ、すごっ、はぁっ！　ひゃぁっ、くるっ、ズンズンきますぅ！　んあっ、オズマさまっ、ああっ、はぁあんっ！」

必死に俺にしがみつき、甘く滴る声で啼くジゼル。短く黒い髪とヘッドドレスが派手に舞う。

「あんっ、オズマさますごいぃいっ！　もっとジゼルを感じさせてくださいませっ、んんっ！　もっとジゼルを、めちゃくちゃにしてくださいませぇっ！」

　耳元で喘ぐ声に脳裏が快楽色で埋め尽くされていき、思考能力が失われていった。感情の赴くままに突き上げ続けていくと、官能のボルテージが急速に上昇曲線を描いていく。

「くッ……ジゼル、俺っ、もうっ……」

　腰の奥で渦巻く熱い奔流が、ここから出せと叫んでいる。

「はぁんっ、オズマさまっ！　ワタクシの膣内《なか》に、オズマさまの子種をお出しくださいませっ！　オズマさまの熱いミルクを、ジゼルの子宮に注いでくださいませぇっ！」

　俺はジゼルを抱きしめる腕に力を込め、トドメとばかりに全力のピストンを見舞う。

「イ、イクっ！」

　俺が短く呻いた直後、美少女メイドの最も深い場所で、熱い白濁液が猛然と噴き上がった。

「あっ、あっ、あっ、すごいぃ、オズマさまのが膣内《なか》にっ！　ああっ、イキますっ、イクッ！」

　高らかに絶頂を謳《うた》い上げ、ギュッと両手両足に力を込めてジゼルも俺に続く。

　そして、その瞬間、ドクンと心臓が跳ねた。ヤバい跳ね方をした。

　桁外れの悦楽に、身体中の毛穴という毛穴が開くかのような錯覚に見舞われる。精液を出しているという感覚が、いきなり吸い出されているという感覚へと変わって、俺は思わず目を見開く。

生存本能とでも呼ぶべきモノが、この女から離れろと激しく警鐘を鳴らした。

（くっ！　な、なんだ、ヤバいっ！　す、吸われるっ！）

だが、もう遅かった。既に全身から力が失われている。目の前がどんどん昏《くら》くなってきている。足掻くように彼女の背中に爪を立てながら、俺は為すすべもなく意識を失った。


背中に爪を立てていた腕が、ベッドの上に垂れ落ちると、ワタクシは静かに身を起こします。

「オズマさま、なかなか素敵でございましたよ。お腹いっぱいでございます」

オズマさまの髪を指先で撫でながら、壁際の姿見に目を向けると、そこに映っているのは、本来の長い銀髪に碧い瞳の淫魔《サキュバス》の姿。

最後、『精力吸収《ドレイン》』を発動する際には、『偽装《ディスガイス》』を解いて元の姿に戻らざるを得なかったのですが、恐らくオズマさまには見られていないはず。そんな余裕は、なかったはずでございます。

とりあえず精液とともに、媚薬は根こそぎ吸い出すことができました。これでひと月程は問題なくセックスをお楽しみいただけるはずです。

念のため、まぐわいの途中で発動させておいた、淫魔の固有スキルである『魅了《チャーム》』を解いて、軽く記憶も捏造しておきましょう。気持ちよく射精して終わったという程度に。

「それにしても……一晩中セックスに興じた後で、これだけの量を出せるというのは、正直驚きでございますね」

フェリアとの契約に従っての行動ではございますが、これは意外と役得かもしれません。我々、淫魔《サキュバス》にとって、精液は最高のご馳走でございますので。

第八章　炎の劣等生

前世で周りの男どもが、やたらと結婚したがっていた理由がわかったような気がする。

新婚生活はそれ程に甘く、そして素晴らしかった。

なにせ朝、目を覚ませば隣で可愛らしい寝息を立てているのは、本来の自分の年齢より二〇以上も若く、美しい女の子である。

流星を束ねたかのように煌めく金髪、水底から見上げた空のような澄んだ青い瞳。すっと一筆で書いたような美しい鼻梁《びりょう》。瑞々しい唇からは、絶えず俺への愛が謳《うた》われ、あまりの愛らしさにその身を抱けば、傷一つない白い裸身に形の良い美乳。

その身はどこに触れても柔らかで、あまりにも敏感。抱き心地の良さもさることながら、何より眉根を下げた蕩け顔で、もっともっととおねだりしてくる可愛らしさには、もはやお手上げというよりほかになかった。

彼女の姿を目にするだけで、欲望は留まるところを知らず、自分はこれほどに堪え性のない人間であったかと驚くばかりである。

例の媚薬についても、何一つ問題はない。

ジゼルに処置してもらったお陰で、その薬効は完全に抑え込まれていた。

月に一度、定期的に処置してもらわなければ、効果を取り戻してしまうらしいが、それもどちらかといえば役得といっても良いだろう。媚薬の処置という言い訳付きで、ジゼルほどの美人を抱けるのだから。

（あれはあれで、すごく気持ち良かったしな……）

無論、妻以外の女性を抱くことに抵抗がないわけではないが、シャーリーには「自分に縛られないでほしい。抱きたいと思った女の子がいれば、二人目、三人目の妻を娶《めと》っても構わない」と言われている。自分ひとりでは、俺のこの異常なまでの絶倫を受け止め続けることは難しいのだと。

俺の生きていた時代でも、貴族の多くは複数の妻を娶《めと》っていたし、さほどおかしな話でもないのだが、俺にはシャーリーと同じくらいに、他の女の子を愛せるような気はしなかった。

そしてシャーリーを娶《めと》ってから七日目の今日、俺たちは夫婦になってから初めて、王城の外へと出かけていた。

といっても、別にデートというわけではない。今日は、アカデミーへの編入の日なのだ。

「旦那さま、制服がよくお似合いです」

「そうかな……どうにもこの時代の装束というのには、まだ慣れなくて」

「大丈夫ですよ、すごく格好良いです！」

シャーリーは何でもかんでも褒めてくれるので、格好良いという言葉を鵜呑みにはできないが、まあ、おかしくさえなければそれでいい。

俺は、相変わらず露出過多な騎士装束のシャーリーに連れられて、アカデミーの門をくぐる。そして、思わず目を丸くした。

「これは……何というか、すごいな」

王城に匹敵するような規模の敷地に、派手さはないが石造りの巨大な建物。校庭に聳《そび》え立つ獅子に跨がったオズマ像は見なかったことにするとして、これ程の規模の教育施設が存在するということが、この国の繁栄を象徴しているように思えた。

「はい、全校生徒は約三千人。精霊魔法研究機関の最高峰といってよいでしょう」

「そうか、それは楽しみだ」

今日までの間に、簡単にアカデミーの制度についての説明は受けている。

年齢の制限はなく、ある一定以上の精霊力を持つ貴族の子弟であれば、入学は可能なのだという。だが、卒業するのはかなり難しいらしい。

クラスは最上級、上級、下級、最下級の四つ。卒業するためには、上級以上のクラスに入って、年度末の卒業試験にパスする必要があるのだという。尚、近衛騎士になるためには、最上級クラスに在籍して、且つ卒業試験で満点を取ることが最低条件らしいので、シャーリーがいかに優秀であったかがよくわかる。

最速で一年で卒業。何年在籍しても構わないが、大抵は五年も卒業できなければ、中途退学していくものらしい。だが、中には二〇年以上在籍する、主《ぬし》のような者までいるというのだから、実に興味深い。

（卒業しなければ、ずっと研究してられるってことだよな……主《ぬし》になるってのも悪くないかも）

そんなことを考えていると、シャーリーが微笑みながら口を開いた。

「旦那さまは編入生ですので、当面は最下級クラスへの配置となります。半期に一度、成績に応じてクラス替えがありますので、旦那さまであれば、すぐに最上級クラス入りできるでしょう」

俺は足を止め、彼女に微笑み返す。

「それはそうとシャーリー、旦那さまじゃないだろ？」

「あ、そうでした。でも、それなら旦那さまだって」

「あはは、そうだったね。姉上」

実は、アカデミーへの編入に当たって、俺は素性を捏造することになっていた。

女王陛下の勧めに従って、俺は愛する妻、近衛騎士第二席であるシャーリー・スピナーの異腹の弟、オズ・スピナーを名乗ることになっているのだ。

この国では、子供に『オズマ』と名づけることは禁止されている。それでも、伝説の大英雄オズマにあやかって、我が子に『オズ』と名づける親も多いのだとか。故にオズという名は、この国においては、実に平凡な名前らしかった。

「それではあらためて……コホン」

シャーリーが咳払いをして、俺の鼻先に指を突き付けてくる。

「いいですか、オズ。今日のところは精霊力測定と精霊入身の儀式、それとオリエンテーションと聞いています。精霊入身の儀式までは、私も観覧席で見ていますので、困ったことがあれば、その……お、お姉ちゃんに、な、何でも言うのですよ！」

「はいはい、頼りにしてますよ、姉上」

「ぶぅ……」

シャーリーの年上ぶった物言いに苦笑すると、彼女は不満げに頬を膨らませた。

(おい、抱きたくなるからやめろ。拗ねた顔も可愛すぎるんだから)

一応、女王陛下には、兄じゃ駄目なのかと抗ってはみたのだが、それだとシャーリーがスピナー家の家督を相続していることに矛盾が生じるからダメだと、そう言われた。

どちらかというと、俺としてはシャーリーには妹っぽく甘えられるほうが良いのだけれど。

あらためて、二人で肩を並べて学舎のほうへ歩いていくと、俺たちと同じように、通学途中の生徒たちの姿がある。その中の一人、男子生徒がシャーリーの姿を目にして「あっ！」と声を上げたかと思ったら、その場に居合わせた生徒たちが、次々と騒ぎだした。

「な、なんだ？」

「あはは……やはり、こうなってしまいましたか」

シャーリーが弱ったような顔をして、人差し指で頬を掻く。

遠巻きに俺とシャーリーを取り囲む生徒たち。「キャー！」と、女子生徒たちの黄色い声まで聞こえてくる。見上げれば学舎の窓という窓から、生徒たちが顔を覗かせて、こちらを注目していた。

「あ、あれ！　近衛騎士第二席のスピナー卿じゃないか!?」

「ステキッ！　シャーリーさまよ！」

「隣のヤツ、誰だ？　制服着てるけど……誰か知ってるか？」

「編入生じゃない？　今日確か特待生編入があるって、先生が」

「じゃ、あいつは、スピナー卿の身内ってことか？」

耳を澄ませてみれば、そんな話し声が聞こえてくる。

「随分人気なんだな、シャーリーって」

小声でそう囁きかけると、彼女は苦笑気味にこう答えた。

「私がというより、近衛騎士という立場がというべきでしょうね。あのチョビひげが、私に異常なほどに固執したのも、私がどうこうというより、近衛騎士を娶《めと》ったという名誉が欲しかっただけでしょうし……」

「なるほどね……近衛騎士ってのは、この国じゃそれほど名誉のある役職ってことか」

「一応、そういうことになっています。とはいえ、伝説の大英雄の妻という名誉に比べれば、塵芥《ちりあくた》のようなものですけれど」

そう言って、シャーリーは上目遣いに俺を見上げる。

（だから、やめろって！　ただでさえ騎士装束だけでもヤバいのに、そんな誘うような目をされたら勃《た》っちゃうだろうが！）

この身体は、元気が良すぎるのだ。俺が、思わずズボンのポケットに手を突っ込むのと同時に、シャーリーが突然、前方を指さした。

「あ、旦那さま……じゃなくってオズ。あそこに張り紙がありますよ。編入生は講堂のほうに入るようにと」

「講堂？　講堂ってどっちだ？」

「大丈夫、私についてきてくだ……じゃなくて、私についてくるがいい、オズ！」

好奇と羨望の視線にさらされながら、俺とシャーリーは講堂へと足を踏み入れる。

そこには、既に幾人かの生徒の姿があった。

「では、オズ。私は、二階の観覧席におりますので」

「ああ、姉上、また後で」

階段を上がっていくシャーリーの背を見送って、俺は周囲の生徒に目を向ける。

人数はさほど多くない。俺を含めて全部で六名、男女比は三対三。誰も知り合い同士の者はいないのか、それぞれに距離をとって、壁にもたれかかっていた。

上を見上げれば二階部分が観覧席になっていて、シャーリーの他にも幾人かの人影が見える。

恐らく、ここにいる編入生の保護者なり、使用人なりといったところだろう。

キョロキョロと周囲を見回していると、オールバックに髪を撫でつけた横柄そうな男子生徒が「おい、おまえ」と、いきなり俺の肩を摑んできた。

「なんだ、お前？　精霊も宿してねぇじゃねぇか？　来るとこ間違えてんぞ！　ここは特待生編入のオリエンテーションだ！　各分校のトップが集まってんのに、お前みたいなのはお呼びじゃねーんだよ！」

初対面の人間相手に、ここまで失礼なことを言えるのは、なかなか大したものだと思う。

だが同時に、実に貴族らしいともいえる。

前世でも貴族連中は、自分より少しでも格下だと思ったら、いきなり態度を変えるような奴ばかりだった。

そして、こういう手合いに舐められると本当に面倒臭いので、ちゃんと真正面から言い返してやる必要がある。

「っていうか、お前誰だよ？　お前に呼ばれた覚えはないけど、ちゃんと編入生だよ、俺は」

「な、なんだ、その態度は！」

オールバックが口角を泡立てて声を荒げるのと同時に、入口の扉が開いて、何人かの男女が入ってくる。

先頭には白髪交じりのひげを蓄えた初老の男性。その後をついて、職員らしき三人の男女がゾロゾロと講堂へと入ってきた。

途端にオールバックは「ちっ！」と舌打ちをして、俺の肩から手を離し、忌ま忌ましげに背を向けた。

職員たちが講堂の奥に立つと、その中の一人が、俺たちに整列するようにと促す。

言われるがままに一列に並ぶと、初老の男性が羊皮紙を手に「出席をとる」と口にして、一人ずつ名前を読み上げ始めた。

「アマンダ・カイロス、オズ・スピナー、キコ・クリスナ、クロエ・リュミエール、ザザ・ドール」

名前を呼ばれた者が、順に返事をする。

どうやら、オールバックはキコという名らしい。

そして、最後に読み上げられた名を耳にして、俺は返事をした少年のほうへと目を向けた。

「トマス・バルサバル」

(バルサバル？　もしかして、あのバルサバルに関係があるのか？　確かフェリアの子孫である王家の家名もバルサバルだったはずだが……)

ただ、彼の名に反応したのは、俺だけではなかった。

その場にいる生徒たちの大半が、名を呼ばれた瞬間に、彼のほうへと目を向けたのだ。

(後でシャーリーに聞いてみるか……)

ひとしきりの点呼を終えると、初老の男性があらためて口を開く。

「諸君、まずは編入おめでとう。この場にいるということは、諸君は各地域分校でトップの秀才たちなわけだが、恐らくこの先、自分たちがいかに世間を知らなかったかと思い知ることになると思う。挫折することもあるだろう。だが、学ぶ意欲のある者を我々教員は見捨てたりはしない。何かあれば遠慮なく頼ってほしい」

（いいこと言ってる風だけど、威嚇だな、これは）

いささかソフトではあるが、遠まわしに『おまえらはお山の大将だ。アカデミー舐めんな』とそう言っている。

新兵教練と基本は同じ。最初にガツンと貶《おと》めておけば、後は御しやすくなるのだ。

「それでは、まずは諸君らの実力を把握しておきたいと思う。精霊力の測定だ」

初老の男性がそう口にすると、職員の一人が演台の上に、大きめの水晶玉のようなものを据えつけた。

「知ってのとおり、この精霊球に触れれば、諸君らの現在の精霊力が数値として浮かび上がる。これを元に、個々人の指導方針を検討させてもらうことになる」

単純に、適性テストのようなものと思えば良いのだろうか？

どういう仕組みなのかはわからないが、人間の能力が数値として表示されるというのは、実に興味深い。

「名を呼ばれた者から順番に前に出て、精霊球に触れてくれたまえ。それでは測定を開始する。最初は、アマンダ・カイロス！」

「はい！」と挙手しながら、女の子が前へと歩み出る。

金髪を縦ロールに巻いたツリ目がちな女の子。顔立ちから受ける印象だけで言えば、実に高慢そうに見える。

彼女が緊張の面持ちで、精霊球に手を乗せた途端、ぼんやりとそれが発光して、水晶体の中に表れた数字が、くるくると回るように上昇し始めた。

そして、最後に表示された数字は「六七二」。

（その数字はいいのか？　悪いのか？）

そう思っていると、アマンダと呼ばれた金髪縦ロールは、ドヤ顔でフッと髪を掻き上げる。

教員たちも満足そうに頷いているところを見ると、かなり良い数字なのだろう。

「次、オズ・スピナー！」

「は、はい」

急に名を呼ばれて、俺は足を縺《もつ》れさせながら、慌ただしく演壇の前へと歩み出た。

「では、精霊球に触れたまえ」

いざ、自分の番となるとかなり緊張する。精霊魔法だの精霊力だのといわれても、俺にしてみれば未だによくわからない代物だ。ここで素質なしなどと判定されてしまったら、正直困る。

ゴクリと喉を鳴らして、俺が精霊球に手を置くと、ぼんやりと淡い光を放って、数字が回り始めた。

一〇〇、二〇〇、三〇〇、四〇〇、五〇〇、六〇〇。

そして、表示が七〇〇を超えたところで、教員と背後の編入生たちがざわめき出す。

だが、数字は尚も回り続けた。

八〇〇、九〇〇。

やがて、表示が九九九を示したところで、一桁の数字が何かに引っかかったみたいに、カクカクと小刻みに震え始める。

騒然とする講堂、観覧席にいた人たちも、ざわめきながら次々と立ち上がり始めた。

「バ、バカな……」

「壊れてるんじゃないのか？」

教員たちのそんな声が聞こえたその瞬間――

甲高い音を立てて、いきなり精霊球が粉々に弾け飛んだ。

先程までのざわめきはどこかへ消え去って、呆気にとられたかのような静寂が講堂の中に居座る。

「な……なんじゃ、そりゃ……」

初老の教員が呆然とそう呻くと、編入生たちより先に、二階席のほうが騒がしくなった。

「どうですっ！　すごいでしょ！　あ、あれウチの旦……お、弟なのですよ、ほら、ほらっ！もっとよく見てくださいよ、ほら！」

見れば、シャーリーが隣の席のひげ面のおっさんの肩を、バンバン叩きながら、はしゃぎ声を上げている。

（おい……やめてさしあげろ。おっさん、マジで痛そうにしてるから）

「再測定しますか？」

「また壊されてはかなわん、取り急ぎは九九九と記録しておきたまえ」

職員たちが、額を突き合わせてそんな話をしているのが聞こえてくる。

そして、初老の教員は学生たちのほうへ向き直ると、コホンと咳払いをして、測定の一時中断を言い渡した。

「と、とにかく、予備の精霊球を用意させるから、諸君らはしばらく待機。待っていてくれたまえ」

測定上限をぶっちぎるほどの規格外の精霊力。これもやはり、この身体になにか仕込まれているということなのだろう。

(子作り三点セットだの媚薬だの……いくらなんでも盛りすぎだろフェリア、お前……俺をいったいどうする気なんだよ)

そんなことを考えながら元の位置に戻ると、女の子たちが俺のほうへと歩み寄ってくる。

「オズくんだっけ？　すっごいね、君っ！　ビックリしちゃったよ！」

両手を上げて、はしゃぐように話しかけてきたのは、いかにも陽気で人懐こそうな女の子。

癖の強い赤毛のショートカット、八重歯が可愛らしい子だった。

「えーと、ザザさんだったよね……うん、自分でもちょっとビックリしてるよ」

「あはは、同級生なんだから、ザザでいいよ！　これからよろしくっ！」

続いて口を開いたのは、腰まである黒髪、前髪を眉上で真っ直ぐに切り揃えた、いかにもお淑やかなお嬢さまだった。

「これほどの精霊力をお持ちなのにオズくんは、どうして精霊を宿しておられないのですか？

普通なら、一二歳ぐらいで入身の儀式を受けると思うのですけれど……」

(確か、クロエだっけ？)

「ああ、俺は親父殿に疎まれていてね。ほとんど軟禁状態で育ってきたから……。で、この間親父殿が亡くなって、跡目を継いだ姉上が憐れに思って、アカデミーに通わせてくれることになったんだよ」

これは、シャーリーが考えてくれた設定である。

彼女の父親に謂《いわ》れのない罪を着せるのは気がひけるが、軟禁状態で育ったということにしておけば、少々頓珍漢なことを言っても言い訳が立つからだ。

だが、普通に聞けば、結構重い生い立ちである。

案の定、クロエは申し訳なさそうな顔になってしまった。

「それは……何と申しますか……ごめんなさい」

「あ、気にしないで！　いいんだ、別に！」

俺が慌てて声をかけると、クロエの隣でアマンダが、ふぁさっと金髪縦ロールを掻き上げる。

「スピナー家と我がカイロス家では、家格が違いすぎますけれど、これだけの精霊力を持つ殿方であれば、お父さまを納得させることもできそうですわね」

「早いなぁ……早いよ、アマンダ。まだ初日だよ？」

ザザが呆れたと言わんばかりに肩をすくめると、アマンダは小馬鹿にするようにこう口にした。

「何を仰ってますの？　貴族にとってアカデミーは将来の伴侶探しの場と言っても過言ではございませんのよ。有望株には先に唾をつけておくのは常識ですわ。精霊力は桁外れ、お顔立ちもワタクシの好みですもの」

ふんっと髪を掻き上げる金髪縦ロールのその物言いに、ザザとクロエが「あはは……」と、引き攣った微笑みを浮かべた。

俺を取り囲んでわいわいと姦《かしま》しい女の子たちの向こうで、オールバックのキコが「けっ！」と、忌ま忌ましげに吐き捨てる。

（まあ、そりゃおもしろくないよなぁ……）

正直、コイツと仲良くしたいとは思わないが、つっかかってこられるといろいろ面倒臭い。

そして、不機嫌さを露わにするキコのその向こうには、もう一人の男子学生、トマス・バルサバルの姿が見えた。

金髪の貴公子然とした少年。美形といっていい風貌の彼は、精神統一でもしているかのように、目を閉じたまま微動だにしない。

正直、一番気になっている存在だ。

（バルサバルか……アイツの子孫だったりすんのかな？）

だとしても、容姿に似ているところは見当たらない。前世で宿敵同士だったバルサバルは、熊みたいな大男だ。

あらためて二階席に目を向けると、先程まではしゃぎまくっていたはずのシャーリーが、今はスナギツネみたいなジトッとした目で、俺のほうをじっと見ていた。

（あ、あれ？　もしかして、女の子に囲まれてるこの状況は、おもしろくない感じなのか？）

そもそも、もっと娶《めと》れと言っていたのは彼女である。にもかかわらず、なんとなくその視線には、嫉妬めいた雰囲気が宿っていた。

思わず顔を引き攣らせていると、初老の教員が俺のほうへと歩み寄ってくる。

「スピナーくん。正直驚かされたよ。フレデリカ姫殿下から直接キミのことを頼まれていたのだが、まさかここまでの逸材とは……」

「姫殿下から!?」

ザザが、ビックリしたような声を上げる。

「あ、いや。ほら、姉上は近衛騎士だし、俺の入学のために姫殿下にも骨を折っていただいたらしいので」

そんな風に誤魔化《ごまか》すと、脇で聞いていたアマンダが、口元を歪めて薄い笑いを浮かべた。

「王族にもコネクション……これは、ますます……」

「スピナーくんはまだ精霊を宿していないのでしたね。ふむ、再開の準備が整うまでに、属性だけでも確認しておきましょうか」

初老の教員がそう言って、俺の額へと手を伸ばしてくる。

だが、しばらくして彼は、難しい顔をしてぼそりと呟いた。

「属性は……炎ですな」

（ですよね……）

これはもう予想どおり。というか、紅蓮のオズマが水属性でしたとか言われたら、割といたたまれないような気もする。アイデンティティの問題だ。

だが、教員が『炎属性』と口にした途端、周囲の雰囲気が一変した。

「あ、あはは……ほ、炎ね」

「あ……その、何と言えば良いのか……」

ザザとクロエの表情が、どことなく強張《こわば》ったものへと変わって、アマンダに到っては、あからさまにがっかりしたような顔をしている。

（なんだ……？）

俺が首を傾げた途端、キコがいきなり、けたたましい笑い声を上げた。

「ははははははっ！　どうせそんなこったろうと思ったぜ。宝の持ち腐れって奴だ。炎だってよ！　笑わせやがる！」

そんなキコをよそにザザとクロエが俺の手をとって、慰めるようにこう言った。

「だ、大丈夫だよ、ほら炎属性だって……ほら、なんか……ほら」

「お気を落とさないでください、だ、大丈夫ですから、ほら」

（いや、そんな、ほらほら言われても……）

どういう状況なのかさっぱりわからない俺としては、戸惑うよりほかにない。

すると、アマンダが汚物を見るような目をして、口を開いた。

「フンっ……ハズレですわね。期待して損しましたわ！　アナタ、もうワタクシには話しかけないでくださいまし！」

「炎属性って、ハズレなのか？」

ザザにそう問いかけると、彼女は困ったような顔をした。

「あー……それもわかんないか……そっか、えーと、えっとね……」

すると初老の教員が、口籠もる彼女に助け舟を出すように、口を挟んでくる。

「私から説明しよう」

「あ、先生、お願い！」

「スピナーくん。精霊魔法というのは、体内の精霊力と引き換えに、精霊界から精霊の力を呼び出す魔法なのだが……」

「力のみを……ということですか？」

「うむ、便宜的に『宿す』という表現を使ってはいるが、力を引き出す権利を持っているということだと思ってくれたまえ」

「なるほど」

思っていたのとは、ちょっと違った。

前世の魔法でいうところの、召喚系みたいなものだと思っていたのだ。

「精霊力の大きさに応じて、引き出せる対象精霊の位階が変わる。あくまで目安だが、四〇〇までが下位精霊、七〇〇までが中位精霊、それ以上は、上位精霊の力を行使できると考えてもらっていい」

（なるほど、精霊力六七二のアマンダは、上位精霊の力を行使できる一歩手前というわけだ）

だが、そこで初老の教員は、申し訳なさげな顔をして、こう口にした。

「だが、炎属性には上位精霊が存在しないのだ」

「は？」

「……そういうことなのだよ。どれほど精霊力が高くとも、炎属性では中位精霊の力までしか使えないのだ」

他の属性には存在するものが、炎属性に限っては存在しない？　それは、随分不自然な話だ。

俺が首を傾げると、クロエがおずおずと口を挟んだ。

「い、一説には、炎の上位精霊が受肉して大英雄オズマとなり、精霊界からこちらの世界に来てしまったため、炎の上位精霊は存在しないのだといわれているんです。だから、正教会の教義でも神とオズマと上位精霊は一体のものだと……」

「へー……オズマって、上位精霊だったんだ」

思わず棒読みになってしまう。もちろんそんなわけはない。

ここまでの話を聞いて失望したかといえば、全くそんなことはなく、実に研究意欲を掻き立てられる話だと、そう思った。皮肉でも、負け惜しみでも、何でもない。本心である。

どうして炎の上位精霊は存在しないのか？　果たして、本当に存在しないのか？　もし本当に存在しないのなら、属性の変更はできないのか？　二つの属性を身に宿すことはできるのか？　――などなど、次々に研究に値するテーマが頭の中に溢れ出した。

（これだよ、これ！　いいぞ！　無茶苦茶楽しくなってきた！）

俺が思わず上機嫌に鼻を鳴らすと、キコが不愉快げに声を上げた。

「なんだ？　ショックすぎて壊れたか？　無理もねえな。おいクズ野郎！　クズはクズらしく、とっとと荷物まとめて帰ったらどうだ！」

途端にザザとクロエが、俺を庇うようにキコへと突っかかった。

「ちょっと！　アンタ、そんな言い方ないんじゃない！」

「そうです！　何様のおつもりですか！」

女の子たちに責め立てられて、キコが一瞬怯む様子を見せると、アマンダが肩をすくめる。

「あら、クズというのは間違いではないでしょう？　その証拠に炎属性は、本来アカデミーへの入学を許されておりませんもの。その男の他には、炎属性はアーヴィン姫殿下お一人。それも姫殿下のお立場あってのことですし」

（炎属性は本来なら入学を許されない？　アーヴィンって……確か黒髪の姫だったよな。姫殿下は特例ってことか……）

どうやら、俺の想像以上に、炎属性を巡る状況は芳しくないらしい。

そうこうするうちに、新しい精霊球が到着して、精霊力測定が再開される。

そして、残りの編入生が測定を受けている間に、俺はシャーリーに付き添われて、別室で精霊をその身に宿す儀式を受けることとなった。

儀式と聞いて身構えてしまったのだが、実際のそれは非常にあっさりしたもの。

別室で待機していた正教会のシスターが、俺の額に指を当てて、経典を読み上げながら祈りを捧げるというものだった。

時間にして十数分。そんなに簡単で良いのかとも思ったが、シャーリー曰《いわ》く「今日は経路《パス》を繋げるだけですから。実際に精霊魔法を使うには相応の訓練が必要ですし」とのこと。

あくまで下準備ということのようだ。

だが、実際に儀式に臨んでみれば、あまりにもツッコミどころが多すぎて、終わる頃にはフラフラ。疲労困憊であった。主に精神的に。

何がそんなに疲れたかといえば、まずシスターの出で立ちが、あまりにも破廉恥《はれんち》すぎた。

金髪ムチムチのお姉さんというだけでもマズいのに、シースルーの透け透け僧衣は、流石にけしからんと思う。アレはダメだ。

神聖な儀式を受けているはずなのに、どういうわけか俺、前屈みである。

さらに輪をかけてマズかったのは、そのシスターが俺が知る限り、過去一の巨乳だったことだ。

以前、シャーリーからシスターの位階は胸の大きさで決まるとは聞いていたが、なるほど司祭クラスともなれば、こんな大玉スイカサイズになるのかと感心しきり。

その大玉が儀式の間中、俺の目の前数センチのところで、たゆんたゆんと揺れているのだから堪ったものではない。しかも、シースルーの布地越しに自己主張しまくっている乳輪がデカかった。

俺、更に前屈み。ほとんど二つ折りである。

やっぱり頭がおかしいとは思ったが、同時にこんな頭のおかしい宗教が、国教になるほどに勢力を拡大した理由もわかったような気がする。

男はやっぱり、おっぱいには抗えないのだ。

この時の俺の様子を見ていたシャーリーには、後で散々拗ねた口調で責められることとなった。

曰く「やっぱり旦那さま、巨乳好きなんじゃないですか！」と。

だが、違うのだ。そうじゃないのだ。

巨乳も好きなだけなのだ。みんな違って、みんないいのだ。

そして、この時点で既にぐったりしていた俺にとどめを刺したのが、読み上げられた経典の内容である。

儀式が終わるまでの間に読み上げられたのは第一二章。その、たった一章の間に伝説の俺は、北方の国を謎の銀髪幼女と二人で攻め滅ぼし、氷の魔獣を串刺しにして、海を割り、空を飛び、四五人の女を抱いた。

(頼むから自重しろ！　伝説のオレェェェエエエ！)

オズマ、心の叫びである。

非常にインチキ臭い儀式ではあったが、儀式が終わって精霊の呼び出し方、精霊の感じ方を教えられると、正直驚いた。

まず、目に力を入れて人物に目を向けると、人物の周囲が薄っすらと発光して見えるようになった。これで相手が宿している精霊の種類がわかるのだという。

試しに、シャーリーを見てみると、彼女は緑色の非常に鮮やかな光に覆われている。

炎ならば赤い光、水なら青、風なら緑、土ならば黄色。

慣れれば光の鮮やかさで、概ねの精霊力の強さも判断できるようになるのだそうだ。

次に、精霊魔法の行使について。シスター曰く、力を宿らせたい部分に穴を開け、引っ張り出すイメージを描けば良いとのこと。

試しに手のひらの上に炎を出してみたら、意外とあっさりできた。

だが、どうやらそれもまた、異常なことだったらしい。

「ど、どうしてできるんですか!?　ふ、普通は何日も練習してやっとなのに！」

驚いたシスターの胸が、目の前でたゆんと揺れたその瞬間、炎が掻き消えた。

どうやら従来の魔法同様、精神集中が乱れるとダメらしい。

(だが、これでやっと入り口に立てたってことだよな……)

正直嬉しい。ワクワクしている。早く、いろいろ試してみたいと思う。

儀式を終えて講堂に戻ると、丁度、残りの編入生たちも測定が終わったところだった。

「どうだった？」

ザザにそう問いかけると、彼女はしょんぼりした様子でこう言った。

「うぅ……五二一でアタシが最下位だよぉ。もっといいとこまでいくと思ったんだけどなー。一番納得いかないのが、あんなに感じの悪いキコが六〇四でアタシより上ってこと。あとは……クロエが五八三、トマスくんがビックリの八一二」

「へぇ……」

俺は、トマスのほうへと目を向ける。

八〇〇台ということであれば、上位精霊にも余裕でアクセスできるということだ。

だが、それだけの数値を叩き出しておきながら、トマスには誇るような様子もなく、飄々《ひょうひょう》とした態度で、上から目線で擦り寄ってくるアマンダを、軽くあしらっていた。

「スピナーくんも戻ったようですし、それでは教室に移動します。付き添いの方は、オリエンテーションが終わるまで控え室にてお待ちください」

俺たちは眼鏡をかけた年若い女性教員の後について、ゾロゾロと移動を開始する。

「俺たちが入るのって、最下級クラスなんだよな？」

「そーだよ。この間の昇級試験で最下級クラスから半分ぐらいの生徒が昇級して、その補充がアタシたちってことらしいよ」

つまり、昇級できなかった生徒は、俺たちと一緒に一からやりなおしってことなのだろう。

それはなかなか厳しい教育方針だ。

俺はザザとクロエと話をしながら、トマスにはアマンダが纏わりついて、そしてキコは最後尾を面白くなさそうな顔で、それぞれに女性教員の後をついて、廊下を歩く。

やがて、俺たちは本館二階の、一番奥の教室に辿り着いた。

教室に足を踏み入れると、用意されている席数の半分くらいの席に、生徒たちがぱらぱらと座っている。

「まずは、どこでもいいのでお掛けください」

俺たちが席に着くのを見届けると、女性教員は教壇の前に立って口を開いた。

「私は、このクラスを担任するアルメイダと申します。この間昇級試験があったばかりなので、この最下級クラスは一六人。今日編入した六名を入れて、全員で二二名となります。次の昇級試験までは一緒に学習する仲間ですから、皆さん仲良くしてくださいね」

（なるほど、アカデミーというのは、こういう感じで学習するものなのか……）

俺の生きていた時代、魔法は師匠に弟子入りして学ぶという形が主流だった。教育の程度も、師匠の人柄次第というところ。

女王陛下の発言を思い起こしてみれば、『フェリアは帝国のアカデミーを首席で卒業した』とそう言っていた。このアカデミーという形式は、帝国由来のものなのかもしれない。

（……全体的に教育レベルが底上げされるってことだろ？　そりゃ勝てないよな）

魔法というチートを抜きにすれば、帝国とエドヴァルド王国では、全く勝負にならなかった。

今思えば、それは教育の違いだったのかもしれない。

ひと通り学園についての説明が終われば、今度は編入生の自己紹介。

自己紹介で気になったところといえば、アマンダがオズマの血を引くカイロス家の長女と、そう名乗ったこと。以前シャーリーに聞いた、オズマの子孫を自称する貴族の一つが、そのカイロス家なのだろう。

もう一つはキコの父親が、この国の法務大臣らしいということ。

あと、俺がシャーリーの弟だと名乗ると、教室が騒然となった。

自己紹介が終わると担任はパンと手を叩いて、皆に席を立てと促し、それぞれ属性別に分かれるようにと指示を出した。

言われるがままに、生徒たちは教室の四つの角、それぞれへと分かれて移動する。

元々このクラスにいた生徒たちは、またかという雰囲気。一方で編入生たちは、一様に怪訝そうな顔をしていた。

見る限り一番多いのは水属性。クロエとザザはそこにいる。

次が、風属性。オールバックのキコはそこだ。

意外と少なかったのは土属性、そこには二人。アマンダとトマスの二人だけ。

そして――

「こっちに来ないでくれる」

「そんなこと言われても……」

ムスッとした顔で俺を睨みつける、アーヴィン姫殿下。俺としては苦笑せざるを得ない。炎属性は、俺と彼女の二人しかいないのだから、そんな顔をされても困る。

「明日からの学習については、概ね二人一組で行います。同じ属性の人とバディを組んでください。あ、編入生以外も先日の昇級試験で、バディが昇級しちゃった人もいますから、全員組み直してくださいね。一応、属性ごとに数は合っているはずですから」

担任のその発言に、ザザが不満げな声を上げた。

「えー……同じ属性じゃないとダメなの？　アタシ、オズくんと組みたかったんだけど！」

すると、担任はニコリと微笑んで首を振る。

「ダメです。教え合うことが目的ですから、属性が違うとコツも違いますので」

「うぅ……じゃ、クロエで我慢するよ」

「我慢って……ザザ、ちょっと失礼じゃありません？」

クロエが唇を尖らせた。もちろん、俺やトマス、アマンダ、そして姫殿下には相手を選ぶ選択権はない。同じ属性は、もう一人しかいないのだ。

「あの……よろしくお願いします」

アーヴィン姫殿下にそう告げると、彼女はちらりとこちらを目にした途端、「ふん」と鼻を鳴らしてそっぽを向いた。

（やっぱ……嫌われてるよなぁ、前途多難というべきか……）

果たして俺は、彼女と仲良くなんてできるのだろうか……。

第九章　姉×姉エクスチェンジ

今日は、オリエンテーションだけで終わりだったが、明日からのことを考えると気が重い。

結局、アーヴィン姫殿下は、あれ以降まともに話をしてくれなかった。

話しかけようとすると、「ふん」と、そっぽを向かれてしまうのだ。

「参ったなぁ……」

自室に戻って、ベッドに身を投げ出しながらそう呟くと、騎士装束を身に着けたままのシャーリーが、考え込むような素振りを見せる。

「姫殿下は、誰に対しても分け隔てのない方なのですが、旦那さまにだけは頑《かたく》なようで」

「まあ、地道にやっていくしかないな……」

研究の第一歩は観察だ。難問だと思っていても、糸口を摑めばあっさり片付くことが、今までに何度もあった。

それは人間関係においても変わりはない。どうやったって、彼女と俺は学園においてはワンセットで扱われるのだ。トライアンドエラーを繰り返しながら、関係を改善していくしかないだろう。

「あと、気になったのは、トマス・バルサバルって奴だけど……」

「はい、恐らくあの方は、クジャナのバルサバル家の人間ではないかと」

「クジャナ？」

「隣国マチュアと境を接する小領地です。高祖フェリアの弟君《おとうとぎみ》に祖を発し、帝国側について高祖に敵対したせいで爵位を剝奪、庶民となられた家でございますが、先代女王陛下の御代に許され、クジャナを領地として封じられたと聞き及んでおります」

（弟……確かにフェリアには二人弟がいたはずだが、バルサバルは弟たちの面倒も見てくれたってことか。だが、敵対することになった……弟思いのフェリアにしてみれば、さぞ辛かったことだろうな）

重苦しい雰囲気になりかけているのを嫌って、俺は話題を変えた。

「それにしても、シャーリーはもうちょっと姉っぽく振る舞うべきじゃないか？　ポロポロ旦那さまとか言いかけてただろ？」

「それを仰るなら、旦那さまだって！」

「じゃあ、しばらくは二人だけの時も、姉と弟という立場で振る舞って練習してみる？」

俺がそう提案すると、シャーリーが急にモジモジし始めた。

「それは……ベッドの中でもでしょうか？」

「う……」

流石に、それは背徳感がすごい。考えただけで俺、前屈みである。

「い、いや……流石に、そこは……」

「あ、そ、そうですよね……えーと、と、と、とりあえず着替えて参ります」

どうにもいたたまれない雰囲気になって、シャーリーは慌ただしく部屋を出ていった。


アタシが、オズマの寝室の前へと差しかかったのとほぼ同時に、騎士シャーリーが顔を真っ赤にして、部屋から飛び出してきた。

ぶつかりそうになって、アタシは慌てて飛びのく。

「あわっ……わわっ……」

「あ、ごめん！　ミュウミュウ、大丈夫？」

「大丈夫ですぅ」

背丈の低さを揶揄《やゆ》するつもりはないのだろうが、わざわざ膝を折って目線を合わせてくるのが腹立たしい。アタシは内心ムカつきながらも、にっこりと微笑む。

(まあ、丁度いい。この女に用事があったわけだし)

「あ、あの、シャーリーさま。女王陛下がお呼びでございますぅ」

「女王陛下が？」

「はい、オズマさまのことで……と仰っておられましたが、詳しいことはぁ……」

「そう、ありがとう。とりあえず行ってみるわね」

女のアタシから見ても、彼女の身のこなしは格好良い。スタイル抜群で地位も名誉も人望も持ち合わせているとか、本当に腹立たしい。

颯爽《さっそう》と歩いていく彼女の背を眺めながら、アタシは胸の内でこう吐き捨てた。

(我が弟イムレの肉便器の分際で生意気な！　時が来たら、アタシの前で惨めに跪《ひざまず》かせてやるんだから！)

嫉妬を多分に含んでいるのは、自分でも理解している。だが、ムカつくものはムカつくのだ。

それにしても、イムレの芸達者ぶりには、我が弟ながら感心せざるを得なかった。

この姉の姿を目にしても狼狽えることなく振る舞い、メイド長のジゼルから紹介された時にも、完璧に初対面だという態度を崩さなかった。

オズマのフリをして王宮に入り込んだ我が弟――イムレの手助けをするために、ミュウミュウと名乗って潜り込んだのは良いが、あの騎士シャーリーが弟にべったりとくっついているために、今までなかなか接触する機会が得られなかったのだ。

だが、今なら我が弟は、部屋に独りでいるはずだ。

とはいえ、いつ騎士シャーリーが戻ってくるかわかったものではない。

部屋の中にまで入ってしまうのはマズいだろう。

わたしは周囲を警戒しながら、扉越しに我が弟へと呼びかけた。

「我が弟よ！」

「我が弟よ！」

扉の外からそんな声が聞こえてきて、俺は思わず首を傾げる。

（シャーリーか？　なんで扉の外から……ははぁん、わかった、照れくさいんだな。あはは、本当に可愛いヤツだなぁ）

「どうしました？　姉上」

俺は苦笑しながら、そう応じる。

姉弟の振る舞い方の練習としては悪くない。顔を合わせてだと照れ臭いことでも、声だけなら大丈夫とは、シャーリーもなかなか機転が利くものだと……そう思った。

「ここまではすこぶる順調なようだが、次はどうするつもりだ？　何か、わたしに手伝えることはあるか？」

「次？　そりゃ……まずはアーヴィン姫殿下を攻略しないとですけれど……」

「なるほど、そこをターゲットにするのだな。ならば、まずは情報を集めねばなるまい」

「はい、俺もそう思います。しかし、あそこまで嫌われているとなかなか難しいもので……」

「ほう……嫌われているのか。それぐらいの障害はあってしかるべしといったところだな。いいだろう。アーヴィン姫の攻略については、アタシもできる限りのサポートをしようではないか」

「ありがとうございます、姉上！　やはり姉上は頼りになるな」

「ははは！　そうだろう。そうだろう！」

扉の外で上機嫌に笑う声。

（わざわざ声色まで変えて、役の作り込みが半端ない……すごいぞ、シャーリー！）

どちらかと言えば不器用なほうだと思っていたのだが、どうやらシャーリーには演技の才能があるらしい。だが、こうも完璧に演じられると、意地悪したくなるのが人情というものだ。

「姉上……姉上の声を聞いていると興奮しちゃって、抱きたくなってきました」

俺は、わざと切なげな声を出した。

途端に扉の向こうで、彼女が慌て始める。ガタガタガタと後退るような足音も聞こえてきた。

「な、な、な、なにを言ってるのだ、わ、我が弟よ！」

（あはは、めちゃくちゃ照れてる、やっぱり、シャーリーは可愛いなぁ）

「いいじゃありませんか！　姉上、愛しているのです！」

「ひっ!?　ア、アタシたちは、じ、実の姉弟なのだぞ！」

（おー、すごいな、シャーリー！　迫真の演技じゃないか！）

「そんなの関係ない。俺が愛しているのは姉上だけなんだ！」

「はぅん!?　ダメだ、ダメだ、ダメだ！　お、お、お前には、これから成さねばならない大望があるだろうが！　よ、よ、欲望に流されてどうする！」

（大望って……まあ、始めちゃったら、明日の授業に差し障るぐらいやっちゃいかねないしな）

「仕方ない……うん、我慢するよ、切ないけど」

「くっ……な、なんといじらしいのだ、我が弟よ！　わ、わかった、いいだろう。我らが悲願を成し遂げたその暁には、お前のその愛を受け入れ、妻としてお前に寄り添おう。姉弟だからと世間に後ろ指をさされようとアタシはかまわん」

(なんか、すごい大袈裟な設定だなぁ……悲願って)

「と、とにかく、お前とアタシの関係を悟られぬように慎重にな」

「ああ、そうだね」

俺がそう返事をすると、扉の向こうで足音がパタパタと遠ざかっていく。

(あれ？　どこ行っちゃったんだ？　ああ、そうか……恥ずかしくなっちゃったのか)

俺は苦笑しながら、あらためてベッドに横たわった。


アタシは、与えられた自室に駆け込んで鍵をかけると、ベッドの上へとダイブした。

「お、お、お、弟よぉおお！　ま、まさか、この姉にあんな劣情を抱いていたなんて！」

思い出せば、頭が沸騰しそうになる。血の繋がった姉弟の禁断の愛。幼い頃には「おねえたん、おねえたん」と後をついて回っていたのに、ここ数年、アタシに素っ気ない態度をとっていたのは、意識しすぎた結果、好きな女の子には意地悪してしまうという伝説のアレだったたに違いない。

（今まで散々、ちんちくりんだの、お子様体型だの、嫁の貰い手がないだのと、アタシを揶揄《からか》ってきたのは、照れ隠しだったということかぁあああ！）

「うはぁっ、う、あ、あ、あ、うほぉおおお！」

あまりの恥ずかしさに、アタシはベッドの上で、バタンバタンと独り身悶える。

そして、ひとしきり暴れまわった後、アタシは覚悟を決めた。

「よ、よ、よかろう！　姉は、ぜ、全力を尽くそうではないか、イムレ、お、お前の愛に、こ、応えるために！」

アタシは、千切れそうなほどに強く枕を抱きしめながら、そう誓ったのである。

第十章　俺がオズマだ

オリエンテーションの翌日。午前の授業は、精霊魔法の基礎の基礎を座学で。

アルメイダ先生の講義は、俺にとって目新しい話も多かったが、恐らく大半の生徒にとっては、一般常識の範疇だったのだろう。退屈そうにしている者も多かった。

そして、迎えた昼休み。

俺たちがザワザワと騒《と》がしい食堂に足を踏み入れると、アーヴィン姫殿下が窓の外を眺めながら、独りで食事を取っているのが見えた。

混みあう食堂の一角。彼女のいるその周囲だけが、人を払う魔法でもかかっているかのように空席で、なんとも寒々しい雰囲気を醸し出している。

「……痛々しいな」

「ほんとだね」

俺の無意識の呟きに、隣に座ったザザがコクコクと頷いた。

俺の時代の常識でいえば、王族が他の学生と同じ食堂で昼食を取っているという時点でありえない話である。だが、もし仮にそういうことがあったとしたら、きっと王族に取り入ろうとする連中で、周囲の席は奪い合いになっていたことだろう。

特に相手が姫であれば尚更、婿入りの可能性を探って、貴族の子弟による盛大なアピール合戦が展開されていたはずだ。

「仕方ないよね。アルルさん、昇級しちゃったから……」

そう口にしたのは、午前の授業の間にクロエと仲良くなったという女の子。確か、ミュシャといっただろうか。頭の左右で結んだ茶色の髪が特徴的な、人懐こい雰囲気の女の子だ。実に意外なことに、彼女はあのオールバックのキコのバディなのだという。

今は、このミュシャと俺、ザザ、クロエの四人で一つのテーブルを囲んでいた。

「アルルさん？」

クロエが首を傾げると、ミュシャが言葉を継ぐ。

「姫殿下のバディだった人。この間の試験で昇級しちゃったの。姫殿下とは属性も違うし、成績も良かったんだけど、仲良しの姫殿下に付き合って、わざと最下級クラスにいたみたいな感じかな」

「へぇ……それで独りぼっちか。それにしたって、男連中がもうちょっとちやほやしたって良さそうなもんだけど」

俺がそう口にすると、ザザが齧《かじ》ったパンをゴクリと呑み込んで苦笑する。

「この国の王家は、ちょっと特殊だからね」

「特殊？」

「ほら、王族はまず婚姻とかって関係ないじゃん。精霊王と契って子孫を残すわけだし、婿入りの可能性もない時点で、打算だろうが、本気の恋愛だろうが意味ないってこと」

ザザのその言葉に続いて、クロエが言葉を重ねる。

「次期女王陛下はフレデリカ姫殿下ですし、打算で考えてしまえば、アーヴィン姫殿下に取り入っても、さして旨味はないという感じでしょうか……」

「どっちかっていうと、リスクのほうが大きいかも。睨まれでもしたらマイナスだしね。姫殿下ご自身が、ちょっと投げやりになっちゃってる感じだから、雰囲気も良くないし……」

そう言いながら、ミュシャが憐れむような視線を姫殿下へと向け、俺も釣られるようにそちらへと目を向けた。

「投げやりになってるって……炎属性だからか？」

「それが一番大きいかなぁ……なにやっても無駄って感じで。あとは、やっぱりフレデリカ姫殿下と比べられちゃうのがね……」

おっとりとした丸顔が、俺の脳裏を過《よぎ》る。

「フレデリカ姫殿下って、精霊魔法の天才だからね。実質、この学園の運営方針決めてるのも学生会長のフレデリカ姫殿下だし……」

正直驚いた。おっとりした世間知らず、フレデリカ姫殿下にはそんな印象を持っていたからだ。

まあ、ついでにエロいイメージもあるのだが……。

俺はあらためて、アーヴィン姫殿下へと視線を向ける。

最初の印象どおり飛びぬけた美人だが、鋭利な刃物を思わせる冷たい雰囲気が、より一層周囲に人を寄せつけないような空気を醸し出していた。


午後からは校庭に出て、バディ単位で精霊魔法の自主訓練。

アルメイダ先生がすぐ傍に控えてはいるが、基本的には互いに教え合って、魔法の練度を上げるということらしかった。

（いきなり自主訓練って……いくらなんでも手抜きじゃないか？）

実践的といえば実践的ではあるのだが、アカデミーに入学できる時点で、それなりに実力のある生徒ばかりだから、こんな乱暴なやり方が通用するのだろう。精霊魔法に関して、全くの初心者である俺としては、正直辛いところである。

校庭の片隅に移動して、俺はアーヴィン姫殿下と二人きりになる。

長い黒髪が風に揺れ、陽光にツリ目気味な瞳を細めながら、彼女は俺に明らかに敵意の混じった視線を向けてきた。

(……あからさまに警戒されてるなぁ)

俺としては、苦笑するしかない。

孕ませるの孕ませないのと、確かに第一印象は最悪といってもいい。女王陛下には無理強いすることは許さないと言ったのだが、彼女にもちゃんとそれが伝わっているのだろうか？

「えーと……姫殿下？　同じ炎属性同士仲良くやりましょう」

「嫌よ」

はっきりと拒絶されたわけだが、そんなことで怯んではいられない。帝国軍に四方を包囲された時に比べれば、全然大したことはない。俺は、聞こえなかったフリをして話を続ける。

「それで……できたら精霊魔法を教えてもらえたら嬉しいなーなんて、思ったりして……」

するとと、彼女は腕を組んで、プイとそっぽを向いた。

「うるさい、色魔」

「…………」

取りつく島もない。

（なんだろうなぁ……俺、アーヴィン姫殿下には、何もしてないと思うんだけど）

だが、感情は態度に表れる。

腕組みをするのは拒絶の証し。話し合いの席で相手が腕組みしているのなら、大抵それは受け入れがたいと思っていると考えていい。

（さて……どうしようか）

嫌われるのは別に構わないが、精霊魔法の修得に遅れが生じるのは、できれば避けたい。

（押してダメなら引いてみるか？　余計に嫌われそうだけど……まあしょうがないよな）

「あ、正直姫殿下には興味ないんで。精霊魔法の基礎的なことだけ教えてくれたら、後は勝手にやるから」

「興味……ない？　わ、私に興味がないですって！」

「うん、はっきり言っちゃうと、あんまり自意識過剰な女の子は好きじゃないんだよね」

「じ……自意識、か、過剰？」

姫殿下は、ヒクヒクと頬を引き攣らせた。

「だってそうでしょ？　全然興味のない子に、まるで狙ってるみたいに言われると、俺としては心外としか言いようがないわけで」

「……そ、そんなこと言って、私の気を引こうとしたって」

「ほら、そういうとこが、自意識過剰なんだってば」

「むぅうう……！」

前世では貴族の子弟を部下として使うことも多かったのだが、散々ちやほやされて育ってきた連中は、自分の実力を過大評価して尊大に振る舞うケースが多い。

そんな連中は、お前になんか興味ないと、路傍の石みたいに扱ってやれば、あっさりと突っかかってくるのだ。

そこで叩きのめして、上下関係を叩き込むというのが、前世での俺の常套手段だった。

もちろん、流石に姫殿下を叩きのめすわけにはいかないし、それ以前に王族相手にその口の利き方はどうなのかとは思うが、女王陛下に啖呵を切って以来、正直、遠慮はなくなっている。

姫殿下の場合、自分の実力を過大評価しているというわけではなさそうだが、とにかく会話に持ち込むという意味では上手くいった。

「なに？　興味持ってほしいの？」

俺が揶揄《からか》うようにそう口にすると、姫殿下は、ツリ目気味の瞳を大きく見開いて声を荒げる。

「バ、バカなこと言わないで！　いいわよ！　そこまで言うんなら教えてあげるわよ！　せいぜい感謝なさい！」

「ちゃんと教えてくれるなら、もちろん感謝するよ」

「ア、アンタに感謝されたって、嬉しくも何ともないわよ！」

「感謝しろって言ったのに……」

俺としては、苦笑するしかない。

だが、彼女は仏頂面《ぶっちょうづら》で、なげやりにこう呟いた。

「でも、いくらやったって無駄よ。炎属性なんだから……。いくら精霊力上げたって、扱い方覚えたって、中位精霊止まりだもの」

（あー……やっぱり、そこが問題なのか……）

報われないと思い込んでしまえば、人は意欲を失う。無力感に囚われてしまえば、努力を重ねることは苦痛でしかない。

（ま、そんな若者に希望を与えるのも、大人の役目だよな）

俺は肩をすくめる。

見た目は同年代だが、中身はおっさんなのだ。俺から見れば、姫殿下だって尻の青い子供みたいなものだ。ちゃんと手を引いて導いてやるのが、大人の責任だろう。

「炎属性だから意味ないねぇ……知ってるとは思うけれど、俺は前世でずっと魔法の研究をしてたんだが、不可能だとか、無理だとか言われてきたことも、絶対突破口ってあったんだよな。これは建前じゃなくて俺の経験」

「突破口？　バカじゃないの？　あるわけないでしょ、そんなの！　上位精霊が存在しないのよ？」

「そこだよ。なんで存在しない？　なんでそう言い切れる？　俺は上位精霊が存在しないっていうのも疑ってるし、もし本当に存在しなくても、やりようはいくらでもあるさ」

「……口では好きなように言えるわよ」

呆れ顔で肩をすくめる姫殿下。

やさぐれてる。拗ねてしまっている。諦めてしまっている。彼女は、本当に何をやっても無駄だと、そう思っている。

生前、俺はこういう顔を見飽きるほどに見てきた。

戦況が悪い時の兵士は、大抵こんな顔をする。

だが、気持ちで負ければ、勝てるものも勝てなくなる。

だからそんな時、俺は自信たっぷりに、こう言ってやることにしていた。

「お前と一緒にすんな」

胸を張り、目を見据え、根拠のない自信を自分の中で捏造し、俺は親指を立てて、自分自身の胸元を指し示す。

「俺は、紅蓮のオズマだ!」

一瞬、呆気に囚われたような表情を浮かべる姫殿下。

「バカじゃないの……」

うん、俺もそう思う。本当に柄でもない。

だが、そんな憎まれ口を叩く彼女の口元は、微かに綻んでいた。

「精霊魔法は、精霊の力を精霊界から引っ張り出すことで発動するの」

姫殿下が人差し指を立てて、説明を始める。

雰囲気は未だによそよそしいが、とりあえずは俺に、精霊魔法の基礎を教えてくれる気になったらしい。

「下位精霊と中位精霊の違いは、威力だけだと思っていいわ」

「威力？」

「炎属性の場合は、引っ張り出した炎の火力ってこと。昨日、精霊を宿したばかりなら、今日はとりあえず引っ張り出す練習かしら？」

「ああ、それは大丈夫」

俺が掌の上に炎を引っ張り出すと、姫殿下は目を丸くした。

「え!?　き、昨日、宿したんじゃないの？」

「うん、儀式が終わってすぐやってみたらできたから……」

すると、姫殿下は口元をひくつかせる。

「……出鱈目《でたらめ》すぎるでしょ、アンタ」

「いや、まだ炎をこうやって掌の上で燃やせるだけだし……で、炎属性には、どんな種類の魔法があるんだ？」

「種類？」

姫殿下が、きょとんとした顔をして首を傾げた。

「例えば、一口に炎っていっても、火球とか色んな種類の魔法があるんだろ？」

「何言ってんのかよくわからないけど……形はイメージ次第だもの、特に区別なんてないし、威力は下位精霊の力を借りるのか、中位精霊の力を借りるのかで変わるから……」

そう言いながら、姫殿下は掌から引っ張り出した炎を、環状に変形させて宙に浮かべる。

(なるほど……従来の魔法の『火球《ファイアボール》』や『火炎幕《フレイムカーテン》』みたいに、一つ一つ別の魔法じゃないってことか。イメージによって『火球《ファイアボール》』にもなるし、『火炎幕《フレイムカーテン》』にもなるという捉え方でいいのかな……)

「あと、精霊魔法を取り扱う上で把握しておいたほうがいいのは、身に宿った精霊は、宿主を傷つけることは絶対ないってこと」

そう言いながら、姫殿下が宙に浮いた炎の輪を素手で摑んで、俺は思わず目を剝いた。

「だ、大丈夫なのか、それ?」

「ええ、心配ないわ。でも、アンタが私の炎に触れたら火傷するから触らないで」

「なるほど」

考えてみれば、俺の掌の上で燃え盛っている炎も、全く熱くない。

「一度形を決めた炎はそれ以上変形できないし、一度動きを決めても同じ」

姫殿下は、炎の輪をかき消すと再び炎を引っ張り出し、それを自分の拳に纏わせる。

「熱くないから、こうやって身に纏わせることだってできるの」

「おおっ!? すごいっ!」

彼女の拳を包んで燃え盛る炎。それを目にして、俺は思わず興奮気味に声を上げた。

奇しくも、炎を拳に纏わせる魔法。それは、俺が前世で近接戦闘用に開発しようとして、断念した魔法だったからだ。

（そんなに簡単に……俺のあの苦労は何だったんだ……）

興奮する俺の様子を目にして、姫殿下は肩をすくめる。

「そんな大袈裟な……」

「いや、マジですごいんだって！　俺、前世で同じことをしようとして、何度も何度も失敗してるんだってば！」

「ふ、ふーん……そうなんだ？」

「そ、それ！　やり方教えてほしい！」

俺が勢い良く詰め寄ると、姫殿下がわずかに身を反らす。

「そ、それは、まあいいけど……近い！　近いってば！」

（そんなこと言われても、興奮するに決まってるだろ！　なにせ男の子の夢だからな！　前世では『炎　拳《バーニングナックル》』とか、名前まで決めてたのに果たせなかったんだから！）

姫殿下は、慌ただしく後退って俺から距離を取ると、炎を消して髪を掻き上げた。

「ふう……あと説明することって……上位精霊のことぐらいだけど」

彼女は、俄《にわか》に表情を曇らせる。

「炎属性に、上位精霊は存在しないってことになってるんだよな。接触しようとしたことはないのか？」

するとて彼女は、大袈裟に肩をすくめた。

「それ以前の問題ね。精霊力は四五〇だし……私。中位精霊に接触するだけなら、それで充分だから……」

「そうか……他の属性のことでも良いんだが、上位精霊も威力の違いだけなのか？」

するとて、姫殿下は静かに首を振った。

「全然違うわ。中位精霊までは、力を引っ張り出す。要は使役するって考え方。でも、上位精霊には、お願いして、その力の一端を与えてもらうの」

「一端？」

「そう、上位精霊が、その人に合った固有魔法を与えてくれるのよ。世界に一つだけ、その人だけが使える魔法を」

彼女の表情には、どこか寂しげな雰囲気が見え隠れする。

「例えば、フレデリカ姉さんなら『スプラッシュムーブ』。水から水へ自由に移動する魔法ね。シャーリーは、確か『ライディーン』。紫電を武器に纏わせる魔法だったと思うけれど……あの魔法のおかげで、彼女は第二席に上りつめたようなものよ。剣を合わせたら感電して昏倒してしまうのだから、普通の騎士じゃまず勝てないわ」

俺は、街中の食堂でシャーリーが展開した魔法を思い起こす。

（なるほど……あれは固有魔法だったんだな）

雷撃系の魔法は、前世の頃からどうにも相性が悪いので、教えてもらおうとも思わなかったが、教えられてどうこうできるものでもなかったらしい。

（単純に威力がどうのこうのという以上に、上位精霊と接触できるかどうかが重要なわけだ。自分専用の魔法が使えるかどうかって話だもんな）

そんなことを考えていると「あ、悪い、手元が狂った」、背後からそんな声が聞こえてきた。

慌てて振り向けば、落ち葉を巻き上げながら、環状に渦巻く風の刃がこちらへ向かって飛んでくるのが見える。

（旋風刃《エアカッター》か！）

流石に避けるのは間に合わない。飛びのいて躱そうにも俺の背後、射線上には姫殿下がいる。

（仕方がない！　吹っ飛ばすか！）

俺が、『火炎幕《フレイムカーテン》』を展開しようと腕を振り上げたその瞬間、突然、目の前の地面が盛り上がって、瞬時に壁を形作った。

土の壁に、風の刃がぶつかる鈍い音が響く。

「な、なんだ？」

慌てて周囲を見回せば、トマスがこちらに向かって手を翳《かざ》しているのが見えた。

（土系統の魔法ってことか……）

どうやら、彼が助けてくれたということらしい。正直助かった。ここで従来の魔法を使ってしまったら、大騒動になりかねない。俺がオズマであることは絶対に秘密なのだ。

「助かったよ！　ありがとな！」

そう声を張り上げると、トマスはプイとそっぽを向いた。

（……恥ずかしがり屋さんめ）

俺が思わず苦笑するのとほぼ同時に、壁がガラガラと崩れ落ちる。その向こうで、アマンダがキコに詰め寄っているのが見えた。

「ちょっとアナタ、いくらなんでも不注意で済まされませんわよ！」

キンキンと甲高い声を上げてアマンダが詰め寄り、キコは「あーわりぃわりぃ」と面倒臭そうにそれをあしらっている。

「一歩間違えば、姫殿下にお怪我をさせるところでしたのよ！」

態度の悪さにアマンダが声を荒げると、キコは腹立たしげに声を荒げた。

「悪かったたって言ってんだろうが！」

額を突きつけるように睨みあう二人。そんな二人の間でキコのバディのミュシャが、視線を往復させながらオロオロしていた。

「や、やめ……お、落ち着いてってば、二人とも」

そうこうする内に、慌ただしくアルメイダ先生が間に入って、アマンダが憤然と足を踏み鳴らしながら、トマスのほうへと帰っていく。

キコは先生に説教されていたようだが、どうみても軽く聞き流していた。

（アマンダって、ああ見えて正義感が強いんだな）

昨日は階級意識の強さばかりが目立っていたが、今日はちょっと好ましく思えた。

それにしても、キコには随分敵視されているらしい。原因は何となく想像できるが、注意は必要だろう。

この先もまだ嫌がらせをしてくるようであれば、それなりに対応する必要がある。

子供の負けん気は微笑ましいが、度を越せばお仕置きは必要だ。

(とりあえず従来の魔法を使うことなく、風系統の魔法をやり過ごす方法を考えといたほうが良さそうだな)

「なあ、姫殿下」

「いい加減、姫殿下はやめてくれないかしら」

「じゃ、アーヴィン」

「呼び捨て!? 極端なのよ、アンタ! ま……まあいいわ。それで、何?」

「さっきみたいな精霊魔法の攻撃を受けるとして、アーヴィンならどう対処する?」

すると、彼女は腕組みをして考え込む。

「そうね……炎属性って、守りには全然向いてないの。だから……」

次の瞬間、ブーツの底から激しく炎を噴き出して、彼女は宙へと舞い上がった。

「こうやって避けるかしら」

「……マ、マジかよ」

俺は呆然と呟く。

魔法で空を飛ぶなんて聞いたこともない。翼もないのに空を飛んで、しかも宙に留まっているなんていうのは、俺にしてみればあまりにも革命的だった。

(なんだよ、炎属性、最高じゃないか！)

興奮しながら再び彼女を見上げて、俺は「あ」という間抜けな声と共に、思わず表情を強張《こわば》らせる。

「えーと……あの、その……アーヴィン。わ、わかったから、早く下りたほうがいいんじゃないかな？」

「何で？　気持ち良いわよ。私、こうやって飛ぶのは好きよ」

「うん、それは良いんだけどさ、その……スカートで飛ぶのは……」

俺がそう口にした途端、アーヴィンは顔を赤らめて慌ただしくスカートを押さえつける。そして、無言で地に降り立った彼女は、眉をひくつかせながら俺を睨みつけた。

「見、見たわね……」

「見てないです」

折角仲良くなれたと思ったのに、以降、その日は一日中、彼女に口を利いてもらえなかった。

ちなみに……白だった。


「一応、火球を放つところまでは、何とかね」

「流石、私の旦那さまです。精霊を宿した翌日に、特定の形にして放つことができた者など、これまで聞いたこともありません」

シャーリーと一緒に湯船に浸かりながら、今日の授業についての話をする。

結局あの後、午後の授業が終わるまで、アーヴィンはそっぽを向いたまま。無理に話しかければ炎の精霊魔法が飛んできそうなぐらいの雰囲気はあった。

多少の理不尽さを感じるが、一国の姫のスカートの中を目にしてしまったのだから、それはそれで罪深いことのようにも思える。

仕方なく手探りで自主訓練に勤しんだ結果、どうにか引っ張り出した炎を火球の形に成形して撃ち出すところまではできた。

とはいえ、従来の魔法『火球《ファイアボール》』よりも威力は低いし、速度も遅い。修得する意味があるかどうかと言われると、ちょっと言葉に詰まる。

「アーヴィン……明日は機嫌直ってると良いんだけど……」

「うふふ」

突然、含むような笑い方をしたシャーリーに、俺は首を傾げる。

「なに？」

「いっそのこと、アーヴィン姫殿下も娶《めと》ってしまってはいかがですか？　そうすれば、アカデミー外でも一緒に訓練できます」

「無茶言わないでくれよ……」

昨日で多少軟化したとはいえ、最初に会った時から彼女の態度は一貫して『寄るな、触るな、近寄るな』である。

確かに彼女は飛び抜けた美人だし、将来彼女を娶《めと》る者は、さぞ幸せなんだろうとも思うけれど、だからと言って無理強いするつもりはない。

「姫殿下は多分、殿方に免疫がないだけです。むしろものすごく意識しておられるような気がしますけれど……」

アカデミーには他にも男子生徒はいる。流石に免疫がないということはないだろう。

「いや……俺には、シャーリーがいるし」

「そんなことを言われてしまったら……我慢できなくなってしまいます」

浴槽のへりを枕に身を伸ばす俺。その首筋に頬を寄せ、うっとりともたれかかってくるシャーリー。お湯に濡れた白い肌、柔らかな膨らみを湯が滴り落ちる光景に、抗いがたい欲望が押し寄せてくる。

「我慢する必要があるか？」

「……ありませんね」

初めてシャーリーを抱いた夜、あの日の狂乱は確かに媚薬のせいだった。だが、媚薬云々を脇に置いておいたとしても、覚えたてのセックスはあまりにも中毒性が高すぎる。

俺にとっても、彼女にとっても。

シャーリーは恥じらうような表情のままにお湯の中から立ち上がり、俺のほうへと身を向ける。視界いっぱいに彼女の下腹部が広がって、俺は躊躇うこともなく、それを凝視した。

だが、それも一瞬のこと、彼女は恥じらうような微笑みを浮かべながら、俺の腰に跨がってお湯の中に身を沈める。温められて張り詰めた股間、その先端に触れる、お湯とは違う液体で潤んだ膣肉、その感触が俺を盛大に昂《たか》ぶらせた。

「んっ……んっぁ……」

引き攣るような感触とともに、彼女の膣穴が俺のモノを呑み込んでいく。そして、根元まで肉棒を呑み込みきったその瞬間、電流でも流されたかのように彼女の肢体がビクンと跳ねて、湯船が大きく波立った。

「ひぅっ!?　こ、この体勢、い、いつもと違うところに当たって……」

歯を食いしばるシャーリー、その眉間にかすかに皺が寄って、俺の首へとしがみつく彼女の腕に力が籠もる。強張《こわば》る身体とは裏腹に、膣内は尋常でないほどに、ビクビクと小刻みな蠕動《ぜんどう》を繰り返していた。

「まさか、シャーリー、挿《い》れただけでイっちゃいそうになってる?」

「は、はい、旦那さまの逞しいモノが入ってるんだって思うと……」

お湯が波立つのを気にしながら、シャーリーはお尻をくいっくいっと前後させて、小さく抜き差しを繰り返し始める。

「んっ、んっ、あっ、あっ、あん……やぁん、お湯が零れてしまいますぅ」

言葉とは裏腹に、シャーリーの腰使いは徐々にエスカレートしていく。いつの間にか、彼女

はぐりんっぐりんっと、形のいいお尻を大きく揺すって、湯船に大きな波を引き起こしていた。

「あっ、あっ、あっ、いいっ、おち○ちん、す、すごく、き、きもちぃいですぅ」

彼女が身を揺するたびに湯面が揺れ、大きな音を立てて湯船からお湯が零れ落ちる。最初の内はそれを気にしていたシャーリーもいつの間にやらお構いなし。夢中になって腰を動かしていた。

「旦那さまぁ、もっとぉ、もっと突き上げてぇ……」

蕩け顔でおねだりしてくるシャーリーの可愛さに、いてもたってもいられなくなって、俺は彼女の括《くび》れた腰を捕まえると、下から激しく突き上げ始めた。

「あん、ひぃいん、や、やん!?　旦那さまぁ、すごぃい、あん、あぁん、ああんっ！」

彼女は、溺れる子供のように俺の頭を抱きかかえ、濡れた柔らかなふくらみが俺の頬を挟み込む。頭がくらくらするのは、のぼせたせいか、彼女のせいか。

俺は、半ば無意識にお湯に濡れた彼女の乳首に吸いついた。ちゅうちゅうと吸い上げてやると彼女は一気に乱れる。

「ひゃぁん!?　お、おっぱい、だめです、今吸われるのだめぇぇ！」

ダメだと言われてもやめられない。卑猥な舌使いで硬くしこった乳頭を舐め転がしてやると、彼女は切羽詰まった声を上げた。

「んぁ、イ、イっちゃう、イっちゃう！　やぁん、旦那さまをイかせてさしあげたいのにぃ！やぁん、イっちゃうぅぅぅ！」

「イっていい！　俺も、もうイクから！」

互いの身体を強く抱きしめ合いながら、俺たちは互いに腰を叩きつける。抽送は加速度的に激しくなって、熱く潤んだ彼女の胎内に、破裂寸前の勃起がひときわ深く喰い込んだ。

「ひあっ！」

弾みで亀頭が勢い良く子宮口をくじると、彼女は目を見開いて大きく身を仰け反らせる。その刺激は強すぎた。俺にとっても彼女にとっても。

びゅるっ！　びゅるるるっ！　びゅるっ！

肉棒が激しく律動し、内臓を引っ張り出されるような感覚を尿道に残して、灼熱の迸《ほとばし》りが彼女の胎内へと溢れ出す。

「イ、イクっ、イくぅううううっ！」

同時に、シャーリーは獣じみた声を上げながら身を仰け反らせ、小刻みに身を震わせた。

膣肉がぎゅぎゅっと俺のモノを締めつけ、まるで吐き出される精液を、残らず子宮へ取り込もうとしているかのように蠢く。

彼女の身を強く抱きしめながら、胎内へドクドクと精を放ち続け、やがて悩ましい吐息とともに身体を弛緩させた。

（そういえば、フレデリカ姫に襲われたのもここだったよな。こんなに興奮するのって、やっぱりお湯で体温が上がってるせいなんだろうか？　前回は、お湯に拘束されて無理やりって感じだったけど……）

そう考えた途端、俺の頭の片隅に、何かが引っかかった。

（お湯に拘束される……拘束？　あれ？　どういうことだ？）

俺が思わず考え込む素振りを見せると、シャーリーが快楽を頬に宿したまま、俺の顔を覗き込んでくる。

「もしかして……気持ち良くなかったですか？」

「そんなわけないだろ」

苦笑しながら、俺は彼女に口づける。そのまま啄《ついば》むように口づけを交わしながら、俺は彼女の耳元へと囁きかけた。

「続きは、ベッドに移動してからだな」

「もう……旦那さまったら」

シャーリーは、恥じらいながらも満更でもないような顔をする。

ポカポカと温かいのは、彼女の体温と湯に温められているから……それだけではないだろう。

（こういうのを、幸せっていうんだろうな……）

戦争と研究に明け暮れた前世では、望むべくもない温かな感情に、俺は静かに口元を弛めた。


「それでは姫殿下、御髪《おぐし》のお手入れを」

「ええ、お願い」

メイドのミュウミュウが、丁寧に私の髪を梳《す》き始めた。

目の前の鏡に映る私の表情は冴えない。夜着に着替え、後は床に就くだけなのだが、どうにも落ち着かない心持ちである。

この後宮に居を移して、既に数日が経過していた。

だが今日になって、北棟と東棟の違いはあれど、同じ敷地内にあの男がいるということを、妙に意識してしまっている。

女と見れば見境のない色魔。これまで史学で学んできたオズマは、そうとしか表現のしようがなかった。

フレデリカ姉さんは、憧れの大英雄などという言い方をしていたが、とんでもない。

男女の関係は、精神的な結びつきが大事なのだ。ただ貪欲なだけの男はいかに強かろうと、偉かろうと、蔑む対象でしかない。そう思っていたし、今もそれは変わらない。

だが、今日接した限りでは、あの男は私が聞かされてきた伝説の大英雄とは似ても似つかない人格の持ち主だった。

最初はそういうフリをしているだけ。女を堕とすための常套手段だろうと疑っていたのだが、どうにもそうとは思えなかった。というか、摑みどころがないというのが正直なところ。

精霊魔法を目にした時のはしゃぎっぷりは、無邪気な子供のようなのに、「俺がオズマだ」と言い放った時は、頼りになる大人のようでもあった。

はしゃぐ彼を目にして「かわいいかも」と思った瞬間にその感情を全力で否定し、男らしく言い放つ彼を目にして「かっこいいかも」と思った瞬間に、慌ててその感情を打ち消した。騙《だま》されてはいけないと。

なのに……妙に気になるのだ。

思わず溜め息を漏らすと、鏡ごしに、ミュウミュウが子供のような童顔でニッコリと微笑む。

「姫殿下、シャーリーさまからお伺いしましたが、オズマさまのバディになられたそうでぇ……」

「ええ、不本意ですけれど」

「不本意でございますかぁ？　おめでたいことだと思いますけれどぉ」

「どこがよ……あんな色魔が傍にいるなんて、身の危険を感じるばかりだわ」

「はあ、そうは仰いますけれどぉ、バディと申せば、ほぼ嫁入りを済ませたようなものでございますしぃ……」

「はぁっ!?」

私は、思わず声を上げる。

「バ、バカなこと言わないで！　便宜的にバディを組んでいるだけ！　それ以上でも、それ以下でもないから！」

「今はそうかもしれませんけれどぉ、御存じのとおり、恋愛結婚される貴族のお相手は、大半がアカデミーでバディであった方だと聞きますしぃ、お互いを支え合っているうちに、いつしか互いに愛情が芽生えてしまうのは、避けられないようでございますからぁ」

御存じのとおりといわれても、そんな話は初めて聞いた。

(貴族の恋愛結婚の相手はバディ？　そうなの？)

戸惑う私に、ミュウミュウは、追い打ちを掛けるかのように囁きかけてくる。

「それも、炎属性はアカデミーでもお二人だけだというではありませんかぁ……そんなのもう、運命としか言いようがございません。本当にロマンティックですぅ」

ミュウミュウは櫛を手にしたまま、いやんいやんと身を捩《よじ》る。

(う、運命……そ、そうなのかしら？　ロ、ロマンティック……なのかな……)

動揺が止まらない。心臓が強く脈打って、息苦しさを感じる。

「ミュウミュウは、姫殿下がオズマさまとどんなロマンティックな恋愛をされるのかぁ、すごくドキドキいたしますぅ」

「や、やめなさい、そ、そ、そんなこと絶対にな、ないから……」

精霊王との契りを免除される今代。できることならば素敵な恋をして、愛のある結婚をしたい。確かにそう思ってはいるが、オズマだけはあり得ない。そんなことになってしまったら、お母さまの思う壺だ。既にシャーリーを娶《めと》ったと聞いているし、二人目の妻なんて全く冗談ではない。

「皆さま、そう仰るんですよぉ、最初は。でも、よぉくお考えください。嫌いだと思っていた相手が、一つのきっかけで大好きになるとかぁ、実は、運命の相手だったなんてぇ……恋愛物語では定番の展開でございますしぃ」

動悸を抑えようと胸元に手を当てる私に、彼女は鏡ごしに微笑み、楽しげにそう言った。

一夜明けて、午前中は昨日同様、座学による精霊魔法基礎の授業。午後も昨日に引き続き、校庭に出ての自主訓練である。

手抜きなようにも思えるのだが、編入生を迎え入れた後の一週間は、毎回この形式だ。生徒たちの自主性と独創性を育むのと同時に、バディとの関係性を深めるために、あえてこんなやり方をしているのだと、フレデリカ姉さんからはそう聞いている。

(関係性ってそんなに重要かしら……。バディ同士で結婚することが多いのって、この期間のせいなんじゃないの？)

今まで男の子とバディを組んだことなんてなかったから、気にしたことなんてなかったけれど、たぶんそうなのだと思う。

(ミュウミュウが変なこと言い出すから……もう！　わ……私は、そんなことぐらいで好きになったりなんかしないんだから！　みんな、チョロすぎるのよ。本当の恋愛ってもっと、ほら、もっと、なんかすごいものなんだから！)

そんなことを考えながら、ぐるりと周囲を見回すと、オズマは水属性の女の子たちに囲まれて親しげに談笑している。

(あの女ったらし……)

別にどうでもいいのだけれど、バディの私を蔑ろにして、他の女の子相手にデレデレしてるのは、なんとなく腹立たしい。別にどうでもいいのだけれど!

軽く唇を尖らせるとそんな私の様子に気づいたのか、オズマが「あっ、やべぇ」みたいな顔をして、こちらの方へと駆けてくる。

「ごめん、お待たせ」

「待ってない」

私がプイと顔を背けると、彼はきょとんとした顔をして、正面に回り込んできた。

「悪かったってば」

「うるさい、死ね」

呼び捨てにするのを許したら、この馴れ馴れしさ。それどころか、子ども扱いされているかのような物言いが酷く腹立たしい。

「なんか、眠そうだな」

「関係ないでしょ!」

いったい、誰のせいで寝不足になっていると思っているのだ。

確かにこの男は、事前に持っていたオズマのイメージとは随分違う。偽物なんじゃないかと思うぐらいに。

だが、私は騙されてなんかやらない。男なんてみんな狼。とりわけ、オズマは狼の中の狼だ。この人畜無害そうな態度も、きっと演技に違いない。気を許したら、即座に孕まされるに決まっている。

属性のせいでバディになってしまったのは、百歩譲って仕方ないとしてもそれはそれ、これはこれ。きっちり距離を取っておかないと。

「いいから！　さっさと訓練始めるわよ」

私ができるだけそっけなくそう告げると、オズマはニコニコと上機嫌に口を開く。

「その前にさ、見てくれよ。昨日風呂に入っている時に思いついて、今朝、試しにやってみたらできたんだけど……」

そう言いながら、彼は掌から引っ張り出した炎を階段状に形成した。

「階段？」

五段程度の階段。なんでそんな形にしたのかはわからないけれど、昨日の訓練の最後に、やっと球形にして飛ばすことができたという段階から、一夜にしてこれだけ複雑な形を作れるようになったというのなら、とんでもない進歩だ。

そもそも、普通なら精霊を宿してから火球を形成できるようになるまで、どれだけ早くても二週間はかかる。この辺りは、なんだかんだ言っても、流石は大英雄といったところだろうか。

精霊魔法の修得速度が、呆れるほどに速い。

（……イメージすることに慣れてるのかしら？）

きっとそうだろう。古代語魔法がどんなものかはわからないが、イメージすることで形成するという工程が精霊魔法と同じなら、この修得速度にも納得がいく。

「はいはい、すごいすごい。いいから早く始めるわよ」

私が、内心の驚きを隠しながら興味なさげに手をヒラヒラさせると、オズマはいきなり、その階段を上り始めた。

私は、思わず呆気にとられる。

目の前で起こった出来事が、頭の中で上手く処理できなかった。

「は？　えっ？　ふぇぇぇぇぇぇえっっ!?」

そして、一拍の沈黙の後に、思わず素っ頓狂な声を上げた。

(ほ、炎の上に乗ってる!?　……なにそれ？　どうなってんの？)

目を丸くして狼狽える私に、オズマが悪戯を成功させた子供のような顔をする。

「あはは！　ビックリした？　実はさ、炎に質量を持たせることができたんだよね」

「し、質量……って、ぇぇぇぇえっ!?　そ、そ、それってつまり、ほ、炎を固体として扱えるってこと!?」

「うん」

(うんじゃないわよ！　何それ!?)

もちろん、そんなの見たことも、聞いたこともない。

「ほら、昨日キコに攻撃された時にさ。炎属性って守りに向いてないって話をしただろ？　それで、なにか上手く防御する方法ないかなって、考えてたんだけど……風呂に入ってる時にさ、ちょっと思い当たることがあって。この方法で盾を形成すれば、バッチリ撥ね返せるだろ」

「そ……それはそうでしょうけど」

「これを思いついたのは、アーヴィンのおかげだよ」

「わ、私の？」

「うん、昨日、拳に炎を纏わせるところを見せてもらっただろ？」

「ええ……でも、それが何？」

「もしかしたら、魔法……えーと、古代語魔法でできないことでも、精霊魔法だったらできる場合があるんだってわかってさ。前世では、どうやっても炎に質量を持たせることができなかったんだけど、精霊魔法ならできるかなって……」

あははと能天気に笑うオズマの姿に、私は鈍い頭痛を覚える。

（普通はできないんだってば……）

魔法はイメージの世界。だが、いったい誰がそんなに簡単に、世の中に存在するはずのない、固体になった炎をイメージできるというのか。

（こんなの……魔法学会も、きっと大騒ぎになるわ）

この男は自分が今、精霊魔法に革命を起こしていることに気づいていないのだ。

だから、ゆで卵の殻がつるりと剝けた時ぐらいのテンションで、こんな話をしているのだ。

はっきり言って、ドン引きである。

「これってさ、アーヴィンから見ても結構すごいことって感じ？」

「……すごいとか、そんなレベルじゃないわよ」

オズマのその物言いに、私は肩をすくめる。

(でも、まあこれを見せれば、オズマは次の昇級試験で昇級できるわよね……)

そうなればバディは解消。私は、元どおりの穏やかな落ちこぼれ生活に戻ることになる。

私が昇級できるはずなんてないからだ。

「それ、昇級試験でやってみせたら、一発で最上級クラス入りよ。はいおめでとう。よかったわね」

私が皮肉っぽくそう口にすると、オズマがニコリと微笑んだ。

「じゃ、アーヴィンもこれができるようになったら、次の昇級試験は突破できるってことだよな？」

「え………？」

「すごいと思うのは誰もやってなかったからってだけさ。コツさえ覚えれば結構簡単なんだよ」

私は、思わず膝から崩れ落ちた。力が抜けてしまった。

(うそ……昇級……できる……の？)

普通なら、五年ほども昇級できなければ卒業を諦め、退学していくものなのだが、王族という立場上、私にはそれが許されない。最下級クラスで、この先ずっとさらし者にされるのだと諦めていたのだ。

昨日、オズマは突破口はあると言い、私は即座にそれを否定した。だが、たった一日でこの男はその突破口の現物を私に突きつけてきたのだ。

炎属性だから仕方がない。私は何も悪くない。そう自分に言い聞かせてきたというのに、この男は、どうしてそんなに簡単にそれを否定してしまうのか。

私は今、自分がどんな顔をしているのか、よくわからなかった。

胸の内は、嬉しいような、悔しいような、腹立たしいような、泣きたいような、そんな鈍色《にびいろ》のマーブル模様。

座り込んだまま見上げれば、逆光の中でオズマがじっと私を見つめている。

「炎属性がハズレだなんて言わせない。俺は、炎とともに数多《あまた》の戦場を駆け抜けてきたんだ。絶対に見下されたままで終わらせない」

そして、彼は急にニコリと微笑んだ。

「炎属性を見下したヤツ、お前を見下したヤツ、そんな連中にノーを突きつけてやるんだ。俺とアーヴィン、炎属性の俺たち二人で、全部ひっくり返してやるんだ」

「そ、そんなことできるわけ……」

「できるさ」

頬が熱を持つ、目尻に涙が浮かぶ。感情が昂《たかぶ》るのがわかる。

そんな私をじっと見つめて、彼は昨日と同じ言葉をもう一度繰り返した。

「俺はオズマだからな」

第十一章　衝突シスター

あれから三日が経った。

午前は座学で午後は自主訓練という授業形式は、まだ続いている。

昇級の可能性を示せたことが良かったのか、どことなくアーヴィンの当たりのキツさも弛んだような気がするし、それどころか笑顔を見せるようにもなった。まあほんの少しだけだが。

バディらしくなったといえばいいのか、あの日以来、俺とアーヴィンは、互いに教え合う関係になっている。他の生徒たちなら普通にできていることが、やっとできるようになったということだ。

ここ数日、俺は中位精霊への接触の仕方に苦戦し、アーヴィンはアーヴィンで、炎の固形化に四苦八苦していた。

それでも昨日、俺はどうにか中位精霊と接触することができたし、アーヴィンも固形とまではいかないものの炎の液体化、マグマ状の炎を作りだすことに成功していた。

アーヴィンの手から離れた炎が、液状になってボタボタと滴り落ちた時には、俺たちは互いの手を叩き合って喜んだものだ。

それは、意外な光景だったのだろう。周囲で訓練をしていた生徒たちが、みんな手を止めて注目する程度には。

　そして今日、いつもどおり、ザザたちと一緒に食堂に足を踏み入れると、例によって窓際に独り、アーヴィンが佇んでいた。

（やっぱ、独りなんだな……よし）

「おーい！　アーヴィン！　一緒に飯食おうぜ！」

　俺がそう声を上げると、それまでざわついていた食堂に、いきなり静寂が舞い降りた。

「ちょ、ちょっと！　オズくん!?」

　慌てて、クロエが俺の袖を引く。

「ん？　どうした？」

「どうしたじゃないってば、ひ、姫殿下を呼び捨てにするなんて、な、何考えてるの！」

「何って、別にいつもどおりだけど？」

　俺たちのやり取りが聞こえていたのかどうかはわからないが、アーヴィンが呆れ気味に肩をすくめ、トレイを手にこちらへと歩み寄ってくる。

「オズ、あまり大声で呼び捨てにしないで。一応、私にも体面というものがあるの。バディでなかったら許してないわよ」

「それは申し訳ございませんでしたね、姫殿下」

「ぶん殴るわよ」

「あはは……まあ、細かいことはいいだろ。飯食おうぜ。独りで食ってても味気ないだろ」

アーヴィンは、大きく溜め息を吐くと、クロエやザザに微笑みかける。

「ホントにアンタは……皆さん、ご一緒させていただいてもよろしくて？」

「ひゃっ!?　ひゃいっ！」

カクカクと頷くクロエ。硬直したままのミュシャ。引き攣った微笑を浮かべるザザ。

「いや、そんなに怯えなくても、アーヴィンは見た目ほど怖くないから」

「見た目ほどって、どういう意味よ！」

「ほら、そういうとこ。すぐ怒りそうなとこだって」

「ぐっ……！」

アーヴィンが恨めしげに俺を睨みつけると、慌ててクロエが取り繕う。

「こ、怖いとかではなくて、ひ、姫殿下と同席させていただくなんて、お、恐れ多いのではないかなと……」

「大丈夫だって。な、アーヴィン」

「どうしてアンタが答えるのよ……まあ、クラスメイトですもの、何も問題ありませんわ」

背後でザザとミュシャが、ヒソヒソと話をしているのが聞こえた。

「あの二人、なにかあったのかな？」

「わかんないけど、距離感近すぎるよね……」

「でもザザ。心配いらないってば、王族の方のお相手は精霊王に決まっているんだから、ライバルにはならないって」

(ライバルか……やっぱり魔法の上達には、そういう競い合う関係って大事だよな。今はライバルなんて言ってもらえる状態じゃないかもしれないけど、アーヴィンも仲良くなっていけば、ザザやクロエにも、ちゃんとライバル扱いしてもらえるようになるだろうし)

なんだかんだ言っても、中身がおっさんの俺からすれば、みんな子供みたいなものだ。若い子たちが仲良くしている姿というのは、実に微笑ましい。そのためならひと肌ぐらい脱いでやりたいとすら思う。

俺たちは五人で円卓を囲み、食事を始める。

今日のメニューは、ハチャプリという溶けたチーズ入りのパンと、オーストリという牛肉のスープ。

どちらも俺が生きていた時代にはなかったものだが、無茶苦茶旨い。食事に関していえば、三〇〇年の進歩って、本当に素晴らしいなと思う。

だが、テーブルの雰囲気は、あまりよろしくはなかった。

アーヴィン一人が加わっただけなのに、どうにもみんな緊張しているように見える。そして、その雰囲気に耐えられなかったのだろう。いつも騒がしいザザが、救いを求めるように俺のほうへと水を向けた。

「そういえばオズくん、自主訓練は上手くいってる？」

「ああ、たぶん順調なんだと思う。アーヴィンは教え方が上手いから、お陰で昨日どうにか中位精霊と接触できたし」

「中位精霊って……オズくん、えーっと……精霊を宿らせてから、まだ五日目だよね？」

ミュシャが呆れたような声を出すと、アーヴィンがムスッとした顔のまま口を挟んだ。

「この男は、例外中の例外だと思うほうがいいわよ。まともに相手をしてると、いろいろとバカらしくなるから」

「だよね……」

ザザがそう口にすると、アーヴィンが鋭く目を細める。

「だよね？」

「あ、で、ですよね！」

ザザが慌てて言い直すのを尻目に、俺はアーヴィンのおでこを指先でピンと弾いた。

「あたっ!?　な、何すんのよ！」

「バーカ、クラスメイトを威嚇すんなっての」

「アンタねぇ、王族の額を気軽に叩かないでよ！　バディじゃなかったら許さないところよ！」

「あ、あはは……」

いきり立つアーヴィンの隣で、クロエがドン引きしたような引き笑いを漏らした。

「と、ところで！」

空気を変えようとしたのだろう。ミュシャが、急に大きめの声を上げて話題を変える。

「今度の神官学校との対抗戦ですけど……アルメイダ先生が、今回は炎属性もエントリーできますねって、そう言ってましたよ」

その一言に食いついたのは、意外にもアーヴィンだった。

「なんですって!?　本当に？」

「は……はい。対抗戦はバディ単位ですし、前回までは炎属性は姫殿下お一人でしたから不戦敗扱いでしたけれど、今回はオズくんもいるので……」

「なんだ？　その対抗戦って？」

俺がそう尋ねると、ミュシャが説明してくれた。

「えーっとね、年に二回、神官学校とアカデミーの生徒でトーナメント形式の模擬戦を行うの。最上級クラスから最下級クラスまでの四カテゴリーそれぞれ四チーム、属性ごとに一バディが出場することになってるのよ」

「へぇー、そりゃ面白そうだな」

俺がそう口にすると、アーヴィンが苦々しげな顔をした。

「能天気ね。表向きは生徒同士の交流と切磋琢磨が目的ということになっているけれど、本質的には王家と正教会の代理戦争みたいなものよ」

「前言撤回。それは穏やかじゃないな……」

俺が苦笑すると、ザザが脅しをかけるような口調で口を挟む。

「実際穏やかじゃないんだってば、内容は問答無用の殺し合いなわけだし」

「は？」

思わず首を傾げると、今度はアーヴィンが口を開いた。

「大司教の固有魔法は『時の楔《クロックウエッジ》』。事前に楔を打ち込んでおけば、そこから一〇分間に起こった出来事をなかったことにできるのよ。だから、試合で死のうが怪我しようが心配ないってこと。もちろんルールが何もないというわけではないけれど」

「それは……すごいな！」

無茶苦茶ワクワクした。

そこまで大規模に時間を操る魔法なんて聞いたことがない。それはぜひ、この眼で見てみたい。

続いて、クロエが顎に指を当て、宙空を見上げながら口を開く。

「えーっと……各クラスから選抜ということは、最下級クラスの炎属性は姫殿下とオズくん、土属性はトマスくんとアマンダさんで決まりということですのね。水属性と風属性は、まだ誰が出場することになるのかわかりませんけれど……」

(実戦か……精霊魔法を試してみるには良い機会かもな)

ぼんやりとそんなことを考えていると、アーヴィンがいきなりスッと立ち上がった。

「どうした？」

「オズ！　今日から帰りは私のモトに同乗しなさい！」

「いや……でも……」

「対抗戦で王家の者が敗れるなんて、あってはならないことなの！　授業が終わったら、急いで帰って特訓するから！」

「いや……」

「なに？　文句があるの？　これからは対抗戦までの間、空いた時間は全て特訓に費やすわ。同じ敷地内で暮らしてるんだから、逃げられるとは思わないでよ！」

「いや……特訓は望むところなんだけど」

「じゃあ、なによ！」

「なんで、同じ敷地内に住んでるとかバラしちゃうかな、お前は……」

「あ……」

アーヴィンは、周囲の注目が自分に集まっていることに気づいて硬直した。

(意外と抜けてるんだよなぁ……。さて、どう言い訳したものか)


(同じ敷地内に住んでるって……どういうこと？)

それはアタシ――ザザには聞き流せない一言だった。

もちろん、アタシだけじゃない。みんなそうだろう。

実際今、食堂の空気は凍りついている。食器を鳴らす音さえ聞こえてこない。

視線はそれぞれ別のほうを向いているけれど、周囲の生徒たちが耳を欹《そばだ》てているのが、なんとなくわかった。

王城の中でも、王族の皆さまがお住まいの本棟は男子禁制。それは幼児でも知っていることだ。

同じ敷地内といっても、まさかオズくんは本棟に住んでいるわけではないのだろう。

王族は精霊王と契ると決まっているのだから、男女の関係はあり得ない。それもまた常識だ。

だが、アーヴィン姫殿下に関しては、過去に少しばかり下世話な噂が流れたことがある。

『炎属性ゆえに、王族から離れて降嫁されるかもしれない』と。

根も葉もない噂だが、その噂ゆえに皆、オズくんと姫殿下の関係が気になって仕方がないのだ。

（実際、この間から距離感が異常に近いんだよね……。姫殿下が呼び捨てを許してるってのも気になるし）

「で、ホントのとこどうなの？」

アタシがオズくんにそう問いかけると、クロエが「ちょ、ちょっと！　ザザ！」と、咎めるような声を上げる。

「いいじゃん、別に。回りくどいの嫌いなんだってば」

すると、オズくんは苦笑気味に肩をすくめた。

「スピナー家は、貧乏貴族だからね。王都に別邸を持ってないんだよ。で、女王陛下が自らの近衛である姉上を慮《おもんぱか》って、憐れな弟を王城外れの使用人部屋に住まわせてくださってるってだけの話」

「なーんだ、そういうことか……あはは」

笑いながら、アタシが密かに胸を撫で下ろすと「よかったね、ザザ」と、ミュシャがニヤつきながら耳打ちしてくる。

途端に、みんな興味を失ったのか、静まり返っていた食堂に喧噪が戻ってきた。

「もう！　あ、当たり前でしょう！　この私が、こ、こんな男と、お、おかしな関係になるわけがありませんもの！」

顔を真っ赤にしながら、そう言い放つ姫殿下。

普通なら、どう見てもただのツンデレで、ますます疑惑が深まるところなのだけれど、やはり王家の人間が契るのは精霊王という前提は大きい。出所不明の噂より、そちらのほうが信憑《しんぴょう》性《せい》は高い。

（まあ、姫殿下は、ライバルだと思わなくても大丈夫かな……）

今更だけど、アタシはオズくんのことが気になっている。すごくすごく気になっている。

もちろん一人の男性として。

編入初日に一目見た瞬間に、ビビッときたのだ。

何がそんなに気に入ったのかと言えば、まずは顔。

薄っぺらに聞こえるかもしれないけれど、精悍さの中に少し可愛らしさを残した彼の顔は、理想の男性そのものだった。その上、話をしてみたら親しみやすい人柄だし、あの精霊力だ。

炎属性だったことで、アマンダが興味を失ってくれたのも良かった。はっきりいって家格じゃ彼女には太刀打ちできない。

(ウチの家なら兄さんだって炎属性だし、炎属性だからってとやかく言われることないしね。家格的にも、スピナー家だったらウチとほぼ同格。ウチが一番釣り合い取れてるんだから、積極的にアピールしていかなきゃ)

ちなみに、クロエやミュシャがライバルになる心配はない。

ミュシャには婚約者《フィアンセ》がいるらしいし、クロエはクロエで一種の変態なのだと思うのだけれど、他人の恋愛模様にしか興味がないからだ。

「あー、オズくん、そのレンズ豆、なんかおいしそーじゃん」

そう言いながら、アタシはオズくんの椅子に自分の椅子をくっつけて身を乗り出し、胸で彼の二の腕を挟みこむ。

恥ずかしくないわけではないけれど、自分の武器は有効に使っていかないと。特にこの部分は、姫殿下に圧倒的に勝っているわけだし。

「あ、あのザザ、その……」

顔を赤らめながら、狼狽えるオズくんが可愛い。

すると姫殿下がムッとした表情で、反対側からオズくんの腕を摑んで、自分のほうへと引き寄せた。

「ちょっと!　ザザさん。この男は私のバディなのですから、おかしな誘惑をするのはおよしなさい！」

「誘惑だなんて、とんでもございません。それにもし誘惑だったとしても、姫殿下はオズくんに興味がないのですよね？　男性としては」

恐れ多いとは思うのだけれど、ここで退くわけにはいかない。

「と、と、と、当然です！　で、ですが、今は対抗戦を控えた大事な時なのですから……その、バディの私との関係性を最優先にしてもらわないと！」

（なんだろう。やっぱり反応は、ただのツンデレっぽいんだけどなぁ……）

やっぱり、ライバルとして意識したほうが良いのだろうか？

「さ、三角関係……いい、すごくいい」

そんな呟きが聞こえてきて、そちらに目を向けるとクロエが俯《うつむ》いたまま口元を覆って、プルプルと肩を震わせていた。

クロエの様子に思わず頬を引き攣らせると、姫殿下が少しトゲのある声で言う。

「ザザさん、他人事のように仰ってますけど対抗戦、編入生はもれなく出場することになるのよ？　わかってるのかしら？」

「え？　そうなんですか？」

アタシの隣でクロエが、きょとんとした顔で首を傾げた。

「そうよ、だって編入生以外は、基本的に昇級できなかった落ちこぼれですもの。私も、そこのミュシャさんも」

思わぬ流れ弾を喰らって、ミュシャがガクリと肩を落とした。

(ということは、炎属性は姫殿下とオズくん。水属性がアタシとクロエ、土属性がトマスくんとアマンダ、風属性がアホのキコとミュシャってことか……)

実際、水属性ではアタシとクロエのバディの技量が大きく抜きん出ている。

風属性についていえば、ミュシャは技量的に微妙だけれど、もしキコが出場するのならバディである彼女も当然、巻き込まれることになるだろう。

「う……そう言われると不安になっちゃうなぁ。クロエ、私たちも特訓とかする？」

困ったふりをしながら、アタシは密かにチャンスだとほくそ笑む。あわよくば、姫殿下とオズくんの特訓に割り込めるかもしれない。

だが、オズくんは、真面目な顔をして首を振った。

「必要ないと思うよ。長時間やっても疲労が溜まって、効率が悪くなるばかりだからね」

すると、今度はオズくんのその一言に、姫殿下がムスッとした顔をして突っかかる。

「だからって何もしないわけにはいかないでしょう！　私は絶対に負けられないし、アンタのお荷物になんてなりたくないの！」

「お荷物って……でも、最下級クラス同士の対戦なら、何とかなるんじゃないのか？」

そこでミュシャが、おずおずと手を上げた。

「あのぉ……実は、そんなことないんです。前回の対抗戦なんですけれど、最上級クラスはフレデリカ姫殿下のバディが圧勝。上級クラスもボルトン先輩の活躍で辛うじて優勝してます。

ですが、下級クラス、最下級クラスはアカデミー側の惨敗なんです」

「そうなのか？」

オズくんが目を丸くすると、姫殿下が唇を尖らせる。

「だって……神官学校のクラス分けは、精霊力の大きさや魔法の熟練度じゃないんだもの」

「じゃあ何？」

姫殿下が、忌ま忌ましげに口元を歪ませる。

「胸よ！　胸の大きさ！　どこかの巨乳好きのせいで、才能はあるのに発育が乏しいというだけで、最下級止まりのシスターがいっぱいいいんの！」

「ちがっ!?　あれは親父殿が……」

「「「親父殿？」」」

「あ、いや、な、何でもない！」

オズくんが、何に慌てたのかはよくわからなかったけれど、ミュシャが途切れた話を紡ぎ直した。

「というわけで……神官学校の場合、下級クラスにも固有魔法持ちがいっぱいいるんです」

「不公平だな……それは是正されなかったのか？」

「ええ、対抗戦自体は神官学校主催ですし、神官学校側としては、少なくとも下級二クラス分は勝てるわけですから」

「女王陛下が抗議されそうなものだが……」

「お母さまとしても難しいところなのよ。隙を見せれば、背教者のレッテルを貼ろうとするんだもの。あの連中は」

そう言って、姫殿下が肩をすくめる。

「つまり、下手したら俺たちの相手にも、アカデミーなら最上級クラスの実力者がいるかもってことか……」

「かもじゃなくて、いるんだってば！　シスターアンジェって、乳なしお化けが！　今年で大会からは引退するはずだけど……今回までは間違いなく出てくるよ」

アタシがそう口にした途端、突然、耳元で怒りを押し殺すような声がした。

「誰が、乳なしお化けだ。ぶっ殺すぞ、クソアマ」

慌てて振り向いた瞬間、アタシは目尻も裂けよとばかりに目を見開き、椅子から転げ落ちそうになった。

「シッ！　シスターアンジェエエエ!?」

アタシの背後に立っていたのは、今話題になった人物、シスターアンジェその人だった。

不愉快げに目を怒らせ、まるで獅子のように犬歯を剝き出しにした獰猛そうな表情。顔立ち自体は整っているのに、纏っている雰囲気は凶悪で、碌に手入れもしていないような黄土色のボサボサの髪が、ならず者のような雰囲気を決定づけていた。

前を開け放った外套の下から僧衣が覗いていなければ、誰もシスターだとは思うまい。追い剝ぎか何かだと言われたほうが、しっくりくるはずだ。

「な、な、な、なんで、こんなところに……？」

「司教さまの護衛だ。馬鹿野郎！　打ち合わせが終わるまで飯でも食ってろって言われて来てみりゃ、バカが陰口叩いてやがる。なんだ？　アタシに乳がねぇことに文句でもあんのか！　テメェ！」

彼女が、アタシの胸倉を掴んで顎を突きつけると、食堂は騒然。

周囲にはオロオロするクロエとミュシャの姿、一方、オズくんは立ち上がって身構え、姫殿下は席に腰を下ろしたまま、シスターアンジェを睨みつけている。

ともかく謝ろうと、口を開きかけたその時、横やりから口を挟んでくる者がいた。

「ねぇ、アンジェ、こいつら正教会舐めてんだよ、ちょっとシメてやったほうが良いんじゃね？」

「そうそう、弱っちいクセに。こういうバカは、痛い目見せてやるのが一番だって」

シスターアンジェの左右からアタシのほうへ迫ってきたのは、二人の子供。いや、子供にしか見えない二人のシスターだ。

色素の薄い肩までの銀髪。小柄で未成熟な体躯。髪の分け目以外に、個体を認識する術の見当たらない同じ顔の双子。シスターアンジェと同じ黒い外套を纏っているが、合うサイズがないのか、二人して盛大に袖余りしていた。

「アタシらを舐めるってこたぁ、大英雄オズマを舐めてるってことと一緒、正教会としちゃあ、黙ってるわけにゃあいかねーよな」

「こちとら、貴族の坊ちゃん、嬢ちゃんと違ってよぉ、寛容の精神なんて、これっぽっちも知らねぇぞ！」

幼い丸顔にゴロツキのような表情を浮かべ、双子のシスターは中指を突き立ててくる。

正教会のシスターのガラが悪いのは今に始まったことではないけれど、この三人はどうやら飛び抜けて性質《タチ》が悪そうだ。

ともかく穏便にことを済ませようと再び口を開こうとしたその瞬間、アーヴィン姫殿下が溜め息交じりに肩をすくめた。

「なんて下品なのかしら、これだから正教会は。まったく、オズマがオズマなら、それを崇めるシスターも本当に下品」

その瞬間、ガチンと金属音じみた謎の音が響いて、双子シスターのこめかみに太い青筋が浮かび上がった。

「そこの処女臭いツラしたブス、おい、今何つった！　オズマさま貶めて、ただで済むと思ってんのか、コラ！」

「バーカ、こんなことぐらいで騒ぎ立てるような器の小っちゃい奴が、大英雄なわけないじゃない。そうでしょ、オズ！」

「え!?　あ、うん、まあ……」

姫殿下に突然話を振られて、オズくんが目を泳がせる。すると、シスターアンジェが不愉快げに頬を歪めながら、吐き捨てた。

「どっかで見たことあると思ったら、落ちこぼれ姫じゃねーか。この国の姫がオズマさま貶めるような口を利くとはな、問題発言だぞ、ボケが！」

「バーカ、オズマ貶めてんのは、アンタたちの存在そのものでしょうが！　そう思うでしょ、オズ！」

「俺に振らないで!?」

オズくんは顔を引き攣らせ、アタシやクロエ、それにミュシャは一歩も退かないアーヴィン姫殿下にドン引きしてる。心の声を一言で表現すれば、『もーやめてー！』である。

するとと、双子のシスターがいきなりテーブルの上に飛び乗って、勢いよく皿を蹴り飛ばした。スープやパンが飛び散って、盛大に食器の割れる音が響き渡る。

「アッタマきた！　戦争だ、このボケ！」

「王族だからってこっちが遠慮すると思ってんじゃねーぞ、アタシらが仕えるのは、大英雄オズマさまただ一人だ。思い知らせてやんぞ、この腐れマ○コのゲロシャブブスが！」

食堂は騒然、巻き込まれてはかなわないと、慌ただしく廊下へ飛び出していく者もいる。

だが、どれだけ肝が据わっているのか、姫殿下はゆっくり椅子から立ち上がると、下らないとでも言うように、フンと鼻を鳴らした。

「本当に嫌だわ、躾《しつけ》のなってない子供って」

途端に険悪な空気が膨れ上がって、一気に弾ける。

「死んどけ、こんのぉおお！　ビッチがっ！」

双子シスターの片割れが下から上へと手を振りかざすと、唐突に人間大の巨大な氷柱が、床から姫殿下の顔面目掛けて突き出した。

食堂のあちこちから悲鳴じみた声が上がる。

思わず息を呑むアタシ。だが、突然のことに身動きすることもできなかった。

姫殿下の顔面に鋭い氷柱が突き刺さるところを脳裏に思い描いたその瞬間——オズくんが横っ飛びに姫殿下に飛びついて氷柱を躱し、二人は絡まるように床の上を転がる。

「オズくん!?」

アタシが思わず声を上げると、シスターアンジェは、「ほう」と、なぜか感心するような顔をして片眉を吊り上げ、双子のシスターは腹立たしげに頬を引き攣らせた。

「ちっ！　邪魔すんじゃねぇよ、ボンボン！」

「お前も穴だらけにしてやんぞ、コラッ！」

双子シスターが口々に声を荒げると、オズくんは姫殿下を背に庇いながら立ち上がり、彼女たちを睨みつけた。

「やるっていうなら、俺も遠慮はしない」

「遠慮だぁ？　クソ雑魚オスが偉そうに、ケツの穴に氷柱ブッ刺してメスの快感教え込んでやろうか、あぁん！」

そして、双子シスターの片割れが再び手を振り上げようとしたその瞬間、シスターアンジェが彼女の肩を摑んで声を上げた。

「おい、フェイ！　その男はアタシに譲れ。あの反応速度、殺り合ったらぜってぇおもしれぇじゃねぇか！」

双子シスターの片割れは、一瞬ギロリとシスターアンジェを睨みつける。だが、すぐに肩をすくめて溜め息を吐いた。

「ほんっと、自分勝手なんだから……」

双子シスターの片割れが不満げに手を下ろすと、シスターアンジェはオズくんのほうへと向き直り、犬歯を剥き出しにして獰猛な笑みを浮かべる。

「さあ、アタシと殺り合おうぜ。ぶっ殺してやっから、かかってこいよ、お坊ちゃん」

その瞬間、彼女の腕に、バチバチと紫電が絡みついた。

オズくんが身構え、睨み合う二人。

空気が硬質なものへと変わり、食堂に再び静寂が舞い降りて、誰かがゴクリと喉を鳴らす音がやけに大きく響いた。そして、二人が相手に飛びかかろうとしたその瞬間――。

「何をしているのですか！　アナタたちは！」

食堂の入り口の辺りで、一人の女性が大声を張り上げた。

年の頃は三〇代後半、シスターアンジェたち同様に黒い外套を纏ったシスターである。ただ大きく違ったのは、外套の上からでも明らかなほどに立派な巨乳なことだ。

（ケデル司教!?）

そしてアタシは、その人物に見覚えがあった。

正教会のナンバーツー。大司教さまがほとんど表に姿を見せないせいで、実質正教会の顔とでもいうべき人物である。

途端に、シスターアンジェは舌打ちをして、バツが悪そうに頭を掻く。双子のシスターはわずかに怯えるような表情になると、「悪いのはこ、こいつで……」と、姫殿下のほうを指さした。

「言い訳は教会に戻ってから聞きます。早くこっちへ来なさい！」

ケデル司教が睨みつけると、シスターアンジェはつまらなさそうな顔で、双子のシスターは怯えるような素振りを見せて、入り口のほうへと歩いていく。

三人が廊下に出てしまうと、ケデル司教は申し訳なさそうに頭を下げた。

「ご迷惑をおかけしました。後ほど、教会からアカデミー宛に正式に謝罪させていただきますので」

そう告げると、彼女は静かに食堂のドアを閉じる。

呆気に取られたような沈黙、そして周囲に、次第に喧噪が戻ってきた。

「ふわぁ……し、死ぬかと思った」

「大袈裟ね」

アタシがへなへなと尻餅をつくと、姫殿下がいかにも不機嫌そうに吐き捨てる。

「大袈裟じゃないって！　実際、姫殿下も殺されそうだったじゃん！」

「あんなの、ただの脅しよ。突き刺さる前に寸止めしてたに決まってるわ」

「そうは見えなかったけど……。それに双子のほうはともかく、シスターアンジェは、シャレになんないってば」

アタシが溜め息交じりにそう口にすると、オズくんが興味津々といった様子で尋ねてきた。

「そんなにすごいのか？　あの獅子みたいな女の子」

その問いかけに答えたのはクロエ。

「ええ、固有魔法は『雷化《サンダナイズ》』。自身の身体を稲妻に変えて、物理攻撃は無効、光の速さで移動して、触れれば感電という反則《チート》みたいな代物ですし」

「あれはヤバいよね……。私も去年現地で観戦してたけど」

ミュシャがコクコクと頷くと、オズくんがなぜか嬉しそうな顔をした。

「見てみたい！　肉体の『幽体化《アストラナイズ》』ってのは考えたことがあったんだが、稲妻かぁ……うん、それはすごいな！」

「何で嬉しそうなのよ……アンタは」

姫殿下が呆れたような顔をする。

確かに、オズくんのこういうところは、ちょっと変人っぽいなと思う。

「まあ、興味本位で見てる分にはいいけど、対戦するってなると正直手の打ちようがないよね」

アタシが肩をすくめると、オズくんは腕組みをして考えるような素振りを見せた。

「手の打ちよう……か」

そして、彼は姫殿下のほうへと向き直る。

「なあ、アーヴィン、一応聞いておくけど、死ぬほど辛い目にあってでも勝ちたいと思う？」

「当然よ！　王家の人間が正教会に負けることなんて許されないの！　ましてやあんな下品なシスターになんて、絶対負けたくない」

姫殿下はそう仰るが、誰も姫殿下が、あのシスターアンジェに勝てるとは思ってないし、負けたからといって後ろ指を指すような者もいないだろう。

だが、オズくんは彼女にニコリと微笑みかけると、挨拶でもするかのような気軽さで、さらりとこう言った。

「じゃ、勝とうか」

第十二章　陰謀の対抗戦

「皆さん、忘れ物はありませんか？　出発しますからね」

引率のアルメイダ先生が、助手席から後部座席を振り返った。

対抗戦当日の朝を迎え、俺たちは今、王都郊外の闘技場へと出発しようとしている。

俺たちが乗り込んだのは八輪の大型車両。マンローダーと呼ばれる一〇人乗りの大型のモトである。左右向かい合わせに配置された後部座席には、今日の対抗戦に出場する最下級クラスの選手たちが乗り込んでいた。

炎属性は俺とアーヴィン。水属性はザザとクロエ。土属性はトマスとアマンダ。風属性はキコとミュシャ……ではなく、ボルツとイニアスという男子同士のバディである。

実は、風属性で指名を受けたキコは、絶対に嫌だと言い張った。

曰く「一回戦負けするのが目に見えてるような試合に出て、評価を落とす気はねぇな。最上級クラスに上がってから、無双してやっからよ」とのこと。

どうやら、噂に聞くシスターアンジェとの対戦など冗談じゃないということらしかった。

「負けられない、負けられない、負けられない……」

隣の席に目を向けると、アーヴィンが祈るように指を組んで、ブツブツと呟き続けている。

(意外と繊細なんだよなぁ……このお姫さまは)

今朝、女王陛下が試合を観覧されると聞いてから、ずっとこの調子だ。

アーヴィンは魔法のセンスはせいぜい人並みだが、この数日の間、俺と一緒に血反吐を吐くような特訓を続けてきたのだ。根性だけは人並み以上だと言ってもいい。

特訓のお陰で精霊魔法の上達も目覚ましく、炎の固形化を修得するところまでは到っていないものの、彼女独自の実にエグい必殺技を編み出していた。

あのシスターアンジェならともかく、他の選手には、そうそう後れを取ることはないはずだ。

そんなことを考えている間にも、隣の席から奥歯を噛み締める音とともに、どこか呪詛めいたアーヴィンの声が聞こえ続けていて、俺としては苦笑するよりほかにない。

試合までには、何とかリラックスさせてやりたいと思うのだけれど、精神系の魔法はあまり得意ではないのだ。

（まあ、こういうのは、魔法でどうこうするもんでもないか……）

「ねえ、クロエ。神官学校側の水属性って、あのムカつく双子シスターなんだよね？　強いと思う？」

ザザがクロエにそう問いかけるのが聞こえてきて、俺は二人のほうへと顔を向けた。

神官学校側の出場者については、クロエが事前にいろいろと情報を集めてくれたのだと聞いている。

どうやら、彼女は情報収集が得意らしい。

「恐らく……ただ、それほど情報がなくて」

「そっか、でも固有魔法を使ってたし……前回の出場選手を押し退けて出てくるんだから、そりゃ強いよね」

「あ、いえ、そういうことじゃないみたいなんです」

クロエが、苦笑いを浮かべながら首を振った。

「どういうこと？」

「昨年出場の水属性のバディ――シスターリーリエとシスターヘルマのお二人ですけれど、このお二人は……」

「なに？　どうしたの？」

「バストアップに成功して、昇級したそうなのです」

「へ？」

ポカンと呆気にとられたような顔をするザザ。だが、ガタッ！　と席を鳴らして、なぜかアーヴィンが身を起こし、クロエの方を二度見した。

「つまり、あの双子シスターの実力は次席クラス。そういう意味では、少し有利になったと思って良いかもしれません」

「そっか！」

嬉しそうに微笑むザザ。一方でアーヴィンは俯《うつむ》いてブツブツと何やら呟いている。

「バストアップ……バストアップ……バストアップ……」

とりあえず、アーヴィンの興味が別のほうに移ったことだけはわかった。

「まあ、アナタ方がどうあれ、最下級クラスの優勝は、ワタクシとトマスで決まりですわ。シスターアンジェ対策もバッチリですもの。二回戦で、ワタクシたちが彼女を打ち倒すところを楽しみにしてくださいまし」

アマンダが話に割り込んで、ふふんと胸を張ると、隣でトマスが鬱陶《うっとう》しげに眉根を寄せる。

「ちょっと、それはボルツくんやイニアスくんに失礼なんじゃないの？　もしかしたら一回戦、勝てるかもしれないじゃない！」

ザザが咎めるようにそう言い放つと、ボルツとイニアスが二人して、顔の前で手を振った。

「「無理無理」」

「いや、そこは頑張れってば……」

折角フォローしたというのに、実に甲斐のない反応を返されて、ザザがむくれるような顔をする。そんな彼女に苦笑しながら、クロエが俺のほうへと顔を向けた。

「そういえば、オズくん。炎属性の出場選手ですけれど……情報がほとんどありませんから、気をつけてください」

「去年は一回戦は不戦勝だったんだよな。二回戦以降はどんな感じだったんだ？」

「それが、こちらも昨年とは違う神官同士のバディですから……」

「ん？　神官？　ちょ！　ちょっと待ってくれ！」

俺は、慌てて彼女の話を遮った。

「神官同士のバディってことは、男なんだよな？」

「はい、それはもちろんです」

「で、でも確か……神官学校のクラス分けってバストサイズが基準なんだろ？　男はどうすんだよ」

そう問いかけると、クロエはきょとんとした顔で首を傾げる。

「バストサイズですけど？」

「は!?　いやいやいやっ！」

「鍛え上げられた胸筋、大英雄オズマさまは、なにより筋肉を貴ばれますから」

(だから、それ！　どこのオズマの話だよ!?)

例によって例のごとく、胸の内でツッコミを入れる俺。そんな俺に、『あらあら、そんなことも知らないのですか？』とでも言いたげな雰囲気で、クロエが口を開いた。

「オズくんは御存じありませんか？　大英雄オズマの有名な言葉ですけれど……」

「な、なんだ？」

思わず身構える俺に、クロエは人差し指を立てて、こう告げる。

『男は筋肉、黒光りするマッスルボディは美しい。鍛え上げられた肉体ならば、男でもイケる』

「イケるわけあるかぁああああああッ!?」

思わず声を荒げて立ち上がった俺を、皆がきょとんとした顔で見上げた。

（おい、マジか！　そんな顔するぐらいに常識なのか!?）

「イケますわよね？」

アマンダのその問いかけに、ボルツとイニアスが頷く。

「たぶん、イケる」

「そりゃ、イケるだろ」

（ヤベぇ……この国、ヤベぇよ……）

ちょっと馴染んだと思って安心していたら、すぐこれだ。

頭痛を堪えながら、俺はあらためてクロエに問いかける。

「その……アホな言葉の出典はどこだよ」

「出典？　出典は……えーと」

クロエが言い淀むと、助手席のアルメイダ先生が振り返って口を挟んだ。

「大英雄オズマがこよなく愛したといわれる、娼館の女主人ミスカ嬢の手記ですね」

(またアイツかぁ……)

考えてみれば、前世でアイツと噂になった男のラインナップを思い起こしてみれば、いずれもかなりのマッチョばかり。どうやらアイツは、相当な筋肉フェチだったらしい。

(オズマ像が全部マッチョなのは、この辺が原因なのかもしれないなぁ……何でもいいけどミスカ、好き放題かよ)

思わず顔を顰《しか》める俺に構わず、アルメイダ先生が急かすように、パンパンと手を叩いた。

「さあ、お喋りはそれぐらいにして、降りる準備を始めてください。もうすぐ闘技場に到着しますから」


正午近くになると、王都郊外の円形闘技場周辺は、各地から寄り集まってきたモトが深刻な渋滞を引き起こしていた。それもその筈、神官学校とアカデミーによる対抗戦は、今やこの国で最も客を呼べる催し物といってもいい。

正教会が貧者救済の資金源として、賭けを取り行っているということもあり、風属性の魔法を駆使して、その試合結果は各地に一斉に伝達されるのだ。

とりわけ今回は、最下級クラスの注目度が桁違いである。

シスターアンジェの出場する最後の大会だということが一つ。更にはクールな美貌で知られるアーヴィン姫殿下もご出場なさる。とどめに女王陛下もご照覧になるというのであるから、試合はさておき『生で女王陛下を一目見たい』という者たちまで殺到して、観覧チケットはとてつもない速さで完売。一部の座席は、凄まじい価格で取り引きされていると聞いている。

お陰で耳聡い商人たちが、周囲に夥《おびただ》しい数の露店を連ね、闘技舞台を囲む階段状の観覧席は、既に超満員の賑わいを見せている。

試合の開始は正午だが、この混雑を見越して、選手たちは早朝より会場入りを済ませていた。

「それにしても……凄まじい賑わいでございますね。この闘技場の収容人数は、確か二万人ほどでございましたか……」

客席最上部に設けられた王家専用の観覧席から会場全体を見回して、私は思わず感嘆の声を漏らす。そんな私に、女王陛下がニコリと微笑まれた。

「オズマさまは第一試合なのでしょう？　あなたも下で応援してきてもよろしくてよ？　シャーリー」

「いえ、御身の警護を疎《おろそ》かにするわけには参りません。それに、応援などせずとも、旦那さまが負けることなどあり得ませんので」

すると、女王陛下の脇で、ジゼルが無表情に口を開く。

「それはいかがでしょうか？　いかにオズマさまとて、精霊魔法は初心者でございますので」

「だよなぁ……炎属性だしさ」

そう言って、肩をすくめたのはタマラである。

私は、思わずムッとした。

そもそも、私の後を引き継いで旦那さまの警護を仰せつかっているくせに、その勝利を疑うとは本当に度し難い。

私の不愉快げな顔に気づいたのか、タマラはどこか取り繕うような調子で言葉を重ねた。

「まあ、こっちはこっちで気を引き締めていかないとね。正教会は何企んでるかわかったもんじゃないし、貴族の中にも不穏な動きを見せてるのがチラホラいるんだからさ」

そうなのだ。普段、女王陛下が下々の者たちの前にお姿をお見せになることは、ほとんどない。

もし女王陛下のお命を狙おうというのであれば、この対抗戦は絶好の機会に違いなかった。

私は、正面へと目を向ける。

この王家専用の観覧席の向こう正面には、一段下がる形で大司教専用の観覧席が設けられている。一段下がっているのは、国民に対するポーズ。

本人たちは決して下だとは思っていないのだろうが、女王陛下は国民に絶大なる人気を誇っているがために、正教会は一応、そういう形をとっていた。

ここから見る限り、向こう正面の観覧席の人影は四人。大司教とその直属の者たちなのだろうが、目深に白いローブを被っているので、誰が誰かまではわからない。

「それにしても陛下……よろしかったのですか？　オズマさまの存在が明るみに出ると、かなり厄介ですけれど……」

ジゼルの、どこか非難がましいそんな物言いを、女王陛下は笑って流した。

「ええ、あのアーヴィンが、あれだけやる気を出しているのですから、母親のワタクシが水を差すわけには参りませんもの。大丈夫、オズマさまには、くれぐれも目立たぬように、自重をお願いいたしましたので」

場内には、風の精霊魔法で拡大された音声が、観覧時の注意を促している。

一定間隔で闘技舞台をぐるりと取り囲んでいる神官たちは、客席に魔法が飛んだ時に防壁を発動させる役割を担う土属性の者たちだ。

大会開始の準備は、すでに整っている。

やがて――

《本日は、女王陛下もご来臨くださっております》

場内アナウンスがそう告げると、観客席から一斉に歓声が上がった。陛下が立ち上がって手を振ると、観客席のボルテージが一気に最高潮に達する。

《それでは、主催者である大司教猊下より、開会の宣言を頂戴いたします》

正面の観覧席に目を向けると、中央の人物が座ったまま手を振っていた。

フードに包まれているので、顔はわからないが、あれが大司教であることは間違いないだろう。

彼女が座ったままなのは、胸が大きすぎて立って歩くこともままならないからだと、そういわれていた。

《ここに対抗戦の開会を宣言いたします。選手たち皆の普段の研鑽の成果を、大英雄オズマもご照覧くださることでしょう》

大司教によるしわがれ声の開会宣言が、風の精霊魔法で拡大されて闘技場全体に響き渡る。

「そのオズマさまが出場なさっていると知れば、大司教はいったいどんな顔をするのでしょうね」

女王陛下は悪戯っぽく微笑むと、こう付け加えた。

「流石に、それをバラすわけにはいきませんけれど」

《それでは第一回戦を開始します。最下級クラス一回戦第一試合は炎属性——選手入場です》

「じゃあ、行こうか、アーヴィン」

「そ、そうね……」

場内のアナウンスに従って、俺とアーヴィンは選手控え室を出て、入場口から闘技舞台へと歩み出る。

対抗戦とはいえ、武器や防具の携帯を許されるわけではないので、身に着けている装束は変わらない。いつもどおりの制服姿である。

隣を歩くアーヴィンの挙動がどうにもぎこちない。どうやら、ガチガチに緊張しているらしかった。

「心配しなくても大丈夫だって」

「はぁ!?　し、心配なんてしてないし！　何なら一回戦は、私だけでも充分なんですけど？」

相変わらず、ウチのお姫さまは素直じゃない。

俺は苦笑しながら、彼女の肩をポンと叩く。

「頼りにしてるから」

すると、彼女は一瞬、驚いたような顔になったかと思うと、悪戯っぽい微笑みを浮かべた。

「任せなさい」

今更ジタバタしても仕方がない。やれることは、全てやったつもりだ。

不安要素があるとすれば、自分たちがどの程度のレベルにあるのかがわからないということ。

なにせ、アカデミーには俺たちの他に炎属性がいないのだから、比較対象が存在しないのだ。

俺とアーヴィンが闘技場に歩み出ると、耳に痛いほどの歓声が響き渡る。

《アカデミー代表　アーヴィン姫殿下、オズ・スピナーくん》

場内アナウンスがアーヴィンの名を告げると、どよめきにも似た歓声が巻き起こった。続いて、そこら中からアーヴィンの名を連呼する声が聞こえてくる。

「へー……すごい人気だな。流石はお姫さまってとこか」

「ううっ……それだけに、負けたら格好がつかないのよ」

アーヴィンは強がりながらも、いっぱいいっぱいの表情。折角の美貌が台無しである。よかったな。客席遠くて。

《続いて、神官学校代表、デミテル・アランくん、メスト・キングスレイくん》

アナウンスと前後して、正面の入場口から白い僧衣の男が二人、ゆっくりとした足取りで歩み出てきた。

流石に胸囲で決まるクラス分けで最下級クラスなだけあって、二人とも細身。とりわけ右の一人は、病的にガリガリに痩《や》せていて、人相もかなり悪かった。

向かい合うと、二人は俺たちをギロリと睨みつけてくる。

「えーと……おまえら神官なんだよな？」

「あん？　見りゃわかるだろ」

「いや、どうみてもゴロツキにしか見えなくてな」

「んだと！」

軽く挑発してやると、左側の男があっさりといきり立つ。一方、右側のガリガリくんは、面倒臭げに肩をすくめた。

「ったく……お前らが出場するから、俺たちまで駆り出されることになっちまったじゃねぇか。炎属性がこんなとこに出ても、恥さらすだけだろうが」

「自分の属性の価値を貶めてるようじゃ、勝負にならないな」

「んだと！」

更に挑発してやると、また左の男がいきり立った。っていうかお前、「んだと！」しか語彙《ごい》ないのかよ。ボキャブラリーに深刻な問題を抱えてるとしか思えない。

「まあ、いいじゃねぇか。合法的にお姫さまを火炙りにできるってのは……悪くねぇだろ」

左のヤツを宥めるように、ガリガリくんがそう言うと、アーヴィンが不愉快げに唇を歪めた。

「馬鹿にしてくれるじゃない」

まあ、それで緊張が解けるというのなら、結果オーライかもしれない。

《それでは大司教さま！　『時の楔《クロッカウエッジ》』の発動をお願いいたします！》

場内アナウンスがそう告げると、前触れもなくドーム状の青い光が中央の舞台を覆う。

どうやら、これが件《くだん》の時魔法らしい。

(なるほど……エリア指定の魔法なんだな。接触は不要。実に興味深い)

俺が時魔法に気を取られているうちに、場内アナウンスが試合開始を宣言した。

《それでは試合開始です》

「「うぉらあああ！　先手必勝っ！　死にくされ、ボケぇぇぇ！」」

アナウンスが途切れるのを待つことなく、二人の神官がシンクロするように腕を振り回すと、その腕の軌跡にそって、次々と空中に火球が浮かび上がる。

(一つ一つは小振りだな。威力を犠牲にして手数で勝負。一斉掃射で無力化狙いってとこか。まあ、素人の考えそうなことだ)

とはいえ、当たれば無傷では済まない。まずは防ぐ必要があるだろう。

「アーヴィン、俺の後ろに」

「わ、わかった」

ガリガリくんが、薄笑いを浮かべながら声を張りあげた。

「喰らいやがれ！」

途端に、こちらへと、一斉に飛来する火球。

俺は、掌の上に大玉の火球を引っ張り出して、迫りくる火球の群れのど真ん中に狙いをつける。

途端に左側のヤツが、腹を抱えてげらげらと笑い転げるのが見えた。大方、一つしか火球を出せないとでも思ったのだろう。

出せないわけではない。一つで充分なだけだ。

俺は迫りくる無数の火球のど真ん中に、手にした火球を一つ撃ち込む。

そして、火球同士がぶつかり合ったその瞬間、俺の放った火球が大音響とともに爆発した。

迫りくる火球をことごとく巻き込んでの大爆発。俺の背後で、アーヴィンが「きゃっ！」と声を上げて耳を塞ぐ。爆風と共に相手が放った無数の火球は掻き消えて、後には黒煙が高く立ち昇った。

実は、アーヴィンと訓練を重ねていくうちに、意外なことが発覚した。

彼女には、火球が爆発するという概念がなかったのだ。ザザの兄が炎属性だというので、そちらにも連絡をとって確認してもらったのだが、やはり同じ。

俺の時代の魔法でいえば、そもそも『火球《ファイアボール》』は着弾すれば爆発する。それが常識だった。

だが、精霊魔法の火球はそうじゃない。着弾しても、ただ炎上するだけなのだ。

まあ……炎の在り方としては、そちらのほうが正しいような気もするが、攻撃魔法として考えれば、威力は段違いだ。

だから、アーヴィンの特訓に付き合いながら、俺は俺で、精霊魔法の炎に爆発の効果を付与する方法を、ああでもないこうでもないと実験したのである。

未だに、俺の時代の魔法でいうところの『火球《ファイアボール》』ほどの効果は得られていないのだが、それでも爆風で炎をかき消すぐらいのことはできる。

だが、風に揺られて黒煙が晴れると、そこには無惨に抉《えぐ》れた闘技場の床が見えるだけ。煙の向こうに立っている者は、誰もいなかった。

背筋に、ゾワッと緊張が走る。

「ちっ！　どこに隠れた！」

舌打ちしてアーヴィンを背に隠し、守るように身構える。ところが彼女は、背後からポカリと俺の頭を殴ってきた。

「あたっ!?　なにすんだよ！」

「アンタ、やりすぎっ！　隠れたんじゃなくて、粉々にふっとんじゃったわよ！」

「……へ？　なんで？」

「まさか……気づいてなかったの？　アイツら炎の後ろに隠れて、こっちへ走って来てたんだってば！　至近距離からの一撃で、勝負を決めるつもりだったんでしょうけど……」

あらためて闘技舞台の下を覗き見れば、肉片らしきものが大量に飛び散っているのが見えた。

「それって、つまり……」

「そう、私たちの勝ちってこと」

ほぼ相手の自爆である。なんとも肩透かしではあるが、どうやら勝ったということらしい。

《し……勝者！　アカデミー選抜！》

場内アナウンスが我に返ったとでもいうようにそう告げると、シンと静まり返っていた客席が、一気にどよめいた。

大歓声の中で、アーヴィンが呆れたと言わんばかりに肩をすくめる。

「もー……加減ってものを知らないのかしら、アンタは……」

「いや、加減したつもりなんだが……な」

「目立っちゃダメだって言われてたんでしょ？　ほら、お母さまのほう、見てみなさいよ」

「……あ」

促されるままに王族側の観覧席に目を向けると、嬉しそうに飛び跳ねているシャーリーのすぐ隣には、頭を抱える女王陛下の姿があった。

うん、どうやら俺、さっそくやらかしてしまったらしい。

円形闘技場《コロシアム》のど真ん中で、抉《えぐ》れた石床から黒煙が濛々と立ち昇っている。

《まさかの一撃決着っ！　衝撃の開幕戦となりましたぁああ！》

興奮気味のアナウンスが響き渡ると、観客席が一斉にどよめいた。

「な、なにが起こったんだ？」

「炎属性って上位精霊いないんだったよな。ってことは、中位まであの威力ってことかよ⁉」

「うぇ……神官さんが粉々に吹っ飛ぶところ見ちゃった。夢見ちゃいそう……」

「誰だよ！　炎属性は見る価値ねぇとか言ってたの！　充分ヤベェぞ！」

《最後の一撃を放ったのは、オズ・スピナーくん！　手元の資料に拠りますと、彼は近衛騎士団第二席、シャーリー・スピナー卿の異母弟で今期の編入生。精霊をその身に宿したのは……

え？　二週間前ぇええええっ⁉》

アナウンスの素っ頓狂な叫び声に釣られるように、観客席のざわめきがますます大きくなる。

「いやいやいや！　あり得ないって！」

「二週間って……流石に、それはなんかの間違いだろ……」

「バケモンじゃねーか……」

なるほど、バケモノ呼ばわりされる程度には、無茶をしてしまったということらしい。

だが、その一方で――

「よく見たら、あの子すっごくカッコよくない？」

「うん、うん！　炎属性はノーマークだったけど、美男子であの強さってめっちゃヤバいよね。推せる！」

「決めた！　アタシ、上級クラスはボルトンさま推しだけど、最下級クラスはオズさま推しでいっちゃう！　きゃー！　オズさまぁ！」

女の子たちのそんな黄色い声が聞こえてくると、アーヴィンがスナギツネのようなジトッとした目を俺に向けた。

「よかったわね、モテモテじゃないの。オ、ズ、さ、ま」

「あ……あはは……ま、参ったな」

女の子にキャーキャー言われた経験なんてないわけで、正直どうしていいのかわからない。

思わず引き攣った笑いを漏らすと、アーヴィンは「バカじゃないの？　ふん！」と、不機嫌全開でそっぽを向いてしまった。

（えー……俺、悪くないよね？）

そして、アーヴィンに限らず、女の子にキャーキャー言われる男というのは、男性陣の反発を生むもので。

「ちっ……ダメ属性のくせに、調子に乗んなっての！」

「神官学校の奴が弱すぎただけなんじゃねーの」

「まあ、次で終わるだろうさ。もし次もまぐれで勝ち進んだって、シスターアンジェにゃ、あんなの効かねぇよ」

「おうよ。まかり間違って炎属性が優勝でもした日にゃ、闇賭博の胴元が、まとめて首吊ることになっちまうからな」

「あるわけないだろ、んなこと。炎属性だぞ」

漏れ聞こえてくる声を総合すると、予想してたよりは強いが、どうせ次には負けるだろうという感じ。

（そう思ってくれるほうが、助かるけどな……）

次の試合は、八割方アーヴィンに任せて、危ないところをケアするだけにしようと心に決めた。

《それでは、大司教さま！　『時の楔《クロックウエッジ》』の解除をお願いいたします！》

アナウンスがそう告げた途端、闘技舞台の真上で青い光が四散する。

途端に、黒煙は掻き消え、爆発で抉《えぐ》れた地面は元通り。爆散したはずの神官二人の姿が闘技場に現れ、俺たちもいつの間にか、試合開始前にいた位置へと移動させられていた。

（時間が巻き戻った感じか！　すごいな……しかし、どの系統の上位魔法なんだ、これは？）

俺の時代の魔法であれば、時間に関する魔法は光属性に分類されていたが、こと精霊魔法においては光という属性は存在しない。

そう思えば、無茶苦茶興味を引かれる。できれば、詳しい話を聞いてみたいところではあるが、大司教が相手では、流石にそういうわけにもいかない。

あらためて神官二人に目を向けると、彼らの顔は汗まみれ、苦痛を感じているかのように表情を歪めて、肩で息をしていた。

この数分間について、俺の記憶に欠けている部分がないように、彼らにも粉々に吹っ飛ぶ瞬間の記憶が残ったままなのだろう。

死んだ経験のある者として言わせてもらえば、自分が死ぬ瞬間の記憶が残っているのは、本当にキツい。

俺も転生してすぐの頃には、自分の死の瞬間を夢に見て、ベッドから何度も飛び起きたものである。

（……ご愁傷さま。強く生きろよ）

思わず遠い目をする俺に、アーヴィンが相変わらず不機嫌そうに口を開いた。

「オズ、いつまでアホ面《づら》さらしてんのよ。戻るわよ」

「アホ面《づら》は酷くないか？」

「ごめんなさい。嘘は吐けないの」

アーヴィンに追い立てられるように入場口のほうへ戻ると、水属性の二人――ザザとクロエが次の試合のためにそこに控えていた。

「やったね！　すごいじゃん！」

ハイタッチで出迎えてくれるザザ。

その手をパンと叩くと、彼女がニカッと歯を見せて笑った。

続いて、ザザはアーヴィンのほうへ手を差し出す。

「まずは一勝！　おめでと！　姫殿下！」

「わ、私は何にもしてないけど……」

アーヴィンは一瞬戸惑うような顔をした後、苦笑しながらザザの手をパンと叩いた。

「次……がんばって」

「うん！　もちろんだよ！　特訓の成果見せるから！」

アーヴィンに親指を立てて見せるザザ。その隣では、クロエが微笑ましげに頷いている。

実はこの数日の間、二人は俺たちとともに特訓していたのだ。

放課後は毎日、この四人で王城内の練兵場に籠もって、深夜まで一緒に訓練を繰り返した。

数日にわたって一緒に時間を過ごしたことで、ザザやクロエとアーヴィンには、ずいぶん打ち解けた雰囲気が漂うようになっている。

微笑ましい目で彼女たちを眺めていると、突然、ガラの悪い女の子の怒鳴り声が聞こえてきた。

「おい、イチャイチャしてんじゃねぇぞ、クソ野郎！」

振り向いて、神官学校側の入場口に目を向けると、あの恐ろしく口の悪い双子姉妹が、威嚇するように犬歯を剝き出しにして、こっちを睨んでいる。

その片割れと目が合うと、そいつは挑発するように舌を出し、獲物をいたぶる猛獣みたいな獰猛な笑顔を浮かべて、親指で首を搔っ切るようなジェスチャーをして見せた。

（聖職者がしていい顔じゃないぞ、それ）

幼い容姿に騙されそうになるが、彼女たちは相当強い。だが、ザザやクロエも相当の鍛錬を積んできたのだ。そう簡単に負けることはないはずだ。

ザザは、闘技舞台のほうへと足を向けながら、俺のほうへと振り返る。

「勝ったら、次の対戦相手はオズくんと姫殿下だからね！　オズくん！　首洗って待っててよ！」

「あはは……」

ちなみに、斬首刑の時には別に首を洗ったりはしない。少なくとも俺の時はそうだった。

経験者による豆知識である。


「ふむ、なかなかの美男子じゃの……」

「あの少年がシスターアンジェの報告にあった……彼が、オズマさまの転生体だという可能性はないのでしょうか？」

「違うじゃろうな。経典に記された容姿とは違いすぎるし、オズマさまがわざわざ対抗戦に出てくる理由はないからの。のう……クレア司教」

大司教さまは、ケデル司教とのやり取りの末に、ボクのほうへと水を向けた。

「うん……違うと思う」

入場口付近で次の出場選手とハイタッチを交わしている少年を眺めながら、ボクは小さく頷く。

精霊王はオズマさまの生前、最も状態の良かった時期の肉体を複製して転生させる――経典には、そう記されている。だとすれば、あの少年がオズマさまであろうはずがない。

実際、ボクの知るオズマさまとは、似ても似つかない。世間には筋骨隆々の人物像が伝わっているが、それとも違う。彼はもっと線の細い、ひょろっとした人だった。

宮廷魔術師、紅蓮のオズマの最後の弟子であるボクが、彼を見間違えるはずなどない。


「もう、どこへ行ってしまったのかしら。トマスったら」

どうやら第一試合は、早々に決着がついたらしい。闘技場の外周回廊にまで響いてくるアナウンスを聞く限り、オズと姫殿下が勝ったようだ。

ワタクシ――アマンダとトマスが出場するのは第四試合。

一回戦の最後とはいえ、それほど時間に余裕があるわけではない。だというのに、第一試合開始の少し前に控え室を出て行ったまま、トマスが帰ってこないのだ。

観覧席への扉が一定間隔で並ぶ外周回廊を歩きながらトマスを捜していると、第二試合の選手を紹介するアナウンスが微かに聞こえてきた。

(試合時間は長くても一〇分程度……急がないと)

ここまで捜して見つからないのなら、闘技場の外へ出たとしか考えられない。

(屋台を冷やかしてたりするとか？　まさか、ねぇ……でも、トマスって時々思ってもみないことをしたりするし……)

バディを組んで二週間ほど経つが、未だに彼のことはよくわからない。

彼はあまりにも寡黙すぎるのだ。とはいえ、悪い人間でないことぐらいはわかる。

気遣いは常にさりげなく、王家と同じ家名を持つバルサバル家の人間だというのに、それを鼻にかけるようなところもない。

ワタクシ自身、彼のことはかなり好ましく思っていた。

何よりオズマの血を引くカイロス家のワタクシと、分家とはいえ高祖フェリアを輩出したバルサバル家の人間との婚姻となれば、これほどロマンティックなことはない。

入り婿として彼を迎えることができれば、お父さまもきっとお喜びになることだろう。

(仕方ありませんわね……)

闘技場の外を捜しに行こうと、私は廊下の奥、下層へと続く階段のほうへと足を向ける。

だが、そこに差しかかったところで、階下の方からひそひそと声を潜めて喋る複数の男性の声が聞こえてきた。

(……何かしら？)

どことなく不審なものを感じて、ワタクシは壁際に身を寄せ、聞き耳を立てた。

「……の設置は終わったのか？」

「ああ……女王もこれで一巻の終わりだ。兵のほうはどうだ？」

「問題ない、いつでも動かせる」

聞こえてきたあまりにも不穏なその会話に、ワタクシは思わず息を呑む。

（まさか……女王陛下を暗殺しようということですの!?）

もっとよく聞こうと耳を欹《そばだ》てた途端、観客席の方で怒号のような歓声が上がった。

「第二試合が終わったようだな……行くぞ」

「ああ」

陛下の話し声はそこで途切れて、更に下層へと足音が遠ざかっていく。

（これは……対抗戦どころじゃありませんわね。どうにかして食い止めないと！）

とはいえ、ワタクシが、直接このことを女王陛下にお伝えすることは難しい。

どうすべきかと考えたところで、ワタクシの脳裏には同じクラスの王族――アーヴィン姫殿下の姿が思い浮かんだ。

（そうね……彼女なら）

ここには女王陛下の騎士たちに加えて、アカデミーの学生や正教会の神官戦士たちもたくさん控えている。女王陛下を狙っている者がいることさえわかれば、きっと阻止できるはずだ。

この時点では、ワタクシはまだ甘く考えていた。

まさか、あんな大惨事が待ち受けていようとは、思ってもみなかったのである。

《了》

特別収録　セックス＆スタンピード

「だ、旦那さま、これは流石に恥ずかしいです……」

頬を羞恥に赤く染め、碧眼を潤ませて、騎士装束《ビキニアーマー》のシャーリーが手綱を握った手を震わせる。

王都サンオズマリア郊外の練兵場に併設された牧場。そこで今、俺とシャーリーの二人は白馬の鞍上にあった。

俺たちが跨っているのは王家所有の競走馬、馬名をオズマ・ザ・グレートという。

この馬名で牝馬《ひんば》というところが何とも痛々しいが、馬名にオズマの名を関することができるのは、王家所有の馬だけに与えられた特権なのだと、牧場管理の役人は誇らしげに胸を張っていた。本当にいい加減にして欲しい。偽らざる俺の心境である。

それはともかく現在、俺とシャーリーは二人で一つの鞍《くら》に相乗りしているのだが、その体勢にはかなり違和感がある。

鞍上に浅く腰掛けるように座っているのは俺。その両手に抱きかかえられるように前に跨っているのはシャーリー。手綱を握り、鐙《あぶみ》に足をかけているのも彼女である。

どこに違和感を感じるかといえば、常歩《なみあし》で軽いステップを踏む馬に対して、彼女の体勢は襲歩《しゅうほ》で早駆けする時のような前傾姿勢。お尻を俺の股間に押し付ける形になっていることだ。

「あ、あぁ……」

馬が歩く揺れに合わせて、シャーリーが微かに蕩けたような声を漏らす。

「どうした、シャーリー」

「う、うぅ……どうしたではございません……こんな……挿入《はい》ってたら、まともには……」

シャーリーの胎内には今、勃起した俺の肉棒がずっぽりと埋まっていた。そのせいで彼女はお尻をつきだすような体勢で密着しているのだ。

どうしてこんなことになってしまったのか……話は昨晩に遡《さかのぼ》る。

「そういえば、この国には馬はいないのか？」

「ん、ぁ……う、馬でございますか？」

「ああ、前世では車両は馬が牽くものと相場が決まっていたんだが……この時代に転生してからは、一度も見た覚えがないなって」

事後、ベッドでの戯《たわむ》れの最中、俺は愛する妻シャーリーの乳房を弄びながら、彼女にそんな素朴な疑問をぶつけた。大して意味のある話ではない。本当にただの素朴な疑問だ。

「ん、ぁあん……いないわけではありませんが、確かに、んっ……あん、あまり目にする機会のある物ではありませんね。やぁん、はぁ、はぁ……しゃ、車両は精霊動力で動きますので……あ、あ、あっ、う、馬については野生か、さもなくば各貴族が所有する競走馬ぐらいのものでしょうか」

「競走馬？」

「はい。各貴族が、あぁ、ぁ、ぐっ……んんっ、それぞれの家の威信を賭けて所有する馬で速さを競うのです。速く強い馬を、やぁん、そこはダメですぅ……い、育成出来るのは、それなりに富と力のある貴族ということですから」

「なるほど、象徴としてってことだな」

そこでシャーリーは、俺の指先から逃れるように身を起こした。

「はぁ、はぁ、はぁ……じょ、女王陛下も郊外の牧場に数頭所有されておられますので、旦那さまのご要望であれば、見学ぐらいはお許しいただけるのではないかと」

「牧場か……」

幸いにも明日はアカデミーは休み。シャーリーとの関係は姉弟という建前上、普段は人前でイチャつくわけにもいかない。

(のんびり、牧場デートっていうのも悪くないかもな)

そう考えてしまった俺が馬鹿だった。

翌朝、牧場見学の許可を求めたら――

「では、鞍上《あんじょう》セックスをお願いします」

「「はい？」」

女王陛下の口から衝撃的に頭のおかしい発言が飛び出し、脳が意味を理解することを拒絶して、俺とシャーリーは思わず同じ角度に首を傾げた。

「ワタクシの所有馬で一頭、どうしても種付けを拒む馬がございまして、良い機会ですから、その馬にセックスの素晴らしさを見せつけてやっていただきたいのです。流石に自分の背で男女に盛られたら、馬とて当てられぬはずがございませんでしょ？」

例によって例のごとく、女王陛下による斜め上発言である。ぶっちゃけどうかしている。

では、そんな素っ頓狂な話にどうして俺が乗ったのかといえば、スケベ心に負けたとしか表現のしようがない。

もし真昼間に屋外でシャーリーを抱こうとしても、真面目な彼女にはきっと拒絶されるだろう。もちろん、オズマとして強く命令すれば従ってはくれるだろうが、後ろめたい気持ちになることは避けられない。

だが、これは女王陛下の指示なのだ。シャーリーには拒否できない。

しかも、俺は何も悪くないのだ。男なら、このビッグウェーブには乗らざるをえないだろう。

かくして現在、俺とシャーリーはずっぽり挿入状態で鞍上にあると、そういうわけである。

良く晴れた午後、緑の牧場に爽やかな風。小鳥たちの囀《さえず》りが耳に優しい。

「乗馬は気持ちいいな」

「き、気持ちはいいですけど……でも、んっ、あ、あぁ……」

馬の歩みに合わせて腰が揺れ、そのたびにシャーリーが甘い吐息を漏らす。

これも公務という建前ゆえに、シャーリーは例によって露出過多な騎士装束《ビキニアーマー》。その股布をズラして、背後から俺のモノが彼女の牝穴へとギチギチにはまり込んでいた。

周囲に人がいるわけではないし、彼女のマントで二人の結合部は上手く隠れているのだが、この背徳感は凄まじい。

「意識をしっかりもって、このまま牧場を何周もするんだから」

「む、無理ですぅ、そんな……くっ、うぅっ……」

すでにシャーリーは涙目、そんなイイ顔をされては、じっとしてなんかいられない。

人目がないのを良いことに、俺は背後から彼女の股間を弄《まさぐ》り始める。布の上から指先で円を描くように肉芽を刺激すると、彼女はビクンと身を跳ねさせた。

「ひゃんっ!?　だ、旦那さまっ！　そこさわっちゃ、あ、いやぁん！　はっ、んっ、んんっ」

可愛らしい鳴き声を聞けば、もっと鳴かせたくなるのが道理。俺は調子に乗って騎士装束《ビキニアーマー》のブラの隙間から手を差し込み、直に乳房へと触れる。そして、すでに硬く屹立しきっている彼女の乳首をきゅっと摘まみ上げた。

「はぁん、だめぇ……旦那さまぁ、そ、そんなことされたらち、力がぬけてしまいますぅ……」

額を馬の背に付けるほどに身を倒して、俺の手から逃れようとするシャーリー。だが、逃がすつもりはまったくない。膣内深くにまで突き込んだ肉棒で、馬が歩く速さに合わせるように突き上げながら、背後から肉芽と乳首を刺激し続けた。

「あぁっ、やぁん、あん、あん、ああっ、あんっ、だ、だめですってばぁ……」

新婚初夜以来、毎晩毎晩可愛がってきた妻の肢体だ。どこが弱いのか、どこを責められるのが好きなのかは、全部知り尽くしている。

「やぁん……旦那さまぁ、危ないですからぁ、お、お許しくださいぃ」

このままでは気をやってしまいかねないと、身を捩《よじ》って俺の指から逃れようとするもそれも無駄。手綱を握っているせいで手を払いのけることもできなければ、不安定な馬上では上手く逃れることもできない。

「シャーリー気付いてるか？　みんな見てるよ」

「ふぇ……みんな？　ひぃいいいいっ!?」

牧場の管理役人にも来るなと言ってあるし、ここには俺たちの他には誰もいない。

そのはずだったのだが、気が付けば牧場と隣接する練兵場の方で、これから訓練を始めるものと思しき兵士たちが足を止めてこちらを眺めていた。

「だ、旦那さま、こ、こんな……見られて」

「心配しなくてもこの距離じゃわかりっこないって。挿入《はい》ってるなんて、な！」

悪戯心を出して、俺が勢いよく腰を突き上げると――

「ひぁっ!?」

シャーリーが盛大に身を跳ねさせる。

だが、これがマズかった。非常にマズかった。

はずみとはいえ、彼女は手綱を強く引き絞り、鐙《あぶみ》も勢いよく馬体を蹴る。

途端に馬が大きく嘶《いなな》いて、いきなり全力で駆け出したのだ。

「なっ！　鎮まれ！　鎮まるのだ！　くっ、あああっ！」

「あ、あわっ、お、おっ！」

突然の暴走、慌てて手綱を引くシャーリーに、振り落とされかけた俺が溺れる子供のように必死にしがみつく。

無論、そんな状況に陥っても肉棒が急に萎むはずもなく、シャーリーの胎内にギチギチに埋まり切ったまま。激しく馬が暴れれば、馬上で揺られる二人の動きは正にピストン運動のそれである。激甚ともいうべき強制的な抽送に、シャーリーは堪らず絶叫した。

「んぁあああああっ！　ひっ、だ、旦那さま、お、お願いですっ、ああ、あっ、ぬ、抜いてくださいっ、こ、このままではっ！　あ！　あっ！　あぁあああああっ！」

「そ、そんなこと言われても！」

「ひぁっ！　や、やめっ！　つ、突かないでぇえええ！」

馬は完全に暴走《スタンピード》。ちょっとでも手を離したら、たちまち振り落とされかねない。

そうこうするうちに、興奮しきった馬は柵を飛び越えて、練兵場の方へと飛び出した。

「うわぁあああ！　こ、こっちに突っ込んでくるぞぉおおお！」

「あ、暴れ馬だぁああ！」

「逃げろっ！　乗ってるのは、騎士さまか！」

逃げ惑う兵士たちのど真ん中に突っ込む馬。着地の衝撃で肉棒がシャーリーの最奥を盛大にえぐりあげ、彼女は断末魔かと思うほどの悲鳴を上げた。

「ひぁあああああっ！　あぁあああああああああああっ!?」

恥骨が割れそうなほどの勢いでぶつかり合い、子宮口をぶち破って子宮の中まで押し入ってしまったのではないかと思うほどの衝撃が襲い掛かってくる。シャーリーが瞬時に白目を剥いて身を震わせた。帝国兵に四方を取り囲まれた時以来のピンチ。これは本当に大ピンチだ。

「シャーリー！　シャーリー！　しっかりしてくれぇ！」

こうなってしまっては、俺もプレイだなんだと言っていられるような状況ではない。馬は完全に制御を失って、逃げ惑う兵士たちを肉食獣のごとくに追い回している。

「だ、旦那さま、いったい……あ、あんっ、やぁん、あんっ、あんっ……」

どうにか意識を取り戻したかに見えたシャーリーではあったが、次の瞬間には暴れまわる馬のせいで、はまり込んだ肉棒に激しく膣奥を突かれて、身も世も無く喘ぎ散らした。

彼女が手綱を手放さずにいるのはもはや奇跡とすら思える。

そして、周囲の兵士と目があってしまったのだろう。

「いやぁあああっ！　見ないでぇええ！　見ないでぇえええええ！」

白磁のごとき白い肌を朱にそめながら、涙声で喚き散らすシャーリー。逃げ惑う兵士たちにしてみれば彼女の悲鳴じみた声も、妙な動きも全て馬が暴走したせいにしか見えていないのだろうが、彼女にしてみれば決してそうではない。衆人環視の中で激しいセックスをしている。その痴態を見られている。そうとしか思えなくなっているのだろう。

それはそれで、一面の事実ではあるのだが。

やがて俺たちを乗せた白馬は、練兵場のど真ん中を突っ切り、街道へと飛び出した。

兵士たちは駆け抜けていく暴れ馬と、その背に跨ってセックス真っ最中の男女を呆然と見送る。

飛ぶように街道を駆け抜けていく暴れ馬。決して状況が好転したわけではないが、とりあえず人目がなくなったことに、俺はホッと胸を撫で下ろした。

もし兵士のうち一人でも、勇気を出して馬を止めようとでもしていたら、大変なことになっていたかもしれない。

馬を下りろと言われても困るし、不自然な前傾姿勢で腰を密着させていることも誤魔化しようもない。鞍上でセックスに興じるド変態カップルで済むうちはまだ良いが、俺とシャーリーは表向きは異腹の姉弟ということになっているのだ。

近親相姦青姦馬上セックスともなれば、不道徳の極みとしか言いようがない。

馬の首にしがみつくように身を倒しているシャーリーの様子は、もはや息も絶え絶え。

「あ、あぁ、あ、あっ……あぁ、あぁ……あ、あ、あ、あ、あ、ああっ……」

今も放たれた矢のごとくに田舎道を駆け抜ける馬の振動が、そのまま抽送となって彼女へと襲い掛かっているのだから、ずっとガン突きされているようなものだ。

それはたまったものではないだろう。

そしてもちろん、その状況は彼女だけに限ったことではないわけで……。

「くっ、シャーリー……イキそうだ……」

俺が耳元に囁きかけると、彼女は切ない吐息を洩らしながらも目を丸くした。

「だ、旦那さま、だ、だめです。が、我慢を……せ、せめて馬をおりるまで……」

「ごめん、無理……」

もはや、このピストン運動は俺の意思ではない。

暴走する馬の振動、一足ごとに跳んで着地する衝撃。それらが全て強制的な抽送となって、俺のモノを扱き上げてくるのだ。

大きく馬体が揺れて、ひと際深く肉棒が突き刺さったその瞬間、俺は遂に限界を迎えた。

びゅるっ！　びゅるるるるっ！　びゅるるるっ！

膣奥めがけて勢いよく噴き出した精液が、たちまち彼女の子宮を満たして溢れ出す。

「ひっ!?　あぁあああっ！　だ、旦那さまの子種がぁあ、い、いっぱい。あ、あ、あ、あっ、あぁあああああっ！」

止まらない射精、そして彼女の絶頂に合わせて、膣襞が俺のモノを食いちぎらんばかりに締め上げてきた。

もし、この場に見ている者がいれば一瞬、シャーリーの青い瞳が反転するほどに痙攣し、唇を破って、舌が口外に零れ落ちるほどのみっともないアヘ顔を晒したことに気付いたかもしれない。

それでも手綱を離さなかったのは騎士の意地。

結局、どうにか厩舎に帰り着くまでの間に、更にもう一度射精。辿り着いてからも火照った身体は収まらず、馬のことなどそっちのけで、俺たちは厩舎の藁にまみれて互いを貪り合った。
尚、俺たちがオズマ・ザ・グレートが身ごもったことを知るのは、少し先のことである。

《了》

あとがき

この度は、ブレイブ文庫版『伝説の俺』第一巻をお手に取っていただき、誠にありがとうございます。

思えばこの作品は、二〇二一年の秋口、仲の良い先生方との執筆合宿で訪れた大阪南部の奥水間温泉にて、第一章に当たる部分を書いたことでスタートしました。

そこから運良く一二三書房さまにお声かけいただき、二〇二二年夏にオルギスノベル版の発売。二〇二三年にヤングドラゴンエイジ誌にてコミカライズ連載開始。そして、オルギスノベルとブレイブ文庫の統合に当たって、今回の一巻二巻同時に文庫版の発売という運びとなりました。

そして来年一月には、わた・るぅー先生によるコミカライズ版『伝説の俺』第一巻、そしてブレイブ文庫版『伝説の俺』第三巻が発売となります。

あらためて文字にするとすごいな……お祭り騒ぎですやん。

ちなみに第三巻では、この巻で提示される謎のいくつか、例えば『帝国が魔法を使えなくした方法』や『オズマの彫像がやたらとマッチョな理由』などが明らかになりますので、どうぞお楽しみに！

さて、余談ではありますが、マサイは関西人です。

それも大阪南部――ラテンオオサカのかなりディープなエリア出身です。周囲の人間がボケなきゃ死ぬみたいな人たちばかりの中で育ってきたので、これまでの人生の大半をツッコミとして生きて参りました。

学術的に言えば、環境適応型の進化を遂げてきた訳です。

一般的に、主人公には作者の傾向が投影されるもので、この作品の主人公オズマも例外に洩れずツッコミキャラとなってしまいました。

その結果、この作品を読んでくれた友人たちからは、オズマのツッコミが「お前の口調で再生されてイヤだ」という誉め言葉をいただいております。いや……イヤとかいうな。なんの話か良くわからなくなってきたので謝辞に移らせていただきます。

H編集長始め一二三書房の皆さま。本当にありがとうございます。

イラストをご担当いただいたトコビ先生、本当にありがとうございました。新しいカバーイラストも最高です。好きすぎて今、僕のPCの壁紙になっております。

コミカライズ版作画のわた・るぅー先生。担当のSさま始めKADOKAWAの皆さま、とても良いコミカライズに仕上げていただいて感謝しております。

最後に、見て見ぬふりをしてくれる家族、応援してくれる友人達。

そして読者の皆さま。本当にありがとうございます。

二巻はきっと一緒にお買い上げいただけたと信じておりますので、三巻でまたお会いできることを祈りながら。

マサイ

転生貴族の異世界冒険録
~カインのやりすぎギルド日記~
原作：夜州
漫画：香本セトラ
キャラクター原案：藻
レベル1の最強賢者
原作：木塚麻弥
漫画：かん奈
キャラクター原案：水季
我輩は猫魔導師である
原作：猫神信仰研究会
漫画：三國大和
キャラクター原案：ハム